Ein Ultimatum. Eine Herausforderung.

Ein sadistischer Ehemann hat bei Beth Narben hinterlassen – innen und außen. Sicher fühlt sie sich nur im BDSM-Club Shadowlands. Doch ihre Ängste bremsen sie: Sie hat nur Interesse an Doms, die ihre Grenzen nicht testen, was zur Folge hat, dass ihre Bedürfnisse unerfüllt bleiben.

Von diesem Verhalten hat der Clubbesitzer mittlerweile genug und stellt Beth ein Ultimatum: Akzeptiere den Dom, den ich dir zuteile, oder verlasse meinen Club.

Nolan wird gebeten, eine Sub mit einer schwierigen Vergangenheit unter seine Obhut zu nehmen. Mit einem Blick kann er sehen, dass die kleine Rothaarige sich davor scheut, ihre Kontrolle abzugeben. Ihre bisherigen Partner haben sie damit durchkommen lassen. Das wird sich nun jedoch ändern.

Unter seinen erfahrenen Händen erkennt Beth schnell, dass Unterwerfung nicht nur mit Schmerz verbunden sein muss. Endlich erwacht ihr Körper aus einem jahrelangen Winterschlaf, wahre Lust kommt auf und das Wichtigste: Sie lernt wieder, zu vertrauen ... zu lieben.

Gerade als die Erinnerungen ihre Grausamkeit verlieren, wird sie von ihrer Vergangenheit eingeholt und droht erneut, in die Dunkelheit zu stürzen.

VON DER DUNKELHEIT IN SEINE ARME

Die Master der Shadowlands-Reihe: Buch 3

CHERISE SINCLAIR

VanScoy Publishing Group

@ Deutsche Ausgabe: FP Translations; 2021

ISBN: 978-1-947219-33-5

@ Originalausgabe: *Breaking Free* by Cherise Sinclair; 2009

Dieses Buch enthält explizite Darstellungen sexueller Handlungen und ist nicht für Leser unter 18 Jahren geeignet!

Lektorat: Lektorat Popp

ANMERKUNG DER AUTORIN

An meine Leser/Leserinnen,

dieses Buch ist reine Fiktion. Und wie in den meisten Romanen wird die Liebesgeschichte in eine sehr, sehr kurze Zeitspanne hineingepresst.

Ihr, meine Lieben, lebt in der wirklichen Welt. Ihr werdet mehr Zeit brauchen als die Romanfiguren. Gute Doms wachsen nicht auf Bäumen und es gibt ein paar sehr seltsame Menschen dort draußen. Wenn ihr auf der Suche nach eurem eigenen Dom seid, hört auf euer Bauchgefühl und seid bitte vorsichtig.

Und wenn ihr ihn findet, dann nehmt zur Kenntnis, dass er nicht eure Gedanken lesen kann. Ja, so beängstigend das auch sein mag, ihr werdet euch ihm öffnen, mit ihm reden und auch ihm zuhören müssen. Teilt eure Hoffnungen und Ängste miteinander. Erzählt ihm, was ihr euch von ihm wünscht und wovor ihr abgrundtiefe Angst habt. Okay, er wird eure Grenzen etwas austesten – er ist schließlich ein Dom –, aber ihr habt ja euer Safeword. Nicht das Safeword vergessen, okay? Und passt auf euch auf. Verhütet. Vertraut euch einer Person in eurem Freundeskreis an. Teilt euch mit, kommuniziert.

Denkt dran: Safe, sane, consensual. (Sicher, vernünftig, einvernehmlich.)

Ich wünsche mir für euch, dass ihr diese besondere Person findet, die euch liebt, die eure Bedürfnisse versteht und euch im Herzen trägt.

Während ihr nach diesem besonderen Menschen Ausschau haltet, könnt ihr Zeit mit den Shadowlands Mastern verbringen.

Fühlt euch gedrückt,
Cherise

KAPITEL EINS

Musik, Bier, eine willige Frau fesseln, vielleicht einen Flogger hinzuholen ... es sollte ein stressfreier Abend werden. Nolan King lehnte an der Bar und nahm einen großen Schluck von seinem Corona-Bier, um den feinen Staub in seiner Kehle loszuwerden. Nach etwas Papierkram war er auf die Baustelle geeilt, wo er zusammen mit seiner Crew ans Werk gegangen war. Nun schmerzten sein Rücken und seine Oberarme wie nach einem guten Workout.

Die auf der Tanzfläche aufgelegte Musik von den *Nine Inch Nails* vermischte sich mit den Unterhaltungen aus den Sitzbereichen, die überall im Hauptraum des Clubs zu finden waren. Die Hintergrundgeräusche wurden von den typischen BDSM-Lauten begleitet: Dem Knallen einer Peitsche, dem Klatschen einer Hand, die auf Fleisch traf, sowie Schreie und fordernde Befehle aus den Session-Separees. Eben ein ganz normaler Samstagabend im Shadowlands.

Auf dem Barhocker neben ihm saß Mistress Anne, eine hoch gewachsene, schlanke Brünette in einem glänzend roten Latex-Minirock, einem ärmellosen Oberteil und schwarzen Vinylstiefeln. Sie reichte ihrem knienden Sklaven eine Flasche Wasser.

Dann fand sie Nolans Blick und tätschelte seinen Arm. „Du siehst müde aus, Hübscher."

„Langer Tag." *Guter Tag.* Das Bürogebäude näherte sich genau nach Plan der Vollendung. Ein lautes Wimmern erhob sich von einem der abgetrennten Bereiche und Nolan wandte sich dem Laut zu: Der Sub am Andreaskreuz war es nach einer langen Flogging-Session endlich erlaubt, zu kommen. Ihre erlösenden Schluchzer zogen sich in die Länge und Nolan gluckste amüsiert. „Ja, Raoul weiß, wie es richtig geht."

„Er ist nicht schlecht." Anne streichelte über die roten Haare ihres Sklaven. „Wir sind als Nächstes dran, Joey. Drink dein Wasser aus. Ich habe vor, dich lange und hart zu benutzen." Joey betrachtete sie mit Verehrung, bevor er die Flasche zu seinen Lippen hob und den restlichen Inhalt in einem Zug trank.

„Bist du heute Abend nicht als Aufseher tätig, Nolan?" Anne wies mit einem Nicken auf die Lederhose und sein schwarzes Muskelshirt, an dem der goldene Saum als Hinweis auf einen Aufseher fehlte.

„Nein. Z hatte genug Leute. Ich dachte, ich nehme mir stattdessen eine Sub und benutze einen der Räume im Obergeschoss." Nolan begutachtete die Frauen, die auf den Sofas nicht weit von der Bar saßen. Sie alle waren ungebundene Subs, die darauf hofften, bemerkt zu werden. Jede Einzelne in ihren Neigungen und ihren Bedürfnissen einzigartig. Eine Sub auszuwählen, die mit seinen Vorlieben übereinstimmte, das war eine Herausforderung. Nicht nur brauchte es dazu die Fähigkeit, jemanden gut abschätzen zu können, sondern auch den Willen, mit der auserkorenen Sub zu kommunizieren. Vor, während und auch nach einer Session. Mittlerweile genoss er die Verhandlungen: Die Mischung aus Anziehungskraft, dem Flirten und der Entdeckung, welche Wünsche die Sub hatte, während er sein Bestes gab, ihre geheimsten Sehnsüchte aufzudecken. Das kam dem Bau eines Hauses sehr nahe. Und die Basis einer Session war ein gutes Fundament, ein Fundament des Vertrauens. Er schnaubte bei dieser Metapher. *Schon bald würde er wohl Gedichte schreiben.*

„Also wirklich, Nolan, du solltest dir jemanden für etwas Langfristiges suchen. Glaube mir, das ist es wert." Anne lächelte. Als sie Joeys Kopf gegen ihren nackten Schenkel presste, blähten sich die Nasenlöcher des jungen Mannes auf, der anscheinend Wind von der Erregung seiner Mistress bekommen hatte.

„Habe ich schon durch." Nolan wandte sich wieder den ledigen Subs zu. Die kleine, kurvige Blondine hatte Potential. Er mochte es weich unter seinen Händen. „Letztes Jahr hatte ich eine Vollzeit-Sklavin. Bevor ich den Beratungsjob im Irak annahm, habe ich ihr das Halsband abgenommen und sie freigelassen." Ein gequältes Lächeln huschte über seine Lippen. „Verdammt, ich muss sagen, dass es eine Erleichterung war. Ich finde keinen Gefallen daran, vierundzwanzig Stunden am Tag den Master zu geben."

Anne zuckte mit den Achseln. „So ist das eben. Das ist nicht für jeden etwas. Doch es kann auch sehr ermüdend sein, sich jede Woche einen neuen Sub zu suchen."

„Kann sein." Er sah zum Andreaskreuz. „Raoul hat den Bereich gesäubert. Es ist viel los heute Abend. Du solltest dich beeilen, bevor jemand anderes das Kreuz in Beschlag nimmt."

„In dem Punkt gebe ich dir recht." Anne stand auf. Dann fuhr sie mit den Fingern durch die Haare ihres Sklaven und hob sich seine Lippen für einen fordernden Kuss entgegen.

Als sie zurücktrat, kam Joey auf seine Füße – jetzt blickte er auf seine Mistress herunter, seine drahtige Figur durch eine Lederharnisch in Szene gesetzt.

Sie zog an seinem Hoden und umfasste dann seine Erektion. „Wollen wir mal schauen, ob du so lange durchhältst wie Raouls Sub." Ihre Hand festigte sich um seinen Schaft, sodass sich die Muskeln des Sklaven anspannten. „Du wirst mich doch nicht enttäuschen, Joey, oder?"

„Nein, Mistress. Niemals."

Anne lief davon, ihr Sklave folgte einige Schritte hinter ihr.

„Eine fiese Mistress." Cullen wischte ein paar Tropfen von seinem makellosen Tresen. „Ich bin froh, dass meine Kronjuwelen nicht unter ihrer Obhut stehen."

Nolan schnaubte. „Als würdest du jemals deine Eier einer Domina anvertrauen."

„Nicht in diesem Leben." Mit einem breiten Grinsen auf den Lippen schüttelte der massige Barkeeper den Kopf. „Übrigens: Z sucht nach dir. Du findest ihn an der Ketten-Station."

„Danke." Nolan nahm sein Bier und lief links um die Bar herum, auf direktem Weg zu dem abgetrennten Bereich mittig der Wand. Ein paar Mitglieder beobachteten die Station: eine schlanke, rothaarige Sub, wahrscheinlich um die dreißig Jahre alt, mit ihren Armen über ihrem Kopf angekettet.

Sitzend auf einer nahegelegenen Couch hob der Clubbesitzer den Kopf, als Nolan herantrat. Von dem grimmigen Ausdruck auf seinem Gesicht war Master Z in einer äußerst schlechten Stimmung, die von seiner dunklen Fetischkleidung nur unterstützt wurde. Er wies auf den Platz neben sich.

Nolan setzte sich und hob seine Stiefel auf den Couchtisch. „Gibt's ein Problem?"

„Einige." Z zeigte auf die Ketten-Station. „Sieh dir das an."

Nolan lehnte sich zurück, nippte an seinem Bier. Die Arme der Rothaarigen waren zwar über ihrem Kopf gefesselt, jedoch saßen sie so locker, dass ein Verlust an Kontrolle ausblieb. Zudem sah er keine Spreizstange zwischen ihren Beinen. Es war offensichtlich, dass sie keine Unterwäsche trug – trotzdem war sie immer noch in ein Korsett und einen Minirock gekleidet. *Was für eine furchtbare Session.*

Gerade mal Mitte Zwanzig projizierte der Dom null Selbstvertrauen. Noch schlimmer: Er sah ständig auf ein Papier in seiner Hand. Was sollte das? Ein Spickzettel, der ihm verriet, wie man eine Sub zu unterwerfen hatte? „Auf was starrt er da?"

„Elizabeth hat einige harte Grenzen", sagte Z in einem trockenen Ton.

Von dem, was Nolan sehen konnte, füllten ihre Grenzen das ganze Blatt.

Der junge Dom spielte ein paar Minuten mit ihren Brüsten, benutzte Eiswürfel und ein Wartenberg-Nervenrad, ohne dass er mit einer Reaktion der Sub belohnt wurde. Als er sie herumdrehte, sodass ihr Rücken den Zuschauern zugewandt war, verengte Nolan die Augen. Narbengewebe. Mehrere breite Narben. Einige lange, die von einer einschwänzigen Peitsche rührten. Und auch kurze, die ein abstraktes Muster ergaben.

Der Dom drehte sie wieder um und Nolan lehnte sich vor. Hässliches, verknotetes Gewebe auf ihrem rechten Knie. Die runden, hellen Abdrücke auf ihren Brüsten deuteten auf Zigarettenverbrennungen hin.

Alle Narben waren weiß, was bedeutete, dass sie keine dieser Verletzungen in den letzten Monaten davongetragen hatte. Nolans Blick wanderte nach oben, direkt zu ihren gefesselten Armen und er fand ... noch mehr Narben. *Meine Fresse.* „Wie schlimm sind ihre Hände?", fragte er Z.

„Was du erwarten würdest, wenn du den Rest von ihr siehst: verheilte Knochenbrüche, alte Verbrennungen. Stichwunden in ihren Handflächen."

Irgendein Bastard hatte Kreuzigungs-Spiele mit ihr gespielt? „Zur Hölle, Z, hast du das Arschloch umgebracht, oder lässt du mir die Ehre zukommen?"

Z stützte sich mit den Ellbogen auf den Knien ab und verschränkte die Finger vor seinem Mund. „Es ist vor ihrem Umzug nach Florida passiert, und sie weigert sich, über den Dom oder ihre Beziehung mit ihm zu sprechen." Sein Blick fiel auf den jungen Mann, der seine Lederhose öffnete. „Siehst du das Problem?"

Nolan nahm einen Schluck von seinem Bier. Die Sub sah entspannt aus. Zu entspannt, ihre Haut nicht gerötet, die Augen klar, Muskeln locker. Keine Nervosität. Keine Erregung. Die Verzweiflung, die der Dom fühlte, als er ihre trockene Pussy berührte, war ihm an dem angespannten Rücken anzusehen. Sofort trat er einen Schritt zurück.

„Ist sie seine Sub?", fragte Nolan mit einem Verweis auf den Dom. Bei dem Zusammenspiel der beiden könnten sie sich auch an verschiedenen Enden des Clubs befinden und so eine ähnliche Wirkung hervorrufen.

„Nein. Sie sucht sich jede Woche einen neuen Top, was jedes Mal mit dem gleichen Resultat endet: unbefriedigend." Z seufzte. „Elizabeth arbeitet als Landschaftsgestalterin. Ohne Hilfe hat sie im letzten Jahr eine Ein-Frau-Firma aus dem Boden gestampft. Daher habe ich sie für die Gärten engagiert und sie leistet einen vortrefflichen Job."

„Was willst du mir damit sagen?"

Z rieb sich die Augen. Er sah erschöpft aus. „Sie ist ein guter Mensch. Ehrlich, immer mit Eifer dabei. Dann, sobald sie über die Türschwelle des Clubs tritt, verwandelt sie sich in eine graue Maus. Sie hält ihre unterwürfige Seite nicht nur zurück, sondern zeigt bei jeder Session Todesangst. Sie kommt ins Shadowlands, weil sie mehr braucht, als ihr Vanilla-Sex geben kann – doch leider kommen wir ihren Neigungen nicht entgegen."

Nolan musterte die Szene. Das Problem war schnell identifiziert: Sie hatte zu viel Angst, um Kontrolle abzugeben. Aber genau das war von Nöten, damit ihre Bedürfnisse als Sub gestillt werden konnten. „Es ist kein einfaches Unterfangen, eine derartige Sub zu unterwerfen."

„Das stimmt." Z neigte den Kopf. „Hast du Interesse an einer Herausforderung?"

Als Kind hatten Nolan und seine Freunde immer Ritter der Tafelrunde gespielt. Gerade hatte ihm Z den Fehdehandschuh vor die Füße geworfen. *Wie ... nett.* Nolan rieb sich übers Kinn, überlegte. Er war seit einigen Monaten wieder aus dem Irak zurück und hatte sich gut eingelebt. Er hatte Freunde und eine Arbeit, die er liebte. Hier im Club konnte er sich Subs aussuchen, um sich auch körperliche Befriedigung zu suchen. Wollte er mehr?

Erneut fanden seine Augen die Rothaarige. Nun rieb der Dom über ihre Klitoris und erreichte nichts. Nolan schnaubte. Sex spielte sich zu neunzig Prozent im Kopf ab, und ganz offensichtlich war die kleine Sub an der Session nicht interessiert. Was würde es brauchen, um sie aus ihrem Kopf zu bekommen? *Zuerst müsste diese dämliche Liste verschw ...* Er unterbrach seinen Gedanken und funkelte Z an. „Du bist wirklich ein manipulierender Bastard, das ist dir hoffentlich klar."

„Das nehme ich als Kompliment, Nolan. Ich sollte betonen, dass du es mir nicht einfach gemacht hast." Zs Mundwinkel zuckte. „Bist du dabei?"

Der Clubbesitzer war geschmeidig, hinterlistig ... und erinnerte ihn stark an eine Dampfwalze. „Sie hat bereits einen Dom", bemerkte Nolan. „Vielleicht will sie nicht wechseln."

„Darum kümmere ich mich schon." Z stand auf und lief zur Barriere, die den Bereich abtrennte. Dort wartete er, bis der junge Dom die Anwesenheit des Clubbesitzers registrierte. Die meisten Zuschauer hatten die Session längst verlassen, waren zu der nächsten Station spaziert, wo Jake eine schreiende Blondine auf der Spanking-Bank mit einem Rohrstock bearbeitete.

Nolan ließ die Bierflasche auf dem Couchtisch zurück und gesellte sich zu Z.

„Master Z." Der junge Dom kam zu ihnen und versuchte, seine Erleichterung zu verbergen.

„Patrick, es gefällt mir nicht, deine Session zu unterbrechen, aber ich wollte dich um einen Gefallen bitten."

„Natürlich, Z." Der junge Mann drehte sich zur Sub, um zu sehen, ob alles in Ordnung war. Seine Gewissenhaftigkeit beeindruckte Nolan.

„Unsere Auszubildende Sally ist ein wenig enttäuscht, dass sie bei einer Prüfung an der Uni so schlecht abgeschnitten hat. Ich möchte sie ein bisschen aufmuntern. Da sie es in der Vergangen-

7

heit immer genossen hat, von dir benutzt zu werden: Würde es dir etwas ausmachen, sie heute Abend zu unterwerfen?"

Nach einer Sekunde schüttelte der Dom widerwillig den Kopf. Er wies mit der Hand auf die Rothaarige. „Ich habe –"

„In dem Punkt musst du dir keine Gedanken machen, Patrick." Z nickte zu Nolan. „Wir haben über Elizabeth gesprochen und Nolan hat sich mit einer Herausforderung einverstanden erklärt. Falls du zu Sally möchtest, kann er dich hier ablösen."

Der junge Dom war kein Idiot. „Du bist ein hinterlistiger Bastard, Z. Aber ich merke schon, dass ich nicht der Dom bin, den sie braucht."

Z drückte Patricks Schulter, sein Gesicht sachlich. „Um ehrlich zu sein, Patrick, dieser Dom existiert vielleicht nicht. Wir werden es jedoch probieren. Komm, verabschiede dich und suche dann Sally auf. Sie erwartet dich."

Als sie zusammen zu der Sub gingen, flüsterte Z zu Nolan: „Das ist das zweite Mal innerhalb von fünf Minuten, dass ich als Bastard bezeichnet wurde. Meiner Mutter würde das nicht gefallen."

Nolan schnaubte amüsiert. Obwohl sie scheiße reich war, hatte Zs Mutter einen köstlichen Sinn für Humor. Sie würde bei der Geschichte wahrscheinlich lachend vom Stuhl fallen.

Was war los? Beth beobachtete, wie Master Patrick mit Z und einem dritten Dom sprach. Dann sahen sie alle gleichzeitig in ihre Richtung. Ihr ungutes Gefühl verstärkte sich, als Master Patrick seine Ledertasche mit den Spielzeugen aufhob, sie über die Schulter warf und dann zu ihr kam.

„Beth", sagte er. „Master Z hat einen Vorschlag für dich."

Einen Vorschlag? Sie blinzelte, sah auf seine Tasche. „Beendest du die Session?"

Er nickte. „Es tut mir leid, aber wir passen einfach nicht

zusammen. Vielleicht funktioniert die neue Konstellation besser für dich." Mit einem letzten entschuldigenden Lächeln wandte er sich von ihr ab, übergab die Liste mit ihren Grenzen an den Fremden und verließ den abgetrennten Bereich. Noch immer gefesselt ließ er sie zurück.

Sie brachte ihre Aufmerksamkeit zu den beiden großen Doms. Master Z war tadellos gekleidet, in seinem gewohnten schwarzen Seidenhemd und einer ebenso farbenen Stoffhose. Im Gegensatz dazu trug der unbekannte Dom eine schwarze Lederhose und ein hautenges Muskelshirt, das seinen beeindruckenden Oberkörper zur Schau stellte.

Panische Angst hielt sie fest im Griff. Warum hatte Master Z Patrick weggeschickt? Und was machte der neue Dom hier?

Master Z musterte sie und schüttelte dann mit zusammengepressten Lippen den Kopf. „Beth, ich befürchte, dass das Shadowlands nicht der richtige Ort für dich ist. Ich denke –"

„Nein!", schrie sie entsetzt. Er wollte sie rausschmeißen? Ihre Mitgliedschaft beenden? Wo sollte sie dann hingehen? In einen der anderen Clubs in Tampa, wo niemand auf sie achtete? Nie wieder würde sie sich sicher fühlen. Niemals wäre sie in der Lage, sich zu entspannen, ständig die Angst im Hinterkopf, dass Kyler eintreten könnte. Es war dämlich, dass sie diese Sicherheit brauchte, aber so war es nun mal. „Nein, bitte nicht, Master Z." Sie riss an ihren Fesseln, wollte vor ihm auf die Knie fallen. „Ich ... was auch immer du von mir verlangst, ich werde es tun. Peitsche mich aus, wenn –" Auspeitschen? Die Idee allein schnürte ihr die Kehle zu. „Nein ... ich meine ..."

Er kam näher und legte eine Hand auf ihre Wange. „Kleine, du bekommst hier nicht, was du brauchst. Ich schätze, wir können einen letzten Versuch wagen, aber du musst mir versprechen, dass du mitarbeitest und zumindest ein bisschen Kontrolle abgibst. Schaffst du das?"

„Das werde ich! Ich verspreche es, Sir!" Vielleicht bekam sie an diesem Ort nicht alles, was sie brauchte, aber es half ihr so sehr. Hier schaffte sie es, ihre Emotionen, die ihr regelmäßig den Atem raubten, etwas zu bändigen. Es sorgte dafür, dass sich die Dunkelheit nicht ausbreitete und ihr Leben vereinnahmte.

„Okay, dann werde ich dir jetzt sagen, wie wir weiter vorgehen." Er nickte einem bedrohlichen Mann zu, der nicht weit entfernt von ihnen stand. Beth betrachtete ihn, verlor sich in unerschütterlichen, dunklen Augen. Er fing sie mit seinem Blick ein, versetzte ihren Körper in eine Schockstarre. Mit offenem Mund starrte sie ihn an, bevor sie schließlich den Mut fand, ihre Augen von seiner düsteren Gestalt abzuwenden.

„Master Nolan wird heute Abend und in der Zukunft dein Dom sein", sagte Z. „Solange er willig ist, dich zu dominieren, kannst du bleiben. Gibt er auf, werde ich deine Mitgliedschaft augenblicklich beenden."

Dieser Dom sollte sie unterwerfen? Sie kontrollieren? Panik schoss durch sie und zerschlug ihre behutsam aufgebaute Welt in Scherben. „Master Z, bitte nicht." Ihre Stimme kam einem Flüstern gleich: „Bitte tue das nicht. Ich mag ihn nicht. Ich kann nicht –"

„Kennst du ihn?"

Sie schüttelte den Kopf.

„Beth", sagte Master Z sanft. „Ich kenne Master Nolan schon seit vielen Jahren. Ich vertraue ihm. Noch wichtiger: Ich vertraue ihm mit dir." Er legte den Kopf auf die Seite und wartete auf ihre Antwort.

Beths Atem stockte. Master Z drohte nicht, das wusste jeder. Gerade dieser Umstand machte ihn zu einem der besten Doms in diesem Club. Sie hatte also die Wahl: Entweder akzeptierte sie diesen gemein aussehenden Dom oder sie musste den Club verlassen. „Ich werde es versuchen, Sir", flüsterte sie, obwohl sich ihr Körper gegen den Gedanken wehrte.

„Ausgezeichnet." Master Z trat einen Schritt zurück. „Nolan, deine Sub Elizabeth."

Sie sah zu dem Dom. Alles an ihm schien gefühllos. Gemein.

Er war über einen Meter fünfundachtzig groß, mit breiten Schultern und muskulös bis in die Fingerspitzen. Sein dunkelgebräuntes Gesicht hatte einen rötlichen Unterton, der darauf hinwies, dass er von amerikanischen Ureinwohnern abstammte. Seine Augen waren pechschwarz. Seine Haare, glatt und kohlrabenschwarz, fielen über seine Schultern. Haare genauso lang wie ihre, die er durch ein Lederband in einem Zopf trug. Auf seinem linken Wangenknochen entdeckte sie eine lange, weiße Narbe. Bei dem Anblick zuckte sie zusammen, denn sie wusste genau, wie es sich angefühlt haben musste, diese zu erhalten.

Sein bedrohlicher Blick schweifte langsam über ihren Körper. Ihm entging nichts; seine Augen verharrten auf ihren eigenen Narben, ihren Brüsten, ihren Beinen. Zumindest trug sie noch Kleidung, dachte sie. Was würde er mit ihr anstellen? Wenn er sie auspeitschte, würde sie den Club freiwillig verlassen. Das musste sie. Sie biss sich auf die Unterlippe, um das Beben vor ihm zu verheimlichen.

„Etwas, was ich wissen muss?", fragte er Master Z.

„Nein. Ihre ärztlichen Befunde stufen sie als absolut gesund ein." Master Z schenkte ihr ein kleines Lächeln und lief dann einfach davon, ließ sie mit diesem vollkommen Fremden allein.

„Spreize deine Beine", zischte er. Sie folgte dem Befehl, während Panik ihren Verstand infiltrierte. Er berührte ihre Pussy, streichelte durch ihre roten Löckchen und grunzte, als er bemerkte, wie trocken sie war. Er wirkte so ... brutal.

Kyler war elegant, schlank und geschmeidig. Ein charmantes Monster. Wie viel schlimmer war dieser Mann? Sie bekam Angst.

Natürlich entging ihm ihre Reaktion nicht. Sie hatte das Gefühl, dass diesen durchdringenden Augen rein gar nichts entging! Die Autorität, die er ausstrahlte, verlangte Unterwerfung und sie reagierte, indem sie die Augen auf den Boden senkte.

Sie hatte einen erfahrenen Dom vor sich. Die Art, die sie normalerweise mied.

„Dein Safeword lautet *Rot*. Wenn ich denke, dass du es

benutzt, bevor es wirklich nötig ist, werde ich sofort aufhören und wir werden auch in Zukunft nicht mehr aufeinandertreffen." Seine tiefe Stimme klang wie Kies, der aus einem Lkw geschüttet wurde. Gleichzeitig imitierten seine Worte den Aufprall eines Felsens, der zuvor einen Abhang heruntergestürzt war. In Vorbereitung auf einen Schlag spannten sich ihre Schultern an. Immer erwartete sie Schmerz.

„Ich gestatte dir, *Gelb* zu benutzen. Ich werde deine Einschätzung beurteilen und entscheiden, ob ich weitermache oder nicht. Sieh mich an." Seine Augen waren kalt, so leer wie ein sternenloser Nachthimmel. „Habe ich mich klar ausgedrückt?"

„Ja, Sir." Ihr Beben intensivierte sich, schlug Wellen, die sich von ihrem Bauch auch zu ihrer Brust ausbreiteten. Sie versuchte, es zu ignorieren. Sie konnte es schaffen. Sie befand sich im Shadowlands. Überall gab es Leute. Sie war nicht allein mit ihm.

„Du wirst mich mit Master, Master Nolan oder Sir ansprechen." Sein Mundwinkel zuckte. „Mein Lord oder Eure Majestät funktioniert vor allem an Tagen, wenn du dich bei mir einschleimen möchtest."

„Ja, Sir." Ein Scherz ... oder nicht? Sie konnte es nicht sagen, was ihr eine Heidenangst bereitete. Es hatte eine Zeit in ihrem Leben gegeben, in der sie sich auf ihre Fähigkeit verlassen musste, Untertöne und die Mimik interpretieren zu können. Er gab ihr nichts.

„Wenn ich das High Protocol verlange, senkst du die Augen und sprichst nur, wenn ich es gestatte. Eine Ausnahme ist eine Session, wo ich zu jeder Zeit deine Augen auf mir fühlen will." Mit einem Finger unter ihrem Kinn richtete er ihren Kopf aus und betrachtete sie mit einem Blick, der sie bis ins Mark erschütterte. „Du hast wunderschöne Augen, Elizabeth. Ich möchte sie stets auf mir wissen."

Ein Kompliment? Die Freude darüber löste sich auf, als die Erwähnung ihres vollen Namens Erinnerungen an Kyler zurückbrachte und wie sich seine Stimme bei der Vorfreude auf das

Kommende immer vertieft hatte. Die Vorfreude darauf, ihr Schmerzen zuzufügen. *„Elizabeth, du hast nicht ... Elizabeth, du hast vergessen ... Elizabeth ...“* Sie verzog das Gesicht zu einer Grimasse.

Master Nolan verengte die Augen, der Druck, den seine Finger ausübten, verstärkte sich um ihr Kinn. „Deine Augen“, sagte er. Pause. „Wunderschön.“ Pause. „Elizabeth.“

Sie bewegte keinen Muskel, als er ihren Namen erneut in den Mund nahm. Das wusste sie, sie wusste es einfach. Dennoch neigte er nachdenklich den Kopf und fragte: „Wie soll ich dich ansprechen?“

„Beth. Bitte nenne mich Beth, Sir.“ Würde er ihrem Wunsch nachkommen oder würde er sie mit ihrem vollen Namen bestrafen?

Er nickte und ließ sie los. Als er einen Schritt zurücktrat, schaffte sie es, einen zittrigen Atemzug zu nehmen.

„Normalerweise würden wir jetzt deine Grenzen besprechen, deine Vorlieben, deine Neigungen.“ Er warf einen Blick auf die Liste mit ihren harten Grenzen, zerriss sie und warf sie zu Boden. „Die normale Prozedur hat bei dir offensichtlich nicht funktioniert.“ Erwartungsvoll hob er eine Augenbraue in die Höhe und wartete.

Nein, nein, nein. Sie drängte ihren Gedanken zurück, atmete tief ein. Ein weiterer Atemzug folgte. Unfähig zu sprechen, nickte sie.

„Mein Job besteht darin, dir zu geben, was du brauchst. Es ist möglich, dass wir uns über deine Bedürfnisse nicht immer einig sind. Bis ich dich also besser kenne, werde ich dich nicht knebeln. Wie lautet dein Safeword?“

„Rot, Sir“, flüsterte sie angespannt.

„Sehr gut.“ Er streichelte mit einem Finger über ihren Kiefer, seine Berührung warm auf ihrer kalten Haut. Dann packte er ein Bündel ihrer Haare, riss ihren Kopf nach hinten und küsste sie. Er verweigerte ihr jegliche Bewegung und trotzdem war es nicht der brutale Kuss, mit dem sie gerechnet hatte. Stattdessen neckte er mit seinem Mund den ihren, seine Zunge glitt über ihre Lippen, bis sie sich allmählich für ihn teilten.

Er küsste sie sanft, langsam, ausführlich, als hätte er nichts anderes geplant. Niemals wieder.

Begierde sprudelte – wie eine geschüttelte Limodose, die von einem Ahnungslosen geöffnet wurde.

Schließlich nahm er Abstand von ihr, ihre Lippen kribbelten und ihr Kopf drehte sich. Niemand hatte sie jemals so leidenschaftlich geküsst. Nicht mehr seit ... seit der Highschool, als Danny und sie das Auto geparkt und den ganzen Abend rumgeknutscht hatten. Nach einer Sekunde in der Vergangenheit blinzelte sie sich zurück in die Gegenwart und erkannte erstaunt, dass sie für einen Moment ihre immerwährende Angst vergessen hatte.

Sein dunkler Blick fokussierte sich auf ihr Gesicht. „Du küsst gut, Beth."

Bei seinen Worten schoss ein warmes Gefühl durch sie, flüchtig, und doch sah sie den Silberstreifen am Horizont.

Jetzt strich er mit einem Finger über ihre Wange, bahnte sich einen Weg über ihren Hals und zu ihrer Brust. Sanft glitt er über die verheilten Peitschennarben und sie sah einen Funken in seinen Augen aufblitzen, der verdächtig nach Zorn aussah.

Als er über den entblößten oberen Teil ihrer Brüste streichelte, erstarrte sie. Würde er sie auch in ihren südlicheren Gefilden berühren wollen? Plante er, sie auszupeitschen? Das würde sie nicht ...

Seine Finger öffneten ihr Korsett, ein winziger Haken folgte auf den nächsten.

„Nein." Das Wort entwischte ihr. Es wäre nicht das erste Mal, dass sie im Club nackt war, nein, aber dieser Dom ... er war anders.

Eine hochgezogene Augenbraue reichte aus, um sie zum Schweigen zu bringen. Das Korsett fiel zu Boden.

Seine großen Hände umfassten ihre Brüste. Mit seinen Daumen rieb er über ihre Nippel und sie musste zugeben, dass sie die Empfindung recht nett fand. Schmunzelnd entließ er ihre Brüste, öffnete stattdessen den Reißverschluss an ihrem Minirock und schob ihn bis zum Holzboden.

Nackt. Vollkommen verletzlich. Mit ihm. *Ihm!* Ihre Hände rührten sich, als sie instinktiv die Arme senken wollte, um sich zu bedecken.

Die Ketten klirrten, woraufhin er den Blick hob und einen Schritt zurücktrat. Er stand lediglich vor ihr und wartete geduldig, bis ihre Panik sich minderte.

Sie schaffte es nicht, die Augen von ihm zu nehmen. Gleich würde er sie berühren und versuchen, sie zu einem Orgas –

Er holte die längste Spreizstange von der Wand. Dann nahm er ein Paar Fesseln von seinem Gürtel, legte sie ihr um die Knöchel und befestigte daran die Stange, sodass er ihre Beine weit spreizen konnte.

So schweigsam. Im Gegensatz zu anderen Doms sprach er kein Wort. Jedoch hörte er nie auf, sie zu mustern. Seine Augen fanden ihre Hände, wenn sie die Ketten fester packte und ihre Brust, wenn ihr Atem stockte. Oder lagen auf ihrem Gesicht, wenn sie ein leichtes Beben ihrer Unterlippe nicht unterdrücken konnte.

Nun trat er einen Schritt zurück und wartete, bis ... Sie hatte keine Ahnung, worauf er wartete.

Er verkürzte die Ketten, bis ihr Körper sich streckte und sie sich auf ihre Zehen stellen musste. Jetzt konnte sie sich keinen Millimeter mehr bewegen. Nervosität schwappte über sie hinweg, begleitet von einem Hauch Aufregung. Erregung. Er hatte vollkommen die Kontrolle an sich gerissen.

Grunzend kommunizierte er, dass er zufrieden war, lief um sie herum und kam hinter ihr zum Stehen.

Sie zuckte zusammen, als seine schwieligen Finger langsam über ihren Rücken rieben. Entsetzt stellte sie fest, dass er eine Narbe nachzeichnete.

„Flogger mit Metallenden?", fragte er in einem beiläufigen

Ton. Seine Finger glitten über eine weitere Narbe und noch eine, bis ihre Haut die nächste Berührung voraussagen konnte.

Sie nickte.

Ein Finger wanderte zu ihrer Seite. „Peitsche?", fragte er erneut und kam zu ihren Schultern, ihrem Rücken und ihren Flanken. Jede Berührung war sanft und behutsam. Seine Finger tanzten über ihren Hintern und sie erschauerte.

„Messer?"

„Ja, Sir." Kyler hatte die Symmetrie der Schnitte in helle Aufregung versetzt. Sie konnte sich nur an ihre Schreie erinnern.

„Wie lange warst du mit ihm zusammen?" Eine Aufforderung nach mehr Informationen.

Der Mangel an Emotionen in seiner Stimme machte es ihr möglich, die Tür zu ihren Erinnerungen zumindest ein Stück weit aufzustoßen. „Zwei Jahre." Zwei Jahre angefüllt mit Schmerz, der langsam ihre Sexualität im Keim erstickt hatte. Zwei Jahre, in denen Beth, die Frau, aufgehört hatte, zu existieren.

Master Nolan berührte jede Narbe. Andere Doms hatten sich hin und wieder zu den erniedrigenden, hässlichen Narben erkundigt, die sie von Kyler als Bestrafung erhalten hatte. Sie verstand nun, dass er sie nur verletzt hatte, weil er selbst daran Gefallen gefunden hatte und nicht etwa, weil sie etwas falsch gemacht hatte. Dennoch waren ihr die Spuren ihrer einstigen Knechtschaft peinlich. Als trug sie die Schuld an ihnen, als wäre sie so wertlos, wie er ihr das immer gesagt hatte.

Nicht ein Dom hatte sich jemals die Zeit genommen, jede Einzelne in Augenschein zu nehmen und Fragen zu stellen. Sie hatte bereits jetzt das Gefühl, dass dieser Dom sie aus den Schatten gezogen hatte. Anstelle von Schrecken empfand sie sogar ein leicht ausgeprägtes Interesse.

Er rieb über ihre Schenkel, ihre Waden. Dann kam er wieder nach vorne und fuhr fort mit einer ausgesprochen langen Begutachtung ihrer Zehen. Höher bewegte er sich, verharrte an ihrem rechten Knie und dem dort sichtbar verknoteten Gewebe, dem unebenen Knochen unter ihrer Haut. „Was hat zu dieser Verletzung geführt?", flüsterte er.

„Eine Gusspfanne, Sir."

Hatte er gerade geknurrt? Er bahnte sich einen Weg nach oben, seine Berührungen kaum spürbar und trotzdem sensibilisierte sich ihre Haut. Sie war sich der Wärme seiner Finger so sehr bewusst, dass sie jeden Kontakt vorausahnte.

Er fand die Narben an ihrer Hüfte, die Verbrennungen an ihren Brüsten, die verheilten Schnitte an ihrem Kinn und den Wangenknochen, den Huckel auf ihrem Nasenrücken, der davon kam, dass Kyler ihr einst mit der Faust die Nase gebrochen hatte.

„Kleine, er hat dich schlimm zugerichtet", murmelte er. Seine Stimme quoll nicht von Mitleid über, sondern stellte lediglich eine Tatsache dar. Erneut küsste er sie: Härter, leidenschaftlicher, aber genauso gemächlich und rücksichtsvoll. Wie Samt und Eisen. Seine Zunge nahm sie in Besitz und umwarb ihre zum Mitmachen. Ihre Atmung beschleunigte sich, als ein winziger Funken tief in ihrem Inneren entfacht wurde. Sie konnte nicht verschwinden, ihm nicht ausweichen, ihm nichts abschlagen. Sie konnte sich nur unterwerfen. Und es genießen. Ein letztes Mal knabberte er an ihrer mittlerweile geschwollenen Unterlippe, bevor er sich von ihr löste. Er saugte ihren Atem in seine Lungen, gab seinen an sie weiter – ein Austausch, der so viel intimer war als der Sex zwischen den meisten Menschen.

Wieder landeten seine Hände auf ihren Brüsten.

Ein unerwartetes Kribbeln schoss durch ihre Adern. Sie zuckte, als er mit seinen schwieligen Daumen über ihre Nippel rieb. An einer Knospe zog er, rollte sie sanft zwischen Daumen und Zeigefinger – niemals nahm er dabei seinen entschlossenen Blick von ihrem Gesicht, ihrem Mund, ihren Augen.

Schrittweise erhöhte sich der Druck, den er auslöste, mit jedem Zwicken, mit jedem genussvollen Rollen. Schließlich schaffte er es, dass zwischen ihren Brüsten und ihrer Klitoris ein Wechselstrom entstand, und sie sog scharf den Atem ein.

Dann küsste er sie, sein Mund gewaltsam. Der Kuss lenkte sie ab, sodass sie nicht voraussah, wie er hart in ihren Nippel zwicken würde. So hart, dass sie zischte. Er fuhr fort, berauschte sie mit sinnlichen Küssen, schockierte sie mit dem erregenden Spiel, das ihre Knospen zu ertragen hatten. Am Ende schmolz ihr Inneres dahin und ein mächtiges Gefühl der Begierde fegte durch ihren Körper.

Sie lehnte sich seinem Kuss entgegen, als seine Hände auf Entdeckungsreise gingen, weiter runter, bis er die Löckchen ihres Geschlechts erreichte. Er entriss ihr seine Lippen, zeigte ihr seine Hand, ja, ganz explizit seine Finger, die im sanften Licht glitzerten.

Ihre Kinnlade klappte ungläubig herunter. Sie war feucht. Wie lange war es her, dass sie das von sich behaupten konnte?

Er leckte die benetzten Finger und seine ernsten Lippen formten sich zu einem Lächeln, wodurch sein Ausdruck automatisch freundlicher wirkte.

„Ich mag deinen Geschmack." Seine direkten Worte schmälerten die Sorge in ihr und wärmten ihr das Herz. Es gab Dinge, die er an ihr mochte. Und im Gegensatz zu den anderen Doms schien er nicht frustriert oder unzufrieden mit ihr.

Er drehte den Kopf, sah sich um und lief zu der Wand. Dort nahm er einen Hocker und positionierte sich damit unmittelbar vor ihr. Sein Gesicht war auf gleicher Höhe mit ihrem Geschlecht. Eine Minute, zwei Minuten vergingen, eine halbe Ewigkeit, in der er auf ihre weit geöffnete Spalte starrte. Sein Blick fühlte sich heiß an und sie spürte, wie sich ihre Schamlippen und ihre Klitoris erwärmten und zu neuem Leben erwachten. Als er sie endlich berührte, schnappte sie nach Luft und zuckte zusammen.

Er hob den Kopf und beobachtete sie mit diesen Augen, die nichts verrieten, obgleich er mit seinem Finger durch ihre feuchte Spalte glitt. Sein Finger, nur einer, bewegte sich in tiefere Gefilde, von ihrem Venushügel vorbei an ihrer Klitoris, bis kurz vor ihren

Anus, wo er kehrtmachte. Wieder und wieder fuhr er mit dem Finger diese Route ab, als wäre das seine einzige Aufgabe. Jede weitere Runde ließ mehr Nervenenden in ihrem Körper erwachen. Schon bald pulsierte ihr Geschlecht vor Begierde und sie konnte nur Druck ablassen, indem sie die Ketten mit ihren Händen fest packte.

Unerwartet wandte er sich ihrer Klitoris zu, umkreiste das Nervenbündel, ohne es jemals zu berühren. Sie wusste, dass er dies absichtlich tat, um sie in den Wahnsinn zu treiben. Es war frustrierend. Sie fühlte, dass ihre Klitoris in Erwartung auf eine Berührung anschwoll. Zudem wurde sie feuchter, lechzte nach Erlösung, was er nicht zu merken schien. Nein, er war ein Dom. Ihm entging rein gar nichts. Langsam verabschiedete sich auch ihre übrige Kontrolle.

„Sir", flüsterte sie. Sie konnte sich nicht erinnern, wann sie einem Orgasmus das letzte Mal so nah gewesen war. „Sir ..."

Seine Augen verdunkelten sich und sein Kiefer spannte sich an. „Du hast nicht die Erlaubnis, zu sprechen." Sein Finger ließ nicht nach. Er zog Kreise, ihre Klitoris stand in Flammen, ihre Welt reduzierte sich nur auf seine Berührungen.

Als er seine Hand wegnahm, wimmerte sie.

Schweigend entfernte er die Spreizstange. So schlossen sich ihre Beine über ihrer geschwollenen Klitoris und den Schamlippen. Über ihrer Nässe. Verzweifelt sehnte sich ihr Körper nach Erlösung.

Er löste die Fesseln um ihre Fußknöchel und hakte sie wieder an seinem Gürtel ein. Dann erhob er sich und sie erstarrte, bereitete sich mental und physisch auf die Invasion seines Schwanzes vor. Die Panik meldete sich zurück und ihre Begierde kochte nur noch auf geringer Hitze.

Nun hielt er ihr seine nassen Finger vors Gesicht. Sie konnte den Duft ihrer eigenen Erregung wahrnehmen. „So wirst du auch das nächste Mal riechen, Sub", sagte er. „Und vielleicht werde ich dich dann weitertreiben."

Nächstes Mal? Nicht jetzt?

Er machte sie los und sie fiel gegen seine starke Brust.

„Langsam, Baby", knurrte er. Er zog sie enger an sich und packte ihren nackten Hintern mit den Händen, riss sie an seinen steinharten Körper. An ihrem Bauch fühlte sie seine dicke Erektion.

Er wollte sie also. Diese Erkenntnis erfüllte sie mit neugewonnener Begierde, gefolgt von Nervosität. Er wollte sie. Warum nahm er sie dann nicht? Verwirrt sah sie ihn an, traf auf seine undurchdringlichen, schwarzen Augen und beobachtete, wie sich daneben die Lachfältchen vertieften.

Als er sie daraufhin küsste, bewegte sich seine Zunge in dem gleichen rotierenden Rhythmus wie seine Finger. Hitze baute sich in ihrer Mitte erneut auf, ihre geschwollene Klitoris pulsierte im Takt zu ihrem Herzschlag. Ihre Beine zitterten.

Er versuchte, auf Abstand zu gehen und sie entschied kurzerhand, die Arme um seinen Hals zu wickeln. Während sie sich enger an ihn presste, konnte sie nicht verhindern, dass ihr ganzer Körper vor Erregung bebte. Er musste einfach wissen, wie angetörnt sie gerade war. Bestimmt würde er sie jeden Moment über einen Sessel beugen und sie nehmen, sie –

Mit viel Geduld hatte er ihre Kontrolle abgetragen, ihre Schutzmauern gesenkt.

Jetzt aber packte er sie an den Oberarmen und schob sie von sich. Seine Augen schweiften über sie hinweg, stellten sicher, dass sie ihr Gleichgewicht nicht verlieren würde, wenn er sie losließ.

Dann tat er genau das, tippte gegen ihre Wange und marschierte davon, ließ sie nackt und überaus erregt zurück.

Sie starrte ihm nach. Hasste ihn. Wollte ihn.

KAPITEL ZWEI

Den ganzen Tag hatte es Beth irgendwie geschafft, die Ereignisse vom gestrigen Abend aus ihren Gedanken herauszuhalten, dann jedoch erreichte sie das Shadowlands – die letzte Station vor ihrem Feierabend. Nachdem sie mit dem Unkrautjäten unter dem Farnkraut fertig war, legte sie ihr Kniepolster unter eine Lebens-Eiche und fuhr bei den Glücksfedern fort. Der berauschende Geruch von Vegetation und Erde erfüllte ihre Sinne mit Freude. Sie liebte ihre Arbeit.

Und diesen Ort. Sie hob den Blick zu dem dreistöckigen Anwesen hinter ihr. Von allen Aufträgen, die sie hatte, kam sie am liebsten zum Shadowlands. *Gott*, sie konnte sich so glücklich schätzen, den Vertrag für die Landschaftsgestaltung bekommen zu haben. Sie war zur richtigen Zeit am richtigen Ort gewesen. Wie oft passierte das schon?

In ihrer ersten Nacht im Shadowlands hatte sie Master Z sagen hören, dass er seinen Gärten gerne eine Veränderung zukommen lassen würde. In ihren High Heels war sie wie ein junges Reh zu ihm geschunkelt, die Panik allgegenwärtig, denn es schickte sich nicht, die Unterhaltung zwischen Doms zu unterbrechen. Doch sie hatte es gewagt. Anstatt sie fortzuschicken, hatte er sie angeheuert und sogar eine Mitgliedschaft zum Club oben drauf gelegt. Da sie sich keinen weiteren Monat hätte leisten können, hätte sie nicht glücklicher sein können.

Sie rutschte in den Schatten, da die Sonnenstrahlen ihre Waden verbrannten. Sommer in Florida war so anders als in Kalifornien. In beiden Fällen heiße Klimata, doch Kalifornien erinnerte eher an eine Wüste, trocken. In Florida hingegen war die Luft feuchter. Sie blickte zu den dunklen Wolken, die sich am Himmel bildeten und hörte es leise donnern – eine Vorwarnung auf den täglichen Nachmittagsschauer.

Ein Vogel schoss über ihren Kopf hinweg, wahrscheinlich auf dem Weg zu einem der Brunnen, die sporadisch in den Gärten verteilt waren. Sie lehnte sich vor, arbeitete geduldig an dem Beet und formte mit dem Unkraut neben sich einen Haufen.

Unkrautjäten war eine gute Beschäftigung, bei der sie genug Zeit zur Verfügung hatte, um über gestern nachzudenken. Darüber, wie viel Angst sie gehabt hatte. Sie konnte Master Nolans Finger noch immer auf ihrer Haut fühlen, so intim. Sie erinnerte sich an ihre Reaktion und ... erschauerte.

Sie hatte das Gefühl, endlich erwacht zu sein: Seit einem Jahr hatte sie sich nicht mehr so lebendig gefühlt. Ihre Emotionen waren nicht mehr eingefroren. Gestern war sie sich wieder wie eine Frau vorgekommen und sie hatte etwas erhalten, nachdem sie sich schon so lange gesehnt hatte. Dass sie dieses Etwas ausgerechnet von einem Dom wie Master Nolan bekommen hatte, erweckte in ihr ein bisschen Unmut. Er war zu erfahren, sah zu viel. Er würde es ihr nicht erlauben, sich erneut hinter ihren Schutzmauern zu verkriechen.

Zwar mochte sie es nicht, Menschen nach ihrem Äußeren zu beurteilen, aber seine raue Erscheinung verängstigte sie. Sein gemeiner Ausdruck, der wie gemeißelt schien, ließ sogar Kyler wie ein sanftes Lamm aussehen. Sie betrachtete die Stichwunden in ihren Handflächen. Kyler war kein Lamm; er war ein Wolf im Schafspelz.

Sie seufzte und drängte die hässlichen Erinnerungen zurück. *Bleib in der Gegenwart.* Sie zog das nächste Büschel aus der Erde und warf es auf den immer größer werdenden Haufen. Warum fühlte es sich so befriedigend an, Pflanzen aus der Erde zu reißen? Weil sie zumindest in dem Bereich die Kontrolle hatte?

Ganz im Gegensatz zu letzter Nacht, als Master Nolan Patrick nach ihrer Session weggeschickt hatte. Oh ja, Master Nolan hatte augenblicklich die Kontrolle an sich gerissen. Er hatte sie nicht nach ihrer Meinung gefragt. Nicht gefragt, was sie von ihm brauchte. Nichts. So ähnlich wie Kyler und doch … anders.

Kyler hatte immer nur ein Ziel verfolgt: Sie zum Schreien zu bringen. Vor Schmerz. Master Nolans Ziele kannte sie nicht, doch es hatte keinen einzigen Moment gegeben, in dem er ihre Reaktionen nicht im Blick gehabt hatte. Er sah, wenn ein Anflug von Panik drohte, sie zu übermannen. Jedoch hatte er sie dann nicht wie andere Doms getröstet oder sein Vorgehen geändert. Nein, er hatte abgewartet.

Dafür hasste sie ihn ein bisschen.

Auf jeden Fall hasste sie ihn dafür, dass er sie so erregt und gierig zurückgelassen hatte. Wie war es möglich, dass sie einerseits aufgeregt war, Lust empfunden zu haben, und sich andererseits deswegen schämte? Sie lehnte sich zurück, zog ihre Knie an ihre Brust und stützte das Kinn ab. *Ich gehöre wirklich in die Klapse.*

„Hey, Beth."

Ruckartig hob Beth den Kopf und sah sich um, bis ihr Blick auf Jessica fiel, die gerade in den Garten spazierte. Die hübsche Blondine in Khakishorts und einem goldenen Oberteil wirkte immer wie frisch aus dem Ei gepellt. Das totale Gegenteil zu Beths im Dreck wühlender Erscheinung.

„Ich habe deinen Pickup gesehen. Nimmst du dir jemals einen Tag frei?"

„Gelegentlich. Das Shadowlands hat so viele Gärten, dass ich fast jeden Nachmittag herkomme. Na ja, abgesehen von Samstag, wenn ich mich für den Abend im Club fertigmache und Freitag, wenn ..." Sie grinste. „Ich habe auf eine unschöne und peinliche Weise entdecken müssen, dass die Swinger am Freitag recht beizeiten im Club eintreffen."

Jessica lachte und setzte sich in der Nähe auf eine Steinbank, mit Bedacht auf die Metallringe, die an den Seiten eingebettet waren und zum Fesseln von Subs Verwendung fanden. „Ja, die Gruppe ist enthusiastisch. Z droht mir immer damit, mich zu einem Treffen zu bringen. Ein Scherz." Sie runzelte die Stirn. „Jedenfalls hoffe ich, dass er scherzt."

Beth entließ ein zaghaftes Lachen. Noch nie hatte sie jemanden kennengelernt, der schwerer zu durchschauen war als Master Z. Jessica war eine mutige Frau, ihn als Dom an ihrer Seite zu akzeptieren. Allerdings hatte auch Master Nolan nicht unbedingt die aussagekräftigste Mimik. „Wie gut kennst du Master Nolan?", fragte sie, bevor sie sich stoppen konnte.

„Nolan? Nicht besonders gut." Jessica lehnte sich zurück und hob das Gesicht zur Sonne. „Er und Z sind Freunde. Jedoch ist er erst vor ein paar Monaten aus dem Irak zurückgekommen, wodurch er zunächst viel Zeit in seinem Unternehmen verbringen musste, um zu sehen, ob alles läuft."

Mit abgewandtem Gesicht konzentrierte sie sich wieder aufs Beet und zog Springkraut heraus. „Ist er nicht ein bisschen zu alt, um noch Soldat zu spielen?"

„Z meinte ... Hmm, lass mich überlegen." Genau das tat Jessica. „Er hatte wohl einen Militärvertrag als Berater bei Bauvorhaben. Er war nur ein Jahr weg." Jessica lehnte sich vor und betrachtete Beth. „Du denkst doch nicht darüber nach, Nolan zu bitten, dich zu toppen, oder? Schließlich scheinst du eher die weniger erfahrenen Doms zu bevorzugen. Nolan ist ... also, er ist nicht ... Ach, ich sollte aufhören, bevor ich mir ein Loch buddle, aus dem ich nicht mehr rauskomme."

„Du bist gestern erst spät in den Club gekommen, stimmt's?" Beth schenkte ihr ein betrübtes Lächeln.

„Stimmt. Cullen hat mir aber gesagt, dass du recht beizeiten verschwunden bist. Hast du Nolan kennengelernt?" Neugierde sprühte aus Jessicas grünen Augen. „Erzähl es mir, erzähl es mir."

Beth zögerte. Es war lange her, dass sie jemanden zum Reden gehabt hatte. Nicht mehr, seit sie Kyler geheiratet hatte. Systematisch hatte er sie von ihren Freunden und ihrer Familie entfremdet. Wusste sie noch, wie man eine gute Freundin war?

„Du musst es mir nicht erzählen", sagte Jessica in einem sanften Ton. „Manchmal vermisse ich es allerdings, mich mit Frauen auszutauschen. In der Vanilla-Welt versteht niemand, was beim BDSM so vor sich geht." Deutlicher konnte Jessica ihr Interesse an einer Freundschaft nicht bekunden.

„Ich nehme an, dass Master Z meinen Namen vor dir nicht erwähnt hat." Beth entfernte einen Löwenzahn aus der Erde, vorsichtig, um auch die Wurzel zu erwischen. Master Z erlaubte keine Unkrautvernichter. „Er hat mir Master Nolan als Dom zugeteilt und gemeint, dass ich meine Mitgliedschaft verliere, wenn wir nicht miteinander kompatibel sind."

Schock zeigte sich auf Jessicas Gesicht. „Das kann er nicht tun!"

„Kann er." Beth zuckte mit den Achseln, während ihr die Empörung ihrer neuen Freundin das Herz erwärmte. „Sei nicht böse auf ihn. Er hat es nicht getan, um mir zu schaden. Ich weiß, dass er mir nur helfen will. Es ist nur, na ja, Master Nolan ist mir ein wenig unheimlich." Und war das nicht die Untertreibung des Jahres?

„Oh, ich bitte dich. Dann könntest du auch sagen, dass Hannibal Lecter nur an Low-Carb-Gerichten Interesse hat."

Beth fühlte, wie sich ein Kichern löste. Es folgte ein zweites, als Jessica die Augen rollte, und dann konnte sie sich nicht länger zurückhalten und brach in Lachen aus.

Tränen füllten ihre Augen. Nicht wegen ihres herzhaften

Lachens, sondern wegen jener bittersüßen Freude, die sich in ihr ausbreitete. Es verbargen sich also doch mehr Emotionen als Angst in ihr; demnach war es Kyler nicht gelungen, alles Schöne in ihr zu zerstören.

———

Samstagabend übertrat Beth mit erhobenem Kopf die Türschwelle des Shadowlands. Obwohl ihr Magen rebellierte, konnte sie sich wenigstens ihrer Aufmachung sicher sein. Da Kyler nicht in der Stadt war, als sie die Flucht ergriffen hatte, war ihr Zeit geblieben, ihr Auto mit ihren Klamotten zu befüllen, sowie ein paar Habseligkeiten, die ihr lieb waren und die er nicht zerbrochen hatte. Ein Großteil ihrer Sachen war zwar nicht für die Gartenarbeit geeignet, aber an Fetischkleidung mangelte es ihr dafür nicht.

Heute hatte sie jedes Kleidungsstück in ihrem Besitz anprobiert, bevor ihre Wahl auf ein goldenes PVC-Korsett mit farblich passenden Shorts und Armbändern gefallen war. Würde Master Nolan ihr Outfit mögen? Oft wurde ihr gesagt, dass die Farbe die Highlights in ihren roten Haaren unterstrich, als wunderschön empfand sie sich aber selten. Nicht mehr. Sie wusste, dass Kyler sie nicht attraktiv gefunden hatte. *Flach wie ein Brett, ein Stock auf Beinen, blass wie ein Geist.* Er wollte ihr damit wehtun, sicher, und dennoch hatten die herabwertenden Kommentare ihr Selbstbewusstsein völlig zerstört.

Manchmal fühlte sie sich wie ein Haufen Scherben. Jedoch weigerte sie sich, ihn gewinnen zu lassen. Auf keinen Fall würde er den Sieg davontragen. Heute Abend hatte sie in den Spiegel gesehen und im Anblick ihres Erscheinungsbildes zugeben können, dass sie akzeptabel aussah. Sie hatte noch Schwierigkeit, sich selbst zu glauben, aber mit der Zeit, das hoffte sie, würde es besser werden.

„Guten Abend, Miss Beth", sagte der Türsteher, der wie immer hinter seinem Schreibtisch stand.

„Hi, Ben", begrüßte sie ihn. Ben war so riesig, so einschüchternd und doch so lieb. Er erinnerte sie an André the Giant.

Er grinste. „Nettes Outfit."

Das Kompliment diente als Stütze für ihr sinkendes Selbstvertrauen. Sie strahlte ihn an. „Danke."

Auf der Mitgliedsliste machte er einen Haken hinter ihrem Namen und wies sie an, durch die Tür in den Hauptraum zu treten. Sofort fegte die Atmosphäre des Shadowlands über sie hinweg und zog sie in seinen Bann. In der rechten Ecke war die Tanzfläche gut gefüllt, bestehend aus den jüngeren Mitgliedern, die zu Musik von *London After Midnight* tanzten. Später am Abend würde Z langsamere Klänge anstimmen, um das Flair im Club in eine etwas dunklere Richtung zu lenken.

Die runde Bar in der Mitte des Raumes erinnerte an ein riesiges Piratenschiff, mit dem Barkeeper Cullen am Steuer. Um die Bar verteilten sich Sitzgruppen, einige versteckt hinter Pflanzen und anderen Raumtrennern. Beth ging in den Bereich, wo sich zumeist die Single-Subs versammelten, direkt neben der Bar, damit Doms und Dominas einen Blick auf sie hatten und vice versa.

Eine kurvige, blonde Sub erblickte Beth und winkte sie zu sich, ihre langen Nägel funkelten unter dem Licht der Kronleuchter. Dann blickte sie auf ihre eigenen Hände und verzog das Gesicht zu einer Grimasse. Trotz der Handcreme, die sie benutzte, hatte sie nun mal die Hände einer Gärtnerin. Rau von körperlicher Arbeit. Sie rieb die Finger aneinander, fühlte die Schwielen und seufzte. Der Duft nach Erdbeeren und Zitrone erfüllte ihre Sinne und hob ihre Laune. Eine Sache, die sie bei ihrer Flucht nicht eingepackt hatte, war dieses eine schwere Parfum, das sie abgrundtief verabscheut hatte. Möglich, dass sie durch ihre Körperlotion jetzt nach einem Dessert roch, aber der Duft machte sie unglaublich glücklich.

Beth erreichte die Gruppe mit den Subs und zögerte. Was erwartete Master Nolan heute von ihr? Sollte sie sich hinsetzen und auf ihn warten? Oder sollte sie sich auf die Suche nach ihm begeben? Aus Erfahrung wusste sie, dass es egal war, was sie tat. Jede Entscheidung führte zu Bestrafungen. So war das eben. Welche Bestrafungen hatte dieser gemein aussehende Dom wohl in seinem Repertoire?

Schließlich kroch Schmerz ihre Arme hoch: Sie spannte ihre Hände so stark an, dass ihre gefolterten Knöchel rebellierten. Die furchtbare Erinnerung traf sie wie ein Schlag, füllte ihren Verstand wie ein Ölteppich im Meer, zog sie tiefer und tiefer in die Dunkelheit. Hilflos, sie fühlte sich so hilflos.

Sie wirbelte von der Gruppe weg, als die Galle ihre Kehle hochstieg. Sie konnte das nicht tun. Er würde ihr wehtun, und sie –

Sie krachte gegen ihn, gegen seinen imposanten Oberkörper – wie ein Vogel gegen eine Felswand. Master Nolans Hände legten sich um ihre Arme. Unfähig auch nur einen Atemzug zu nehmen, hämmerte ihr Herz in ihrer Brust und sie versuchte instinktiv, sich aus seinem Griff zu befreien. Mit Leichtigkeit hielt er sie fest, seine Finger wie unzerstörbare Fesseln, doch nicht eng, nicht schmerzhaft.

„Ganz ruhig, Baby." Seine grollende Stimme umgab sie und schaffte es überraschenderweise, sie zu beruhigen.

Tief einatmen, Beth. Das tat sie, dann nochmal, bevor sie es wagte, den Blick zu heben. Sie konnte in seinem Gesicht keine Wut erkennen. Geduldig wie ein Kater vor einem Angriff wartete er, bis sie sich gefasst hatte. „Bitte verzeih mir, Sir", sprach sie zu ihren Füßen. „I-ich ..." Ihre Stimme brach. Was konnte sie schon sagen?

Er ließ sie los und umfasste mit einer Hand ihr Kinn, richtete ihren Kopf aus, bis sie ihn ansehen musste. „Für einen Moment hast du die Nerven verloren." Er musterte sie aufmerksam. „Jetzt geht es dir wieder gut."

Keine Frage, sondern eine Feststellung. Dennoch nickte sie.

„Gold steht dir", sagte er.

Sie blinzelte. Ein Kompliment? Vielleicht war er doch nicht so schlimm, wie sie befürc –

Sie senkte den Blick. „Was machst du da?"

„Nach was sieht es denn aus?", fragte er gelassen, als er mit seinen vernarbten Fingern die Bänder an ihrem Korsett löste. Sie hob die Hände, zwang sie jedoch wieder an ihre Seiten und ballte sie dort zu Fäusten. Schließlich öffnete er die zwei Hälften und entblößte ihre Brüste.

Seine Finger legten sich um ihren Oberarm, hielten sie an Ort und Stelle, damit er die andere Hand auf ihre nackte Haut legen konnte. Vor allen Leuten, mitten im Raum.

Sie hob das Kinn und untersagte ihrem Gesicht jegliche Emotionen. Er würde sich mit ihr vergnügen.

„Sehr hübsche Brüste", murmelte er, seine schwarzen Tiefen auf ihr Gesicht gerichtet. „Du bist ein wenig untergewichtig. Das werden wir später besprechen. Für den Moment genieße ich es viel zu sehr, deine Nippel zu berühren. Der Farbton erinnert mich an deine Lippen. Sieh selbst."

Durch seinen subtilen Befehl senkte sie den Blick auf seine Hand, mit der er ihre Brust hielt. Mit dem Daumen umkreiste er ihren rosafarbenen Nippel, seine dunkle Haut dabei im starken Kontrast zu ihrer Blässe. Es war erotisch. Plötzlich wurde sie sich seinen schwieligen Händen bewusst, seinem Daumen, der Wärme seiner Handfläche. Er rieb über ihre aufgerichtete Knospe und die Empfindung hatte direkten Einfluss auf ihr Geschlecht.

Sie hob den Kopf und versuchte zuvor, ihre Gesichtszüge zu kontrollieren.

In seinen Augen sah sie Befriedigung. „Komm, Sub." Er legte einen Arm um ihre Taille und lief zum vorderen Bereich.

Ihre Hände waren damit beschäftigt, die beiden Hälften ihres Korsetts zusammenzuhalten.

„Lass es offen. Ich werde den ganzen Abend mit deinen

Brüsten spielen." Seine Worte entfachten ein Gefühl in ihr, dass sie nicht einzuordnen vermochte.

Er führte sie zu einem Buffet und gab ihr ein großes Truthahn-Schinken-Sandwich, ohne etwas für sich selbst zu nehmen. „Iss das Sandwich."

An der überfüllten Bar zog er sie an seine Seite und beobachtete sie schweigend beim Essen. Sie war zu nervös gewesen, um zu Abend zu essen. Doch nun schien ihr Appetit zurück, solange sie nicht zu viel Zeit damit verbrachte, an die nächsten Stunden zu denken. Solange der Dom, der sich an sie presste, schwieg. Innerhalb weniger Minuten hatte sie das Sandwich verdrückt, woraufhin er zu ihr sagte: „Braves Mädchen."

Obwohl heute viel los war, ließ sich der Barkeeper nicht stressen. Master Cullen arbeitete in seinem eigenen Tempo. Bis er zu ihnen kam, um eine Bestellung entgegenzunehmen, hatte sich Beth an Master Nolans Arm um ihre Taille gewöhnt. Sein solider Körper an ihrem, dazu seine Stimme tief und tröstend, als er mit anderen Doms sprach.

„Guten Abend, Nolan. Wie ich sehe, hast du dir eine kleine Rothaarige angelacht." Grinsend stützte Cullen sich auf der Bar ab.

„Sie ist hübsch, stimmt's?", antwortete Sir.

Hübsch? Ich? Beth schloss die Augen und sog das Kompliment tief in sich auf. Dieser erbarmungslose Dom würde sich nicht die Mühe machen, ihr Butter aufs Brot zu schmieren, würde nicht lügen. Er war durch und durch aufrichtig.

„Ja, ich muss dir zustimmen." Als der Barkeeper einen genussvollen Blick über sie schweifen ließ, wurde sie sich ihrer Nacktheit erneut bewusst. Warum störte es sie so sehr, dass ihre Brüste für jedermann offenbart waren? Schließlich hatte sie schon Sessions gespielt, bei denen sie splitterfasernackt gewesen war. Jedoch hatte sie sich noch nie so ... entblößt gefühlt.

. . .

Nolan beobachtete, wie der Sub Schamesröte in die Wangen stieg, ihre Lippen nicht länger angespannt; jetzt waren sie … weich und verletzlich. Diese Zerbrechlichkeit machte ihm Sorgen. Nicht nur ihr geistiger Zustand, sondern auch ihr körperlicher. Sie bestand nur aus Haut und Knochen. Er bevorzugte Frauen mit ein bisschen Polster, da er kein kleiner Mann war. Er wollte Hüften, die er fest packen konnte. Beth hatte all das nicht und daher musste er sich immer wieder in Erinnerung rufen, vorsichtig zu sein.

Tolle Titten, das musste er schon sagen. Er festigte den Arm um sie, fuhr mit den Fingerknöcheln über ihre Nippel und lächelte, als sich ihre Knospen aufrichteten. Heute trug sie ihre Haare offen und die dunkelroten Wellen ergossen sich über ihre sommersprossenbedeckten Schultern. Die Schönheitsflecke verliefen über ihr Schlüsselbein und verblassten dann allmählich, was ihre cremeweißen Brüste verführerisch in Szene setzte.

In der vergangenen Woche hatte er oft an sie gedacht, hatte versucht, einen Plan zu entwickeln, um sie aus ihrem Kokon zu befreien. Schnell hatte er entschieden, dass es zunächst wichtig war, ihr Informationen zu entlocken, bevor er zu intim mit ihr wurde.

Cullen stellte ein Corona vor ihm ab und richtete seine Aufmerksamkeit dann auf seine Sub. „Beth?"

Nolan sah sie überrascht an. Wenn Cullen ihre Bestellung nicht kannte, dann hatte sie noch nie etwas bestellt. Interessant. „Sag Master Cullen, was du gerne hättest."

„Ich brauche keinen Drink", sagte sie. Rasch fügte sie hinzu: „Sir."

„Hast du ein Problem mit Alkohol?"

„Nein, Sir." Sie starrte wieder ihren geliebten Fußboden an. „Ich bevorzuge es einfach, bei vollem Bewusstsein zu sein."

„Mir würde es gefallen, wenn du wenigstens ein bisschen loslassen würdest. Ein Drink, und du wirst das Glas leeren." Er grinste, als sie ihre winzigen Hände schon zum zweiten Mal an diesem Abend zu Fäusten ballte. Ihr Temperament war also nicht völlig erloschen. Dem Arschloch, das sie auf furchtbare Weise misshandelt haben musste, war es nicht gelungen, sie zu brechen. „Cullen, bereite ihr einen Screwdriver zu."

Als der Cocktail kam, reichte Nolan das Glas an Beth weiter und führte sie zu einer Couch. Er nahm Platz und sie machte den Anschein, sich hinknien zu wollen. Er stoppte sie. „Setz dich neben mich. Das High Protocol heben wir uns für einen anderen Tag auf." Um nicht missverstanden zu werden, fügte er hinzu: „Ich werde dir sagen, wenn ich es ausgeführt sehen will. Auf keinen Fall werde ich es für dich zu einem Ratespiel machen."

Ihre Gesichtszüge entspannten sich. Gerade genug, um seine Vermutung zu bestätigen, dass sie in ihrer Vergangenheit dafür bestraft wurde, falsch geraten zu haben. Wahrscheinlich jedes Mal. Manche Doms setzten Bedingungen, die unmöglich erfüllt werden konnten, nur um eine Entschuldigung zu haben, Bestrafungen auszuüben. Er könnte ihr mitteilen, dass er so nicht operierte, doch er sah ihr an, dass sie dem Wort eines Doms nicht vertraute. Ihr Vertrauen musste sich erarbeitet werden. Er ließ die Augen über die Narben an ihren Brüsten schweifen; ihr Misstrauen, ihre Angst waren begründet. Er klopfte auf das Kissen neben sich, und nachdem sie sich gesetzt hatte, zog er sie mit einem Arm um ihre Taille so nah zu sich, bis ihr Schenkel mit seinem in Kontakt kam. Ihr Duft wehte zu ihm, ein Hauch von Erdbeere und Zitrone. Leicht und frisch, vor allem im Vergleich zu den überwältigenden Gerüchen, die sonst hier im Club vorherrschten.

Er umfasste die Hand, in der sie ihr Getränk hielt, und hob es zu ihrem Mund. Er beobachtete, wie sie einen Schluck nahm, bevor er sich selbst eine Freude bereitete und erneut eine ihrer Brüste liebkoste. Beeindruckend, wie viel Vergnügen ihm ihr kleiner Busen bescherte. So perfekt wie zwei ruhende Tauben. Und wie ein eingefangenes Täubchen erstarrte Beth unter seiner Berührung. Er spürte, dass sich ihr Herzschlag beschleunigte. Mit dem Daumen fuhr er über einen hellen Brandfleck. „Du warst mit dem Bast ... der Person, die dir das angetan hat, zwei Jahre in einer Beziehung, oder?"

Sie zuckte zusammen und er konnte ihre Zähne knirschen hören. Also wartete er. Sie schien keine Erfahrung mit entgegengebrachter Geduld zu haben. Dieses verdammte Arschloch musste ein Choleriker der schlimmsten Sorte gewesen sein.

Sie leckte sich mit der Zunge über ihre trockenen Lippen. „Ja, Sir."

„Eine lange Zeit." Mit Sicherheit hatte es sich wie ein ganzes Leben angefühlt. Von ihren angespannten Muskeln konnte er sagen, dass sie nicht freiwillig über diese Zeit reden würde. Doch an ihrer Redseligkeit würden sie an einem anderen Tag arbeiten. *Zur Hölle.* Sie zu unterwerfen, fühlte sich an, als müsste er mit verbundenen Augen über ein Minenfeld laufen. „Trink", knurrte er und sie gehorchte.

Sie nahm einen zaghaften Schluck.

„Wie oft masturbierst du?", fragte er.

Sie verschluckte sich und lief rot an wie eine Tomate.

Er unterdrückte ein Lächeln. Seit Jahren im Lifestyle und trotzdem noch so sittsam? Faszinierend. „Antworte mir, Sub."

Dieses Mal gönnte sie sich einen großzügigen Schluck. „Nie." Es dauerte eine Weile, bis sie es schaffte, ihm wieder ins Gesicht zu sehen. Ihre Augen waren bezaubernd. Türkisfarben – wie die Edelsteine des Schmucks, den seine Mutter so gerne trug.

„Warum nicht?"

Die Schamesröte vertiefte sich. Normalerweise genoss er es, wenn eine Sub errötete, aber in diesem Fall war es geradezu schmerzhaft.

„Ich ... Es ist ... Ich habe es einfach nicht geschafft, zu kommen, und ich weiß nicht, warum."

Er kannte den Grund sehr wohl. In den vergangenen Tagen war er in Bezug auf ihr Verhalten zu ein paar Erkenntnissen gelangt: Er nahm an, dass ihre letzte Beziehung normal begonnen haben musste, wahrscheinlich sogar mit gutem Sex. Doch kurze Zeit später wurde es unschön und sie hatte darauf reagiert, indem sie nicht nur ihre Reaktionen gegenüber Schmerz eingefroren hatte, sondern auch gegenüber Lust.

War es denkbar, dass sie Erregung nur noch dann erfahren konnte, wenn sie dominiert wurde? „War es dir vor dieser Beziehung möglich, einen Orgasmus zu haben?"

„Ja, Sir."

Gut, sehr gut. „Nur durch Selbstbefriedigung oder auch mit einem Mann?"

Ihre dünn geschwungenen, rotbraunen Augenbrauen zogen sich zusammen.

„Was ist?", fragte er.

„Das habe ich nicht erwartet. Die vielen Fragen. Dass wir ... reden."

„Dass wir eine Unterhaltung führen?" Nolan strich mit den Fingerspitzen über ihren Kiefer, bemerkte ihr stures Kinn, obwohl sie zart und zerbrechlich wirkte. „Haben die Doms vor mir nie das Gespräch mit dir gesucht?"

„Ich ..." Sie starrte auf ihre Hände. „Sie haben es versucht. Ich wollte nicht ... Ich wollte einfach beginnen." Aus hoffnungsvollen Augen sah sie ihn an.

Er erstickte diese Hoffnung im Keim: „Das wird nicht passieren, Süße. Du wirst lernen, mit mir zu kommunizieren. Beantworte meine Frage."

„Ja, zuvor konnte ich auch mit Männern zum Orgasmus finden", zischte sie. Kurz darauf erblasste sie sichtlich und zuckte verängstigt zusammen.

Unbehelligt lehnte er sich zurück, stellte die Stiefel auf den Couchtisch und trank von seinem Bier. *Richtig, da war ja noch was.* „Ich werde nicht ausrasten und dich schlagen, Beth. Während einer Session erwarte ich Respekt. Wenn wir uns unterhalten, bin ich toleranter, solange du nicht frech wirst." Er lächelte und spielte mit einer Locke, die auf ihre hinreißende Schulter fiel. Es machte den Anschein, dass das feurige Glühen ihrer Haare ihr inneres Temperament widerspiegelte. „Es gefällt mir sogar, wenn du durch deine Barriere brichst und deine Schüchternheit zumindest für einen kurzen Moment ablegst. Welche Art Mann hat es geschafft, dich zum Höhepunkt zu bringen?"

KAPITEL DREI

„A lso ..." **Wie zur** Hölle sollte sie das beantworten? Beth
runzelte die Stirn.

Master Nolan nahm ihre Hand. Sie versuchte, auf Abstand zu
gehen und er festigte den Griff. „Große Männer? Gutmütige
Männer? Doms oder Normalos?"

„Beth! Du bist hier!" Gekleidet in einem engen, blauen Latexkleid näherte sich Jessica und lehnte sich zwischen die beiden
über die Couchlehne. „Ich bin so froh, dass du es geschafft hast.
Willst du –"

Ohne den Kopf zu drehen, sagte Master Nolan: „Jessica.
Verschwinde."

„Tut mir leid, dass ich unterbreche", sagte Jessica gut gelaunt,
ohne die Warnung in Sirs Stimme zu bemerken. „Ich habe Beth
heute noch nicht gesehen und wollte –"

„Sei ruhig." Master Nolans Gesicht spannte sich an. Bedroh-
lich. Mit aufgerissenen Augen nahm Jessica einen Schritt
zurück.

Er hob eine Hand und winkte eine Auszubildende herbei.
„Sir?"

„Finde Master Z."

„Ja, Sir." Die Sub eilte los. Beth würde auch rennen, wenn ein Dom sie mit diesem Blick ansehen würde.

Master Z musste an der Bar gewesen sein, denn er erschien innerhalb weniger Sekunden. „Gibt es ein Problem?"

„Deine Sub hat uns unterbrochen und hat meine Sub ohne Erlaubnis angesprochen. Meinen Befehl, zu verschwinden, hat sie ignoriert." Master Nolans gnadenlose Augen nahmen Jessica kurz ins Visier, bevor er zu Master Z zurückfand. „Kümmere dich um sie."

Master Zs Kiefer spannte sich bei jeder Anschuldigung ein bisschen mehr an. Bisher hatte er Jessica keines Blickes gewürdigt. Stattdessen fragte er Master Nolan: „Möchtest du an der Bestrafung teilnehmen?"

Master Nolan schnaubte. „Ich habe genug um die Ohren."

„Sie hat sich nur um mich gesorgt", sagte Beth. Jessica sollte nicht leiden müssen, nur weil sie ihr eine gute Freundin sein wollte. „Es ist nicht fair, dass −"

Master Nolans Augen trafen auf ihre. Schwarze Tiefen, die keine Widerworte erlaubten. „Schweig."

Ihre Zunge gefror in ihrem Mund.

„Lass später nach Jessica schicken, damit sie sich angemessen entschuldigen kann", sagte Z zu Master Nolan. Schließlich fixierte er seine Sub mit einem Ausdruck, der Beth einen Schauer durch den Körper jagte.

Blass wie ein Geist trat Jessica einen Schritt zurück. „Sir, ich habe es nicht −"

Z schüttelte den Kopf und Jessica biss sich auf die Lippe. Nachdem er die Fesseln um ihre Handgelenke verbunden hatte, führte er sie in die Richtung der Palisade. Trotz der Entfernung konnte Beth die Stimme des Clubbesitzers hören: „Da du es genießt, anderen Doms auf den Pelz zu rücken, sollten wir ihnen die Möglichkeit geben, ihre Freude darüber auch zu zeigen."

Beth platzierte eine Hand auf Master Nolans Arm und wagte es zu sagen: „Sir, sie wollte mir nur helfen."

Sein Mundwinkel zuckte, als würde er gerne lächeln. „Ich weiß. Und ich hätte ihren Dom nicht geholt, wenn sie auf meinen ersten Befehl reagiert hätte. Sie ist nicht nur loyal sondern auch töricht." Er legte einen Finger unter ihr Glas und hob es zu ihrem Mund. „Trink aus, bevor das Eis schmilzt und der Cocktail ungenießbar wird."

Sie gehorchte und spürte, wie der Alkohol in ihrem Blut ankam. Cullen war bei den Umdrehungen großzügig gewesen.

„Erzähl mir von den Männern, mit denen du in der Vergangenheit zusammen warst."

„Du bist so beharrlich." Sie entließ ein genervtes Schnauben und war schockiert, dass er daraufhin lachte, anstatt sie mit der Faust zu bearbeiten.

Er hatte wirklich gelacht. Gelacht! *Gott*, er sah so anders aus, wenn die Härte aus seinem Gesicht verschwand. Die kleinen Lachfältchen neben seinen Augen vertieften sich, ein Grübchen erschien auf seiner Wange und er war ... Ihre Welt geriet aus den Fugen und ihr wurde schwindelig. Sie konnte ihn doch nicht anziehend finden! Das ging einfach nicht.

„Wie lange warst du bereits im Lifestyle unterwegs, als du dem Arschloch begegnet bist?"

„Nicht sehr lange." Sie versuchte, sich an eine andere Zeit zu erinnern, an ein anderes Leben. „Einen Monat, vielleicht auch zwei."

„Du warst also vor dem Sackgesicht mit einem anderen Dom zusammen?"

„Mit zwei Doms." Er wies sie mit einer Handbewegung an, ihm mehr zu geben, und so fuhr sie fort: „Der Zweite war seit mehreren Jahren im Lifestyle und er war sehr nett. Er hat sich gut um mich gekümmert."

„Du bist immer gekommen?"

„Fünfzig Prozent der Zeit würde ich sagen." Kyler hatte einen gefährlicheren Eindruck gemacht. Der starke Kontrast zu dem netten Andy hatte sie in seine Falle gelockt. Zumal der Sex mit

Kyler wirklich herausragend gewesen war. Jedenfalls zu Beginn der Beziehung.

„Erzähl mir von dem anderen."

Ein kleines Lächeln huschte über ihre Lippen. „Er hatte Spaß daran, neue Subs auszubilden. Er war sehr strikt. Keine Widerworte, nur ‚Ja, Sir'." Ihr Lächeln wurde bei der Erinnerung an ihn breiter. „Ich denke, ich habe an jeder Grenze geruckelt, die er gesetzt hatte. So wie das auch Jessica tut."

„Und wie hat er dich bestraft? Hat er einige Narben von dir zu verantworten?"

„Nein, niemals hat er die Haut zum Bluten gebracht." Der Gedanke hätte Master Chris entsetzt. „Spankings, Paddles. Hin und wieder auch ein Flogger oder der Rohrstock. Einmal hat er mich bloßgestellt. Das war furchtbar." Sie presste die Augen fest zusammen und fügte hinzu: „Seither habe ich viel erlebt und es ist nicht mehr so einfach, Schamgefühl bei mir auszulösen."

„Gut zu wissen", sagte er. Nachdem er sein Bier abgestellt hatte, hob er sie problemlos und ohne Anstrengung auf seinen Schoß. Mit unnachgiebigen Händen positionierte er sie über seinen Arm, bis ihr Hinterkopf auf der Armlehne zur Ruhe kam, ihre Beine ausgestreckt auf dem Sofa. Ihr Korsett teilte sich, wodurch ihre Brüste sichtbar wurden. Er befeuchtete mit der Zunge seine Fingerspitzen und umkreiste einen Nippel.

Ihre Wangen wurden warm. Was ging ihm durch den Kopf? Empörung regte sich in ihr. Sessions gehörten in die abgetrennten Bereiche. Dort wusste sie, auf was sie sich einließ. Dort konnte sie sich mental vorbereiten. Hier, mitten im Raum, wie eine Puppe benutzt zu werden? Nein, nein, nein, das fühlte sich falsch an. Sie hob die Hand, um ihn von sich zu schieben. Sein herausfordernder Blick fand den ihren und er wartete, dass sie genau dies tat. Langsam senkte sie den Arm wieder an ihre Seite.

„Braves Mädchen." Seine Stimme klang herzlich. Dann fuhr er mit seiner großen Hand über ihre Brüste und runter zu ihrem

Bauch. Streichelnd, als hätte er ein Kätzchen vor sich. „Zurück zu dem strengen Dom: Wie oft bist du bei ihm gekommen?"

„Jedes Mal. Manchmal sogar unerwartet." Sie seufzte. Die glücklichen Momente fühlten sich nicht wie ihre eigenen an, zeigten sich am Horizont, lockten sie mit einem warmen Glühen und blieben doch unerreichbar.

„Und mit dem Bastard? Konntest du bei ihm kommen?"

Sie konnte es sich nicht erklären, aber es fiel ihr allmählich leichter, mit ihm zu reden. Vielleicht, weil er auf ihre Antworten keine Reaktionen erkennen ließ. Das Einzige, was er ihr gab, war seine ungeteilte Aufmerksamkeit. Sanft streichelte er wieder ihre Brüste. „Am Anfang, ja. Später, nein."

„Als mehr Schmerz ins Spiel kam."

„Richtig." Sie atmete tief ein und wagte eine Frage: „Was wird heute Abend passieren?"

„Ich habe mich noch nicht entschieden", flüsterte er. „Ich hatte einen harten Tag. Es fühlt sich gut an, einfach nur die Füße hochzulegen. Und es gefällt mir, dich auf meinem Schoß zu wissen, deine Brüste als Opfergabe. Genau wie dein Mund." Er lehnte sich vor und küsste sie, intensiver als in der letzten Woche. Er zog den Kuss in die Länge, knabberte an ihrer Unterlippe, bevor er mit seiner Zunge tief in sie eintauchte. Keine Eile, ganz ohne Hektik. Lediglich fordernde Lippen auf ihren und das leichte Kratzen seiner Stoppeln an ihrer Haut.

Sein Duft hüllte sie ein, ihr Körper erhitzte sich. Seife, Leder und die unverwechselbare Mischung aus Schweiß und Mann. Seine Hände wanderten über ihre Brüste, massierten, umkreisten ihre Nippel. Dann nahm er eine Knospe zwischen Daumen und Zeigefinger und schickte elektrisierende Empfindungen aus Schmerz und Lust durch ihre Adern.

Als er von ihr abließ, atmete sie schwer und sie klammerte sich verzweifelt an seine Oberarme.

Seine Augen glitten zu ihrem PVC-Faltenrock. „Nettes Röckchen." Seine Hand landete auf ihrem Schenkel und suchte sich schon bald einen Weg unter den Saum. Als er in Kontakt mit ihrem Höschen kam, zog er die Augenbrauen zusammen. „Becken anheben."

Das tat sie und er riss ihr das Höschen bis zu den Knien. „Beine hoch."

Immer in dem Bewusstsein, wo sie sich befanden, kam sie seiner Aufforderung nach, damit er ihr die Unterwäsche über die Beine streifen konnte. Langsam senkte sie die Füße, wollte die Beine wieder ausstrecken.

„Lass deine Beine angewinkelt. Und, Beth, trag nicht nochmal Unterwäsche im Club. Verstanden?" Sein unerbittlicher Blick fand erneut den ihren.

„Ja, Sir."

„Sehr gut. Falls ich mich jemals undeutlich ausdrücken sollte, hast du die Erlaubnis, Fragen zu stellen."

Sie nickte und erstarrte, als er plötzlich ihren Rock hoch-klappte und sie vollkommen entblößte. *Oh!* Sie fühlte sich wie ein Piano; seine linke Hand spielte mit ihren Brüsten und seine rechte ... Seine rechte Hand bahnte sich über ihren Schenkel einen Weg zu ihrer Pussy.

„Sir, wir befinden uns nicht in einem Session-Bereich", bemerkte sie das Offensichtliche. Das war einfach nicht richtig. Hektisch suchte sie die Umgebung ab, sah nach, wer sie mögli-cherweise beob −

„Sieh mich an, Sub", sagte er und zwickte in ihren Nippel, um seinen Worten Nachdruck zu verleihen. Begierde schoss durch sie, als wären ihre Brüste und ihre Klitoris miteinander verbun-den. Wann war sie so feucht geworden?

Seine Finger umkreisten ihr Nervenbündel, ohne es jemals direkt zu berühren, und es pulsierte, oh, und wie es pulsierte. Das erinnerte sie zu sehr an letzte Woche. Wie machte er das nur?

Mit seiner linken Hand um ihren Rücken hob er sie an, um ihre Nippel zu seinem Mund zu führen. Während sein heißer Mund eine Knospe zwischen die Lippen saugte, rieb er mit dem

41

Zeigefinger der rechten über die Klitoris. Sie wimmerte, als berauschende Hitze wie ein Blitzschlag durch ihren Leib schoss und alles in ihrem Inneren zum Schmelzen brachte.

Einmal, zweimal glitt sein Finger über das Nervenbündel zwischen ihren Schenkeln und es dauerte nicht lange, bis die Wände ihres Geschlechts sanft pulsierten.

Seine Hand legte sich behutsam auf ihre Pussy. *Oh Gott*, sie brauchte mehr. Sie hob ihm ihr Geschlecht entgegen. „Sehr nett, Baby", murmelte er. Nur schwer gelang es ihr, sich auf sein Gesicht zu konzentrieren, doch als sie das tat, erkannte sie, dass er lächelte. *Er lächelt.*

„Spreize deine Beine weiter auseinander."

Das wollte sie nun wirklich nicht tun. Ihre panische Angst war nicht präsent, trotzdem fühlte es sich nicht richtig an. Zu intim. Ihrer Meinung nach sollten Sessions fokussiert und weniger persönlich sein. Der Dom sollte stehen und Dinge mit ihr tun. Sie sollte nicht ausgebreitet auf ihm liegen. Schon gar nicht halbnackt!

„Beth", sagte er gedehnt und sie konnte einen schwachen Südstaatenakzent feststellen, zusammen mit einer klaren Warnung.

Sie bewegte ein Bein. Einen Zentimeter. Na ja, eineinhalb Zentimeter waren es bestimmt.

Als er die Augenbrauen im Anblick ihrer Reaktion zusammenzog, rutschte ihr Fuß an die Sofakante. Sie spürte, wie sich ihre Schamlippen teilten, spürte seinen Finger und wie dieser tief in sie stieß.

„Ah!" Alles in ihr flammte auf. Das erste Mal seit so vielen Jahren! Instinktiv wölbte sie den Rücken, streckte ihm ihre Brüste entgegen. Er nutzte den Moment und saugte einen Nippel zwischen seine Lippen. Er umkreiste die Knospe, knabberte sanft daran.

Euphorische Hitze machte sich in ihr breit, fand den Weg zu ihrer Pussy und sie konnte fühlen, wie ihr Geschlecht um seinen

Finger stärker und stärker pulsierte. Dann nahm er ihren Nippel komplett in seinen Mund und die Empfindung trat tief in ihr etwas los.

Sein Finger glitt in sie, immer und immer wieder, und sein Daumen schnellte über ihre geschwollene Klitoris. Es war ihr nicht möglich, diesen Rhythmus zu ignorieren, wenn er gleichzeitig saugend und beißend ihre aufgerichtete Knospe folterte. Druck baute sich in ihr auf, als ihr Körper die Kontrolle vollkommen abgab. Ihre untere Hälfte stand in Flammen: Jede noch so kleine Berührung trieb sie höher und höher. Sie packte seinen Arm, krallte sich mit den Fingernägeln in seine Haut. Sie brauchte etwas, irgendetwas, um Halt zu finden.

Er stoppte und ihr entrang ein gieriges Wimmern. Dann setzte er fort, stieß erbarmungslos in ihre Hitze, sein Daumen auf ihrer Klitoris. Ihre Schenkel zuckten, während sich die restlichen Muskeln in ihr anspannten. Noch ein harter Stoß, eine weitere harsche Berührung an ihrem geschwollenen Nervenbündel und schon explodierte die Welt um sie herum. Blendendes Weiß nahm ihr Sichtfeld ein, unbändige Ekstase schoss durch ihre Adern.

Trotz allem kam seine Hand zwischen ihren Schenkeln nicht zur Ruhe. Als sie auf ihm bebte, sich wölbte, sich ihm entgegenstreckte, bot ihr der Arm am Rücken Sicherheit, bis auch das letzte Nachbeben ihres Orgasmus der Vergangenheit angehörte.

Verdammt, **sie war** hinreißend, wenn sie kam, dachte Nolan, seine Hand noch auf ihrer Pussy, sein Finger in ihrer Hitze. Als ihre Lider sich senkten, erschlaffte ihr ganz Körper. Ihm war klar gewesen, wie angespannt sie war, doch erst jetzt wurde ihm bewusst, wie schlimm es um sie gestanden hatte. Durch den Orgasmus hatte sich ihre Anspannung in Luft aufgelöst. Er lehnte sich vor, leckte über ihre Nippel, um ihr nach den Bissen etwas Linderung zu verschaffen. Jedes Mal, wenn er mit seiner Zunge in

Kontakt mit ihrem Fleisch kam, zuckte ihre Pussy um seinen Finger.

Es gab nichts Befriedigenderes, als eine Frau in den eigenen Armen zu einem überwältigenden Höhepunkt zu führen. Seine kleine Sub hatte den Höhepunkt dringend gebraucht. Ihm war nicht entgangen, dass ihr erlösender Schrei von Pein begleitet worden war. Mit jeder Berührung brachte er ihre Schutzmauern weiter zum Bröckeln.

Niemals hätte er erwartet, dass sie ihm bereits so sehr vertrauen würde, um loszulassen. Noch nicht. Doch sie war durch und durch unterwürfig und der Schlüssel bei ihr war Dominanz, nicht Schmerz.

Er zog seinen Finger aus ihr zurück und wurde mit einem tiefen Stöhnen belohnt. „Sir?", hauchte sie.

Ja, also das fühlte sich gut an: Dass sie ihn als ihren Master anerkannte, obwohl sie im Moment nicht bei Sinnen war. Er klappte ihren Rock wieder herunter und zog sie an sich, ihre Wange an seiner Brust. Ihr Atem kreierte einen warmen Punkt auf seinem T-Shirt.

Über die Hintergrundgeräusche des Clubs hörte er sich nähernde Schritte. Z kam mit einer Decke über dem Arm zur Couch.

Nolan grinste und bedankte sich mit einem Nicken. Der Clubbesitzer sollte Papa Z genannt werden: Er bedeckte Beth mit der Decke und verschwand, ohne auch nur ein Wort zu verlieren.

Sie schmiegte sich an ihn und es wehte ein Hauch von Erdbeere und Zitrone an seine Nase. Sie war so leicht wie eine Feder. Die ganze Nacht könnte er sie halten, sie beschützen.

Schließlich entschied er, es sich bequemer zu machen, rutschte nach unten und lehnte sich mit dem Kopf ans Sofa, um es zu genießen, eine kleine, befriedigte Sub in den Armen zu haben.

. . .

Sie erwachte zu den Gesprächen um sie herum, hörte Männerstimmen. Wo war sie? Unter ihr rührte sich jemand. Ein Männerarm wickelte sich um sie. Sie erstarrte, ihr Atem stockte, als sich Panik einen Weg in ihr Bewusstsein suchte. Kyler. Eine hässliche Erinnerung zeigte ihre Fratze: Wie er sie nach stundenlangem Auspeitschen liebevoll in den Armen gehalten hatte, ihr Körper und Geist vollkommen gebrochen.

Wimmernd ging sie auf Abstand und rutschte von seinem Schoß. Hart landete sie auf dem Hintern, krabbelte rückwärts, ihre Atmung hektisch, nur Männerbeine in ihrem Blickfeld. Sie steckte in einem Albtraum.

„Stopp." Ein Befehl.

Ihre Muskeln erstarrten.

„Beth, sieh mich an."

Todesangst verschlug ihr den Atem, trotzdem hob sie den Blick und sah in dunkle, dunkle Augen. Nicht in hellblaue. *Master Nolan*. Ihre Arme knickten ein, so erleichtert war sie. Sie leckte sich über ihre trockenen Lippen und versuchte, zu sprechen, doch kein Ton kam heraus.

Indessen wies er lediglich auf den Boden gleich neben seinen Füßen. Sein Gesicht wies keinerlei Regung auf, keine Wut, keine Enttäuschung, als hätten Subs ständig Panikattacken und sprangen vom Schoß ihrer Doms.

Ihr Korsett stand weit offen, als sie zu ihm zurückkrabbelte, der Holzboden kalt und hart unter ihren Knien. Sie kniete sich neben ihn, hielt ihren Blick gesenkt. Er musste furchtbar wütend sein, auch wenn er es nicht zeigte. Im Inneren bebte sie so heftig, dass ihr schlecht wurde. Sie schluckte an dem Kloß in ihrem Hals vorbei und legte ihre Hände mit den Handflächen nach oben auf ihre Schenkel. Dann schloss sie die Augen und gab sich alle Mühe, ihre Atmung wieder unter Kontrolle zu bekommen, indem sie sich in Erinnerung rief, wo sie sich befand. *Florida. Shadowlands.*

Master Nolan.

Nach einer Minute presste er ihre Wange gegen seinen

muskulösen Schenkel, gab ihr den Trost, den sie jetzt so dringend brauchte. Und er streichelte ihre Haare. Kleine Zärtlichkeiten, nichts Besonderes. Nur etwas, um die Sub wissen zu lassen, dass er nicht böse war, dass er sie nicht vergessen hatte.

Nichts Besonderes, verdammt. Dennoch füllten sich bei seiner Aufmerksamkeit ihre Augen mit Tränen.

Sie behielt ihren Blick gesenkt, blinzelte die Tränen hinfort, während die Unterhaltung um sie herum fortgeführt wurde. Master Zs Stimme. Cullen, der Barkeeper. Noch ein Dom ... vielleicht Master Dan? Sie besprachen anstehende Veranstaltungen. Themennächte. Den Unabhängigkeitstag am vierten Juli. Das monatliche Treffen der Doms im Restaurant Palms.

„Wann wirst du wieder deine Playpartys veranstalten, Nolan?" Cullens Stimme. „Ich vermisse sie."

BDSM-Partys? In Sirs Haus? Die Schlussfolgerung ließ sie erstarren.

Und er konnte ihre Reaktion fühlen. Die Hand, die zärtlich ihre Haare gestreichelt hatte, umfasste ihr Kinn und hob ihren Blick zu seinem. „Keine Bange, Baby. Es wird dir gefallen."

Er fragte sie nicht, ob sie Interesse hatte oder nicht. Er verlangte einfach ihre Anwesenheit und dass sie sich seinem Willen beugte. Herausfordernd zog er die Augenbrauen hoch und wartete.

Hier in Florida hatte sie noch nie eine Session außerhalb des Clubs gespielt. Auch ließ sie sich nicht auf Verabredungen ein. Niemals nahm sie die privaten Räume im Obergeschoss in Benutzung. Und jetzt erwartete er, dass sie zu ihm nach Hause kam? Ein Angstschauer jagte durch ihren Körper. Okay, aber die anderen wären auch dort, richtig? Gäbe es dann überhaupt einen Unterschied zu den Sessions, die sie im Shadowlands spielten? Sie wäre nicht allein mit einem Dom. Mit ihm.

„Ja, Sir", sagte sie schließlich.

Er nickte, als hätte er von Anfang gewusst, dass sie zustimmen würde. Sein Vertrauen in sie wärmte ihr das Herz.

Trotzdem fühlte sich der Raum kalt an und das Beben in ihr wollte einfach nicht nachlassen.

Die Hand stoppte auf ihrem Kopf. In der nächsten Sekunde nahm er sie zwischen seine Schenkel und wickelte die Decke um ihre Schultern. Die Beine zu beiden Seiten erweckten bei ihr den Eindruck, als würde sie sich zwischen zwei Heizkörpern befinden.

Bei einer Handbewegung von Master Nolan kam eine Sub in Ausbildung herbeigeeilt. „Bring mir eine heiße Schokolade", gab er ihr den Auftrag.

Als das Heißgetränk kam, überreichte Sir ihr die Tasse und wartete geduldig, bis er sich vergewissert hatte, dass Beth nichts verschütten würde. Sie nahm einen Schluck und wurde von innen heraus gewärmt; sein Körper tat das Übrige. Sie fühlte sich so sicher, mit seinen Händen, die sanft auf ihren Schultern ruhten. Sie leerte die Tasse und stellte sie neben sich auf den Boden.

So fuhr Master Nolan mit der Konversation fort und sie wagte es, ihren Kopf an sein lederbedecktes Bein zu legen. Daraufhin streichelte er mit der Hand über ihre Haare und ihr entrang ein zufriedener Seufzer.

In diesem Moment, in diesem Augenblick, schaffte sie es, die Angst zu bändigen.

In Downtown Tampa trat er in einen BDSM-Club und verzog das Gesicht, als die Musik von *Velvet Acid Christ* seine Ohren vergewaltigte. Zwei Schlampen, die anscheinend ein Bad in Parfum genommen hatten, standen in der Schlange hinter ihm. Die Fette schwafelte ihre Freundin in einer schrillen Stimme voll. Er ballte die rechte Hand zu einer Faust, stellte sich seinen Rohrstock vor und wie er ihr damit über ihre geistlosen Lippen schlagen würde, bis sie bluteten. Das Blut würde an die Wände spritzen und von ihrem pinken Latexkorsett tropfen.

„Sir."

Er blinzelte und schüttelte den Kopf, kehrte ins Hier und Jetzt zurück.

„Sir", wiederholte der Türsteher. Er hielt die Hand ausgestreckt, fragte wortlos nach der Gebühr und reichte ihm dann ein Klemmbrett. „Ich brauche eine Unterschrift."

Er hinterließ den Namen Kyler Stanton und nahm sich dabei Zeit, um die Liste zu überfliegen. Keine Elizabeth Stanton. Keine Elizabeth. Dennoch war es möglich, dass sie hier war.

Sie war nicht dumm. Wahrscheinlich benutzte sie einen gefälschten Namen. Wut baute sich in ihm auf, ein Monster, das an Größe gewann und nur darauf wartete, aus ihm herauszuplatzen. Er hatte ihr seinen Namen gegeben – einen respektvollen und ehrenvollen Namen. Wenn sie diesen so einfach abgelehnt hatte wie ihr gemeinsames Haus – und ihn –, dann müsste seine Bestrafung noch heftiger ausfallen.

Nolan hatte Beth vor einer Stunde nach Hause geschickt. Ihre Nerven waren am Ende gewesen. Sie hatte sich besser geschlagen, als er erwartet hätte, doch sie vertraute ihm noch nicht. Was verständlich war. Das würde Zeit brauchen.

Er nahm einen Schluck von seinem Bier und drehte sich auf dem Hocker, um eine Session am Andreaskreuz zu beobachten. Eine Domina vollführte Sensation-Play mit ihrem Sub. Das Spiel mit den Sinnen. Sie ließ eine Feder über seine Schenkel gleiten und der arme Kerl bebte, sein Schaft zeigte nach oben. Wenn er jetzt kam, würde sein Sperma der Decke einen neuen Anstrich geben.

Nolan grinste. Mistress Anne würde den Schwanz in einen Käfig einsperren und Gewichte befestigen. Erstaunlich, wie unterschiedlich die Methoden der Dominas sein konnten.

Ein Gedanke, der ihn zu Beth und den Doms in ihrer Vergangenheit brachte. Er konnte ihre Zurückhaltung nachvollziehen.

Sie hatte in ihrem jungen Leben bereits viel durchgemacht. Wegen dieser Erfahrungen würde sie sich hüten, jedem dahergelaufenen Menschen ihr Vertrauen zu schenken. Schon gar nicht einem Dom, mit dem sie erst wenige Stunden verbracht hatte. Er seufzte. Ihre allgegenwärtige Angst nahm den Platz ein, der mit Vertrauen gefüllt werden sollte. Trieb er sie jedoch zu schnell zu weit, würde sie die Flucht ergreifen. *Wirklich ein Teufelskreis.*

Die kleine Sub war eine wahre Herausforderung. Er kratzte sich am Kinn. Auf der Baustelle hatten die Männer, die den Beton mischten, die nervige Angewohnheit, den ungenutzten Bodensatz irgendwo hinzukippen, wo er am Ende im Weg war. Das hatte zur Folge, dass seine Crew den hartgewordenen Zement zerschlagen und herauspulen musste. Welche Werkzeuge konnte er also benutzen, um die hässliche, unnachgiebige Masse an Erinnerungen in Beths Verstand zu zerschlagen? Keine leichte Aufgabe.

Mit dem Bier in der Hand lief Nolan durch den Hauptraum. Es war spät am Abend, der Club ruhiger, obwohl die meisten Bereiche noch verwendet wurden. An der Palisade bearbeitete ein korpulenter, homosexueller Dom in Biker-Klamotten einen dünnen Sub mit einem Paddel, der bei jedem Kontakt laut stöhnte.

Zwei Stationen weiter am Lacing-Tisch erfreute sich eine Domina an Wachs-Play mit einer älteren Blondine, deren Brüste mit dem flüssigen Weiß der Kerze bedeckt waren. Das Stöhnen der Sub, als sie sich allmählich ihrem Orgasmus näherte, brachte Nolan an seine Grenze. Sein Schwanz pochte wie ein fauler Zahn, seit er Beths feuchte Pussy zum ersten Mal berührt hatte.

Nolan drehte sich um und spazierte in die entgegengesetzte Richtung. Auf einem Stuhl nahe der Suspension-Station machte er es sich gemütlich, um Cullen beim Spiel mit Sally zu beobachten. Die Auszubildende war Mitte Zwanzig, goldgebräunt, mit langen Locken, die das gleiche Braun wie ihre großen Augen aufwiesen. Und sie war ausgestattet mit Kurven. Es war ein wahres Vergnügen, sie zu ficken. Sie konnte frech sein, war zuweilen recht pfiffig und direkt, doch durchweg unterwürfig, sobald ein Dom diese Persönlichkeit durchbrach und für sich zu nutzen wusste.

Fokussiert bearbeitete der Barkeeper die hübsche Brünette mit einem Flogger, in rhythmischen Schlägen, mit wechselndem Druck, manchmal härter, dann wieder sanfter. Als sich Sallys Schreie veränderten und sie damit zeigte, dass sie Schmerz und Lust nicht mehr auseinanderhalten konnte, bahnte er sich einen Weg zu ihrem saftigen Hintern und den Schenkeln. Von dort fuhr er zu ihren großen Brüsten und ihrer Pussy, wo er sanft zu Werke ging. Ihre Augen wurden glasig, ihre Brüste und Hüften hoben sich seiner Aufmerksamkeit entgegen.

Bevor Sally kommen konnte, stoppte Cullen, nickte befriedigt und löste ihre Einschränkungen. Er half ihr auf die Füße, ihre Beine unbeholfen. Da Cullen stets vorbereitet war, führte er sie sogleich zu einer hüfthohen Bank und legte sie auf ihren Rücken, mit ihrem Kopf über der Kante. Auch ihr Hintern lag nur halb auf der Oberfläche. Als Nächstes nahm er ihre Beine, hob sie ange-winkelt in die Höhe, spreizte sie und fesselte sie an ihrer Hüfte. Mund und Pussy bereit, benutzt zu werden.

Cullen sah sich um, ging zu Nolan und warf ihm ein Kondom in den Schoß. „Komm und spiel mit. Sally hatte noch nie das Vergnügen, von beiden Seiten genommen zu werden. Sie war heute Abend so eine brave kleine Sub – na ja, so brav unsere Sally eben sein kann. Und du hast dich heute Abend sehr großzügig gegeben. Jeder im Club hat Beth schreien gehört, als du sie zu einem dringend benötigten Orgasmus getrieben hast. Wirklich gut gemacht, aber du stehst wahrscheinlich kurz vor einer Explosion."

Wohl wahr. Nolan nahm das Kondom und sah zu Sally. Sie dreht den Kopf, um zu sehen, wo Cullen hin war, und bebte dabei am ganzen Körper. Ihre Frustration wuchs ins Unermessliche und Nolan lachte. „Wir sollten ihr Gesellschaft leisten, sonst wird sie ohne uns kommen."

„Wäre mal was anderes. Ich denke, dass sie mit vielen Doms ihre Orgasmen vortäuscht." Cullen runzelte die Stirn. „Ich sollte Z davon überzeugen, einen Kurs anzubieten, der lehrt, wie man vorgetäuschte Orgasmen erkennt."

„Eine interessante Idee." Grinsend dachte Nolan an Zs Sub, die öffentliche Sessions verabscheute. „Jessica wird sich unterm Bett verstecken, wenn sie von diesem Vorschlag erfährt."

Cullens lautes Lachen ließ den gesamten Club aufhorchen. Noch immer glucksend zeigte er auf Sally. „Lass uns spielen. Wenn sie uns etwas vortäuscht, komme ich in den Genuss, sie weiter auszupeitschen."

Nolan schnaubte. „Nach dem Flogging, das ich beobachten durfte, sollte sie explodieren, sobald wir in sie eindringen."

Cullen musterte ihre errötete Haut. „Da könntest du recht haben." Er öffnete seine Lederhose und ging zurück zur Bank. „Ich will ihren Mund."

„Einverstanden." Nolan lief zum unteren Ende, öffnete seine Hose und entließ ein erleichtertes Stöhnen, als er seine harte Länge befreite. Ein guter Dom stellte die Bedürfnisse einer Sub an erste Stelle und Beth war noch nicht bereit gewesen, gefickt zu werden.

Diese Sub war es.

Ihre Arme waren an ihre Seiten gefesselt, ihre Beine gebeugt und weit gespreizt. Nolan war von der Fesselkunst beeindruckt. Er streckte die Hand aus und berührte ihren Hintern, der vom Auspeitschen rot leuchtete. Sie stöhnte. „Sally, wie lautet dein Safeword?"

Ihr vernebelter Blick fand den seinen, senkte sich auf seinen Schwanz und sie riss die Augen weit auf, als ihr klar wurde, dass er vorhatte, sie zu vögeln. „Rot, Master."

„Benutze es, wenn nötig, Sally", unterwies Nolan. „Bei zwei Doms könnte es sein, dass du es brauchst."

Sie blinzelte und ihre Atmung beschleunigte sich, ihre rostroten Nippel salutierten.

Grinsend blickte Cullen zu Nolan. „Sie mag es grob."

Nolan gluckste. Bei der aufgestauten Begierde in ihm würde ihm das sicher in die Hände spielen. Mit einem mitleidlosen Grinsen auf den Lippen massierte er ihre geschundenen Arschbacken, fand jede Stelle, die Cullen beim Auspeitschen erwischt hatte. Danach wandte er sich gleichermaßen ausführlich ihren Brüsten zu. Rasch zeigte ihre Atmung, wie bereit sie wirklich war. Trotz der Einschränkungen hob sie ihm ihr Becken entgegen. „Bitte, Master. Bitte", wimmerte sie.

„Okay, Süße. Da du so nett gefragt hast", sagte Cullen und richtete ihren Kopf aus. Dann ließ er den Blick über ihren Körper schweifen, traf auf Nolans Augen und nickte: Gleichzeitig vergruben sich die beiden Männer in ihr, füllten ihren Mund und ihre Pussy. Die Sub wölbte ihren Rücken und die Wände ihres Geschlechts zogen sich eng um seinen Schwanz zusammen, pulsierten so gewaltig, dass er beinahe frühzeitig gekommen wäre. Sie schrie, ein Laut, der durch Cullens Schwanz in ihrem Mund gedämpft wurde.

Ihre Atmung war so schwer, dass Cullen sich zurückzog und sich mit der Hand um seinen Schwanz in Geduld übte. Besonnen bewegte sich Nolan, stieß gemächlich in ihre Hitze und wieder heraus, genoss ihr pulsierendes Geschlecht, während das Nachbeben ihres Orgasmus allmählich verebbte.

Seufzend entspannte sie sich auf der Bank. Sie fand Cullens Blick. „Vielen Da −" Er füllte ihren Mund mit seiner Erektion, ihre Dankbarkeit mit einem Stoß in den Wind geschlagen. Dann nickte er Nolan zu.

Durch viel Erfahrung war es Nolan möglich, seine Bewegungen an Cullen anzupassen. Er wartete, bis der andere Dom aus ihrem Mund glitt und stieß dann in Sallys enge Pussy. Abwechselnd, langsam genug, sodass sie keine Zeit hatte, zur Ruhe zu kommen, immer in Erwartung des nächstens Stoßes. Es dauerte nicht lange, bis er fühlte, dass sich ihr zweiter Höhepunkt näherte.

„Ich liebe diese Bank", sagte Nolan. „Genau die richtige Höhe." Mit zwei Fingern strich er durch ihre Spalte. Sie bebte bei der Berührung. Nach einer Runde über ihre Schamlippen fand er ihre Klitoris, umkreiste das Nervenbündel, neckte sie, bis ihre Hüfte nach oben zuckte. Dann reizte er sie, schnellte über ihre Klitoris, während er sie härter rannahm.

Er grinste, als er beobachtete, wie es ihr schwerer und schwerer fiel, Cullen glücklich zu machen. Ihre Erlösung raste unaufhörlich auf sie zu. Ihre Atmung war so unregelmäßig, dass sie nicht länger an dem Schwanz des Doms saugen konnte. Gleich. Fünf, vier, drei, zwei ... Nolan stieß hart zu und zwickte gleichzeitig in ihre Klitoris, hielt die geschwollene Perle zwischen Daumen und Zeigefinger.

Ein gewaltiger Orgasmus schwappte über sie hinweg, ihre hohen Schreie von dem Schwanz in ihrem Mund gedämpft.

Cullen zuckte rückwärts und funkelte Nolan wütend an. „Sie hat mich gebissen. Eine kleine Vorwarnung wäre nett gewesen."

Nolan gluckste amüsiert. Sally erinnerte ihn an Knallfrösche, die in kurzen Intervallen explodierten. Er musterte ihr rotes Gesicht. Was für ein hübscher Anblick. So ein braves Mädchen. Sie verdiente noch einen Orgasmus. „Können wir weitermachen, Süße?"

Sie nickte und legte den Kopf in den Nacken. Cullen schob seinen Schwanz an ihren Lippen vorbei und Nolan sah, dass sie ihn tief in ihrem Mund aufnahm.

Nolan gab ihr etwas Zeit und lehnte sich dann vor, richtete seine Erektion neu aus und beobachtete ihr Gesicht bei all seinen Stößen; jedes Mal erreichte er eine andere Stelle in ihrer Vagina. Nach einer Weile weiteten sich ihre Pupillen und ihre Pussy zuckte um ihn. Er nickte. *Ah ja, die richtige Stelle gefunden.* Er nahm sie hart und schnell, jeden Stoß hatte er nun auf ihren empfind-lichsten Punkt ausgerichtet.

Ihre Beine wehrten sich gegen ihre Einschränkungen, die Muskeln in ihren Schenkeln zitterten. Als die Wände ihres

Geschlechts den Orgasmus ankündigten, erstarrte ihr gesamter Körper. Nolan sagte zu Cullen: „Sei gewarnt."

Zischend zog sich der Dom aus ihrem Mund zurück. Gerade rechtzeitig, bevor Nolan seinen Finger direkt auf ihrem Nervenbündel platzierte und Druck ausübte.

„Ah, ah, ah, ah!" Ungebremst entließ sie dieses Mal ihre Schreie in den Club. Ihre Pussy verengte sich, pulsierte um Nolans Schaft. Auch nachdem der Orgasmus über ihren Körper hinweggefegt war, bebte ihr Leib.

„Weißt du, ich glaube nicht, dass sie vortäuscht." Nolan sah zu Cullen. „Wurdest du erneut gebissen?"

„Du bist so ein Arschloch", knurrte Cullen und die Augen der Sub weiteten sich. Ihr verängstigter Blick verriet, dass sie hoffte, ihn nicht schon wieder angeknabbert zu haben.

Cullen lachte und zog sanft an einer Locke. „Ich bin rechtzeitig entkommen, Kleine. Mund auf." Seinem Befehl folgend nahm sie ihn abermals in ihrem warmen Mund auf.

Nolans Stöße waren gemächlich, während Cullen härter und härter zustieß. Sally wollte ihn befriedigen, legte den Kopf soweit wie möglich in den Nacken und erlaubte ihm, in ihre Kehle vorzustoßen. Es brauchte nur wenige Stöße und in Cullens Wangen stieg Hitze auf. Er sah zu Nolan. „Lass es uns tun."

Im Einklang stießen sie zu, schnell und tief. Als die Pussy der Sub ein viertes Mal explodierte, erhöhte sich der Druck in Nolans Eiern. Die Männer fickten sie so brutal, dass sie bei jedem Stoß grunzte.

Als Nolan einen Zeigefinger neben ihrer Klitoris platzierte und Cullen gleichzeitig in ihre aufgerichteten Nippel zwickte, erstarrte der sinnliche Körper der Sub und sie entließ einen undefinierbaren Laut, der von dem dicken Schaft in ihrem Mund gestoppt wurde.

Nolan unterdrückte ein Lachen. Er wusste, dass der nächste Höhepunkt für sie in Reichweite schien, obwohl ihre Pussy nicht auf die typische Weise reagierte. Sein Schwanz jedoch ließ ihn wie üblich wissen, dass er die Erlösung nicht länger hinauszögern konnte. Das Bedürfnis nach einem Orgasmus war überwältigend. Er entschied, den Prozess zu beschleunigen, umkreiste ihre Klitoris in engen Ringen, im Rhythmus passend zu seinen eifrigen Stößen. Ihre gedämpften Schreie verwandelten sich zu einem Kreischen, als sie abermals abhob.

Die Wände ihrer Pussy kollabierten um seine Länge und er packte mit beiden Händen ihre Hüften, krallte seine Nägel in ihr Fleisch. Er hämmerte mit kurzen, intensiven Stößen in sie und erlaubte es sich endlich, zu kommen. Sein Schwanz pulsierte so hart bei seinem Orgasmus, dass ihm schwarz vor Augen wurde.

Am anderen Ende der Bank hörte er Cullen, wie er ein erlösendes Brüllen entließ.

Unter seinen Handflächen bebte die kleine, befriedigte Sub. Ihre erregenden Schreie waren nicht mehr zu hören. Stattdessen ertönte hin und wieder ein zufriedenes Stöhnen. Ohne Eile erlaubte er es sich, weiter in ihre einladende Wärme zu stoßen, und genoss ihr Nachbeben, das noch immer seinen Schwanz massierte. Dann zog er sich zurück, ganz unwillkürlich warf er einen Blick auf Sallys rasiertes Geschlecht und musste unausweichlich an Beths hübsche Pussy denken, an den Nektar, mit dem sie ihn beglückt hatte.

Was wäre das wohl für ein Gefühl, sich in Beths Pussy zu vergraben, umrahmt von ihren roten Löckchen, deren Anblick stets ein Feuer in ihm schürte?

KAPITEL VIER

Beth hatte einen Orgasmus erlebt. In der Woche darauf spielte ihr Kopf diesen Moment immer wieder ab. Als sie Rasen mähte, Büsche schnitt und Abfälle wegräumte. Als sie düngte und Unkraut jätete. Als sie Beete gestaltete und neue Blumen pflanzte.

Heute, am späten Freitagnachmittag, am Pool ihres Apartmentkomplexes balancierte sie auf dem Sprungbrett und tauchte schließlich ein. Nach Luft schnappend durchbrach sie die Wasseroberfläche, das Nass eine erfreuliche Abkühlung auf ihrer überhitzten Haut. Der schwache Chlorgeruch vermischte sich mit dem Duft der Kokosnuss-Bananen-Bodylotion, die von den Liegen herüberwehte, auf denen es sich mehrere Frauen bequem gemacht hatten. Sie quietschten und flatterten mit den Armen wie ein Vogelschwarm, warfen einem Tisch mit Männern flirtende Blicke zu.

Beth seufzte. Sie hatte es nicht leicht gehabt, ein möbliertes Apartment in einer anständigen Gegend zu finden. Am Ende hatte sie sich für den Komplex entschieden, der nur mit Singles gefüllt war. Sie gehörte nicht hier hin, nicht zu diesen Frauen, die drei Schichten Make-up trugen und niemals ins Wasser gingen.

Sie hatte den Eindruck, ein gewöhnliches Gänseblümchen mitten unter Orchideen zu sein.

Nachdem Beth ihre Bahnen gezogen und sich an die Poolkante gesetzt hatte, musste sie eine Sache zugeben: Heute fühlte sie sich hübsch. Letzte Woche hatte ein Mann sie angesehen, alles von ihr, und ihm hatte gefallen, was er erblickt hatte. Auch hatte er es genossen, sie zu berühren. Sie schaute auf ihren Badeanzug, auf ihr kaum erwähnenswertes Dekolleté. Die *Mädels*, wie eine Freundin stets ihre eigenen Brüste bezeichnet hatte, schienen wenigstens weit oben zu sitzen und waren straff. Genervt von sich selbst schüttelte sie den Kopf. Wenn das nicht das Dämlichste war, was ihr jemals durch den Kop –

„Hi."

Bei der männlichen Stimme wirbelte Beth so ruckartig herum, dass sie beinahe ins Wasser gefallen wäre. Mit klopfendem Herzen hob sie den Blick. Schlaksig, gebräunt, Haare gestylt.

Sie presste eine Hand auf ihre Brust, um sich zu beruhigen, und antwortete atemlos: „Hi." Die ständige Panik würde wahrscheinlich irgendwann nochmal zu einem Herzinfarkt führen.

„Ich bin neu hier", sagte er. Gleichzeitig streckte er die Hand aus, um ihr aufzuhelfen. „Ich heiße Todd."

„Beth." Sie erlaubte ihm, dass er ihr auf die Füße half, seine Hand weich und ohne Schwielen. Seit wann bevorzugte sie es bei einem Mann, wenn man fühlte, dass er hart arbeitete?

„Hättest du Interesse, meinen Freunden und mir Gesellschaft zu leisten? Wir unterhalten uns nur ein wenig und entspannen uns nach einem langen Arbeitstag."

„Ähm, nein." Einmal die Woche musste sie da durch. Ihre Antwort blieb immer gleich. „Ich habe schon Pläne." *Duschen, Suppe aufwärmen, Fernseher schauen.* „Aber danke."

„Schade. Vielleicht das nächste Mal." Er lächelte und dann weiteten sich seine Augen, als er die Narben entdeckte, die aus ihrem recht kaschierenden schwarzen Badeanzug hervorlugten.

Sie zuckte mit den Achseln. „Schlimmer Autounfall", log sie.

Eine Lüge, die ihr mittlerweile ohne schlechtes Gewissen über die Lippen kam.

Eine Stunde später, zurück in ihrem kleinen, möblierten Apartment, Beige als dominierende Farbe, starrte Beth auf die Verfolgungsjagd, die sich auf dem Fernseher abspielte. Morgen war Samstag. Dann würde sie Master Nolan wiedersehen. Bei dem Gedanken machte ihr Herz einen Salto.

Sie wollte ihn mit einer Verzweiflung wiedersehen, die sie seit dem ersten Treffen mit Kyler nicht mehr gespürt hatte. Kyler, bei dem sie überzeugt gewesen war, er würde sie lieben.

Sie hatte sich furchtbar geirrt.

Ihre Hand spannte sich um die Tasse mit der Tomatensuppe an. Jede Nacht träumte sie von Master Nolan, von seinen erfahrenen Händen auf ihrem Körper, von dem intensiven Ausdruck in seinen Augen und wie er jede Reaktion von ihr sah. In ihren Träumen erhitzte sich ihr Körper, erlaubte Erregung ... Und dann verwandelte sich sein Gesicht in das von Kyler. Nolans heisere Stimme wechselte zu Kylers kultiviertem Ton. Sie hörte den Laut der Peitsche und ihre Schmerzensschreie, wenn er in ihre trockene Pussy stieß.

Oh Gott, was machte sie nur?

Am Anfang hatte sie Kyler so sehr geliebt, dass sie es nicht geschafft hatte, an seinem Hollywood-Aussehen vorbeizusehen. Sie hatte das Monster nicht sofort erkannt! Wenn sie sich bei ihm hatte täuschen lassen, könnte sie jeder reinlegen. Es gab keine Möglichkeit, zu erkennen, wie eine Person wirklich war.

Sicher, Master Nolan hatte sie bisher nicht verletzt. Das hieß jedoch nicht, dass er das nicht irgendwann tun würde. Er war ein Dom. Jemand, der Kontrolle liebte. Uneingeschränkte Kontrolle. Und genau das konnte sie ihm nicht geben. Sie vertraute ihm nicht. Sie vertraute sich selbst nicht.

Sie nahm einen Löffel von ihrer Suppe und musste die kleine Portion herunterzwängen. Nolan hatte erreicht, was sie sich erhofft hatte. Durch ihn hatte sie sich wieder lebendig gefühlt. Er hatte es geschafft, ein anderes Gefühl als Angst in ihr zu wecken. Doch er verlangte zu viel. Bei ihm müsste sie zu viel von ihrer hart erkämpften Kontrolle aufgeben. Ihr Körper würde das vielleicht überstehen, bei ihrem Verstand war sie sich nicht so sicher. Ein jämmerlicher Seufzer entrang ihr.

Vor Kyler war sie knallhart gewesen, so robust wie die Kopoubohne. Auf der Schlingpflanze konnte man auf- und abspringen und sie würde trotzdem gedeihen. Nach Kyler fühlte sie sich wie Springkraut – einmal draufgetreten, brach der Stängel, und die Pflanze verendete.

Ihre Finger legten sich fest um die Tasse, versuchten, die Wärme zu absorbieren, als sich die Kälte ungehindert in ihr ausbreitete. Sich erneut mit Master Nolan einzulassen, war einfach zu riskant. Sie musste auf Abstand gehen. Aber wie? Und wie würde Z reagieren?

Nachdenklich spitzte sie die Lippen. Könnte sie sich morgen einen anderen Dom suchen? Wenn sie das schaffte, würde Master Z ihre Mitgliedschaft doch nicht kündigen, oder?

Und Master Nolan würde sie nicht mehr wollen, wenn sie ihn bloßstellte, indem sie ihn mit einem anderen Dom ersetzte.

Sie dachte an seine dunklen Augen, seinen unbarmherzigen Ausdruck, und erschauerte.

Als die Dämmerung nahte, hämmerte Nolan den letzten Nagel ins Brett und erhob sich. Er rollte auf seinen Sohlen vor und zurück und stellte erfreut fest, dass das Baugerüst nicht länger unter seinen Füßen schwankte. *Gut.* Eine Sache, die er abhaken konnte. Sein Haus hatte in seiner Abwesenheit gelitten.

Er wischte sich den Schweiß von der Stirn, setzte sich auf die Kante des Gerüsts und lauschte den Melodien der Natur: Wasser floss sanft gegen das Holz. Ein Reiher flog über ihn hinweg, jetzt ein weißer Fleck am Himmel. Von den Bäumen weiter unten erklangen die Rufe eines Kauzes. Am Ufer zirpten die Heuschrecken, Frösche quakten und wurden gelegentlich vom Basston eines Ochsenfrosches begleitet. In der Mitte des Sees sprang ein Fisch heraus und tauchte mit einem Platschen wieder ein.

In der Wüste hatte er sich nach den Geräuschen in Florida gesehnt, nach der Schwüle in der Luft, den reichhaltigen, tropischen Düften, die immer mit einem schwachen Schwefelgeruch daherkamen. Es fühlte sich verdammt gut an, endlich nach Hause zurückgekehrt zu sein.

Selbst, wenn sein Zuhause leer war.

Über seine Schulter hinweg sah er auf das riesige Haus, das er entworfen und gebaut hatte, um einer ganze Familie Platz zu bieten. Letztes Jahr hatte er Felicia gehen lassen. Eine gute Entscheidung, in dem Punkt war er sich sicher. Sie verdiente jemanden, der sie wahrhaftig liebte. Der sie mehr liebte, als er das jemals könnte. Jemanden, der es genoss, ein Vollzeit-Master zu sein. Trotzdem musste er eines zugeben: Hin und wieder fühlte er sich einsam.

Wie bestellt, klingelte sein Handy. Der schrille Ton brachte den Froschchor zum Schweigen. Er sah auf den Bildschirm: sein älterer Bruder.

„Hey, Adam, wie geht's?"

„Das Leben ist gut. Und ... wie läuft's bei dir?"

Nolans Mundwinkel zuckte bei der vorsichtig angebrachten Sorge. Beim Geheimdienst hatte Nolan einen Eins-a-Killer abgegeben, aber die Zeit hatte Spuren bei ihm hinterlassen. Seine heftigen und blutigen Albträume hatten seine Familie verängstigt. Adam wusste, dass die zwölf Monate im Irak alte Geister auf den Plan gebracht haben mussten. Doch Nolan hatte sich nicht lange mit ihnen aufgehalten und sie schnell zur Ruhe gebettet. Zuhause zu sein, war gut und hilfreich. Noch hilfreicher war es, die kleine Rothaarige zu Orgasmen zu führen. „Es geht mir gut,

Bruder. Du brauchst dir keine Sorgen machen. Erzähl mir, wie es euch geht."

„Ich kann mich nicht beschweren. Übrigens ist Jenny wieder schwanger. Ein Kind mehr, das auf den Familientreffen umherrennt."

Nolan grinste. Seine jüngere Schwester wollte eine große Familie; das ist dann ihr drittes Kind. „Ich muss sie mal anrufen. Was ist mit dir? Hast schon geheiratet?"

„Zur Hölle, nein. Das kommt erst in Frage, wenn es mir erlaubt wird, zwei Frauen zu heiraten." Eine Pause. „Stehst du noch auf das Fesseln-und-Auspeitschen-Zeug?"

Nolan schnaubte. „Und das von jemandem, der zu jeder Zeit vier oder fünf Leute in seinem Bett braucht."

„Wenigstens muss ich sie nicht fesseln, damit sie sich von mir vögeln lassen", sagte Adam, um bei dem wohlbekannten Austausch von Beleidigungen nicht den Kürzeren zu ziehen. „Wirst du es in diesem Sommer in die Heimat schaffen?"

„Erst im Herbst. Warum?"

„Dad wollte, dass du – Verdammt, wenn man vom Teufel spricht! Er ruft grad an. Lass uns später nochmal sprechen." Adam legte auf.

Grinsend packte er das Handy weg. Es war immer gut von seiner Familie zu hören. Manchmal vermisste er es, nicht näher zu wohnen. Durch seinen *perversen* Lifestyle war ein wenig Abstand jedoch von Vorteil. Einmal hatte er Felicia mit nach Hause genommen. Seine Mutter und Schwestern waren nicht warm mit ihr geworden. Obwohl sie sich angemessen verhalten hatte, war es schwer für sie, ihre Unterwürfigkeit abzustellen. Die King-Frauen waren nämlich alles andere als unterwürfig; niemand konnte sie bremsen.

Was würden sie von Beth und ihrer Myriade an Narben halten? Er grinste. Oh ja, sie würden Beth vergöttern. Auch wenn sie viel durchgemacht hatte, teilweise verängstigt durch die Welt ging, hatte sie nicht nur die Eier gehabt, einer schlimmen Beziehung zu entfliehen, sondern auch in einer fremden Stadt eine Firma zu gründen. Ganz allein.

Zur Hölle nochmal, sie war beeindruckend. Und seine Familie würde dem zustimmen.

In dieser Nacht näherte sich Kyler dem großen Anwesen mitten im Nirgendwo. Beeindruckend, dachte er und bewunderte die Schmiedearbeit und die schwarzen Wandleuchter neben der Tür. Dann trat er ein.

„Guten Abend, Sir." Im Eingangsbereich erhob sich ein junger Mann, der ihn freundlich anlächelte. Ein hübscher Junge, dachte Kyler genervt.

„Wie lautet Ihr Name, Sir?"

„Ich bin kein Mitglied des Shadowlands", sagte Kyler lächelnd. „Eine Bekannte hat den Club in den höchsten Tönen gelobt. Es ist doch ein BDSM-Club, richtig?"

„An Samstagen, ja. Heute ist Swinger-Nacht."

Falscher Tag. Verflucht. „Gibt es die Möglichkeit, mir den Club morgen anzusehen, wenn ich Interesse an BDSM habe?"

Der Türsteher schüttelte den Kopf. „Tut mir leid, Sir, nur Mitglieder dürfen eintreten."

„Was ist für eine Mitgliedschaft erforderlich?"

„Zweimal im Jahr haben wir Tag der offenen Tür. Dann können Interessenten vorbeikommen. Ansonsten muss jeder Bewerber eine Empfehlung eines derzeitigen Mitglieds zur Hand haben. Bei weiteren Fragen können Sie Master Z auf dieser Nummer anrufen." Der Türsteher überreichte ihm eine schwarze Visitenkarte, auf der die Schrift in goldenen Lettern hervortrat.

Kyler spannte den Kiefer an: Ein exklusiver Club für die Besserverdiener. Sicher würde er sie hier nicht finden. Jedoch hatte er sie in keinem anderen Club in Tampa gesehen. „Können Sie mir sagen, ob eine Freundin von mir herkommt? Elizabeth oder Beth? Schlanke Rothaarige mit großen blau-grünen Augen." Verletzliche Augen, die sich so einfach mit Tränen füllten. Eine rauchige Stimme, die seine feuchten Träume bevölkerte. Er liebte es, wenn sie schrie.

Der Türsteher wollte nicken, fing sich jedoch. „Tut mir leid, aber wir sind unseren Mitgliedern gegenüber zur Verschwiegenheit verpflichtet."

„Das verstehe ich natürlich." Kyler gab sein Bestes, um gelassen zu wirken, obwohl er am liebsten seinen Erfolg hinausschreien würde. *Hab ich dich, Schlampe.* „Na ja, ich bin mir sicher, dass ich sie bald irgendwo mal antreffe. Vielen Dank."

„Kein Problem. Ich wünsche einen guten Abend."

Kyler lief in die Nacht, seine Schritte beschwingt, während seine Körperhaltung so perfekt war, wie es ihm gelehrt wurde. Auf dem ganzen Weg zu seinem Auto konnte er die Schreie seiner Frau in seinem Kopf hören.

Am Samstagabend begrüßte Beth Ben und lachte über seine Witze, obwohl ihr nicht zum Lachen zumute war. Sie war nervös. Beim Eintreten in den Hauptraum erblickte sie Jessica. Sie winkte ihr zu und bewegte sich durch die Menschenmenge auf sie zu. Der Geruch nach verschiedenen Parfums, Eaux de Cologne, Leder, Schweiß und Sex füllte die Luft. Sie wich einer Domina aus, die ihren Sklaven tadelte und passierte ein Paar, das sich an einer Station an Wachs-Play erfreute. An den hinteren Dachsparren erweckte blaues Licht ihre Aufmerksamkeit. Offenbar hatte jemand den Violett-Stab herausgeholt.

An zwei weiteren Menschen vorbei und schon stand sie vor Jessica. Die kleine Blondine trug ein pinkes Trägertop mit einem engen, schwarzen Latexrock. „Du siehst toll aus", bemerkte Beth mit einem neidischen Seufzen. Als Gott Brüste verteilt hatte, musste Jessica sich dreimal angestellt haben. Beth war anscheinend nie vorne angekommen.

„Ach, hör doch auf. Erzähl mir lieber, wie es dir geht", sagte Jessica und nahm Beths Hände in ihre. „Alles in Ordnung? Wie war es mit Nolan?"

Beth lächelte und legte ihre Entschlossenheit ab, immer verschwiegen und reserviert sein zu wollen. Stattdessen umarmte sie die andere Frau, während sie den Drang unterdrückte, Jessica um Rat anzuflehen. „Ich wollte dich das Gleiche fragen. Wie hat er dich bestraft?"

Jessicas Wangen färbten sich rot. „Der fiese Basta –" Ihr Blick fiel auf einen Punkt hinter Beth und sie schnappte nach Luft.

Beth wirbelte herum und wäre dabei fast mit Master Z zusammengekracht.

Sein Gesicht gab nichts preis, aber seine silberfarbenen Augen funkelten amüsiert. „Ja, meine Kleine, erzähl Beth, was ich mit dir angestellt habe. Was hat der *fiese Bastard* mit dir gemacht?" Master Z verschränkte seine muskulösen Arme über seinem schwarzen Seidenhemd und wartete.

Nach einem nervösen Blick in seine Richtung konzentrierte sich Jessica wieder auf Beth: „Er hat mich an die Palisade gestellt, meinen Rock hochgeklappt und dann jedem vorbeikommenden Dom gestattet, mir einen Klaps zu verpassen." Sie presste die Lippen zusammen. „Einige von ihnen kamen zweimal oder dreimal vorbei. Danach konnte ich zwei Tage nicht sitzen."

Beth hatte so ein schlechtes Gewissen, dass sich ihre Augen mit Tränen füllten. Jessica wurde wegen ihr verletzt. Hätte sie nicht –

„Oh, Himmel! Wage es dir nicht, zu weinen. Es war nicht deine Schuld, sondern meine. Ich habe die schlechte Angewohnheit, den Doms nicht genügend Respekt zu zollen." Jessica warf Master Z ein wehmütiges Lächeln zu. „Na ja, und manchmal muss mich der fiese Dom eben daran erinnern, was sich gehört."

Er trat näher und küsste Jessica auf die Stirn. „Und der

Bastard hat jeden Schlag genossen. Wenn du mich suchst, ich bin an der Bar. Komm sofort zu mir, wenn ihr beiden fertig seid."

„Ja, Master." Verliebt sah sie ihm nach, bevor sie sich grinsend Beth zuwandte. „Er hat meine Bestrafung so sehr genossen, dass er mich direkt am Zaun genommen hat. Verdammter Dom."

Beth biss sich auf die Unterlippe, denn sie erinnerte sich, dass Jessica selten öffentliche Sessions spielte. „Tut mir leid."

„Oh, er hat sichergestellt, dass ich jede Sekunde genieße. Natürlich weiß er genau, dass ich es dadurch noch unangenehmer finde." Jessica schüttelte den Kopf und runzelte dann die Stirn. „Aber genug von mir ..."

„Es geht mir gut. Wirklich." Beth sah sich im Hauptraum um, erwartete, Sir zu sehen. Sie hatte bemerkt, dass er nicht oft von Menschen umzingelt wurde, weshalb er immer einfach auszumachen war. „Ist Master Nolan hier?"

„Er ist im Kerker. Ein Aufseher musste kurzfristig den Club verlassen und Nolan ist für ihn eingesprungen."

Die Enttäuschung, die sich daraufhin in ihr erhob, bekräftigte ihren Entschluss, sich einen neuen Dom zu angeln. Vielleicht war es gut, dass er beschäftigt war; dann müsste sie sich ihm nicht erklären. Sobald er sie mit einem anderen Dom sah, wäre er sowieso zu wütend, um das Gespräch mit ihr zu suchen. Dann müsste sie nicht vor ihm ausbreiten, warum sie nicht mit ihm fortfahren wollte, nicht mit ihm fortfahren konnte.

Jessica verengte die Augen. „Was hast du vor?"

„Nichts, was ich nicht sonst auch tue. Ich werde mir einen Top für den heutigen Abend suchen. Für ein bisschen Spaß. Dann gehe ich nach Hause." Beth versuchte, ihren Ton ruhig zu halten.

„Und Nolan? Was ist mit ihm?"

„Er hat mich zu einem Orgasmus geführt und hat die Barriere in mir zum Einsturz gebracht. Das Leben ist gut."

„Und du denkst, dass er sich damit einverstanden erklärt? Einfach so?"

Beth sah einen Dom an der Bar, der den Blick interessiert

über sie schweifen ließ. Sie lächelte, zog ihren Bauch ein und schob ihre kleinen Brüste nach vorn. „Wenn ich von Master Nolan nicht getoppt werden will, was soll er dann bitte machen?"

„Nichts schätze ich." Wirklich überzeugend klang Jessica nicht. „Allerdings kann es schmerzhaft ausgehen, wenn man die Doms an diesem Ort unterschätzt. Viel Glück, Süße."

„Alles wird gut. Du wirst schon sehen."

KAPITEL FÜNF

Nolan schlenderte durch den Steinkerker, inspizierte jede einzelne Session gerichtet. Mistress Anne hatte ihren Sklaven an die Wand gefesselt und fügte Gewichte zu dem Hodenfallschirm hinzu.

Ein älteres, homosexuelles Paar benutzte eine Liebesschaukel, und der Dom hatte die Beine des Subs auf eine äußerst innovative Weise festgebunden. *Interessant.* Bevor er weiterging, warf Nolan einen genaueren Blick auf den Sub. *Nicht gut.* Er ließ seine Taschenlampe aufleuchten, um die Aufmerksamkeit des Doms zu erregen. Dann warf er den Strahl auf die blaue Hand des Subs. Der Dom sprach nicht, sondern machte sich lediglich daran, die Fessel etwas zu lockern. Nolan nickte und drehte weiter seine Runden.

Am anderen Ende hielt er an, um Heath zu beobachten. Einen Dom in seinen Zwanzigern, der Sally an einen Bondage-Tisch fesselte. Heath war gewissenhaft, aber wahrscheinlich zu nett für eine Auszubildende, die nicht wusste, wann sie den Mund zu halten hatte. Von dem unbeeindruckten Ausdruck auf ihrem Gesicht brauchte Sally einen weitaus dominanteren Top. Sie war diejenige, die Heath im Fesseln unterwies.

Nolan unterdrückte ein Lächeln und schüttelte den Kopf. Vermutlich würde Sally ihn heute Abend solange provozieren, bis sie beide unbefriedigt nach Hause gingen. Keine gute Verbindung.

Beziehungen waren Beziehungen, ob beim BDSM oder in der Vanilla-Welt. Es verlangte eben Zeit, um jemanden zu finden, mit dem es Klick machte. Allerdings war er der Überzeugung, dass Doms und Subs ihre Wünsche besser miteinander kommunizierten. Und trotzdem: Es brauchte Zeit und Geduld, den richtigen Partner zu finden. Er hoffte, dass die hübsche Sally irgendwann an einen Dom kam, der ihre Bedürfnisse erfüllte. Da sie zu allem Überfluss nicht nur dickköpfig, sondern auch intelligent war, würde es einen außerordentlichen Dom brauchen, um sie zu unterwerfen.

Grinsend erinnerte er sich an den Abend zurück, als er sie dominiert hatte. Seine Hand hatte nach dem Spanking geschmerzt. War ein toller Abend gewesen, leider war sie nicht für ihn gedacht. Es sprühten keine Funken.

Bei Beth war das anders ... Etwas an der Rothaarigen zog ihn wie magisch an. Es war nicht der Schmerz, den sie in ihrer Vergangenheit durchgestanden hatte, nein. Was ihn anzog, war ihre Verletzlichkeit. Sie hätte genauso gut, zynisch und gemein werden können. Stattdessen aber hatte sie eine Schutzmauer errichtet, um ihren weichen Kern in Sicherheit zu wissen.

Eine Schutzmauer mit einem tiefen Wassergraben. Wie hatte er sich von Z überreden lassen, sie als Sub zu akzeptieren? Er unterdrückte ein Lachen, das sich als Schnaufen löste, und machte kehrt.

Annes Sub schwitzte wie ein Schwein, weshalb Nolan eine Flasche Wasser von einem Tisch an der Wand nahm und sie in der Nähe der Domina platzierte, ohne die Session zu stören.

Die Uhr sagte halb zwölf. Ob Beth bereits im Club war? Wenn ja, warum hatte sie ihn noch nicht aufgesucht?

Auf der anderen Seite des Kerkers trat Dan ein und sah sich um. Typisch Bulle. Die Aufseher waren oftmals in der Strafverfolgung tätig oder hatten beim Militär gedient. In seinem gewohnten Lederoutfit bestehend aus einer Weste und einer Hose durchquerte der Mann den Raum und kam direkt auf Nolan zu. „Muss ich etwas wissen?"

„Alles ruhig." Nolan zeigte auf das schwule Pärchen. „Dort musste ich mich einmischen, da die Fesseln ein wenig eng waren."

„Okay", sagte Dan. Damit wusste Nolan, dass er das Paar im Auge behalten würde. Wie die meisten Doms war auch Dan so fürsorglich, dass es an absurd grenzte.

Nolan gab ihm die Taschenlampe und warf seine Aufseher-Weste in eine Abstellkammer, um sie später holen zu können. Im Club bevorzugte er sein schwarzes Muskelshirt. „Hast du Beth gesehen?"

„Ähm." Dan neigte den Kopf, offensichtlich beeindruckt von Heaths Fesselkunst. „Ja, sie ... also ... sie spielt eine Session."

Hat sich einen anderen Dom gesucht, ja? Nolan ballte die Hände zu Fäusten, bis seine Fingerknöchel knackten. Dann ließ er locker, amüsiert, dass er so blind sein konnte! Er hätte es voraussehen müssen: Letzte Woche hatte er es eindeutig unterschätzt, wie dick ihre Schutzmauer in Wirklichkeit war. Und nun hatte sie sogar Wachmänner positioniert. „Sind sie an einer Station?"

Dan nickte.

Dann wäre sie einfach zu finden. Und falls es der andere Dom schaffte, ihr eine Reaktion zu entlocken, gut für ihn. Bei dieser argwöhnischen Sub bezweifelte er das jedoch.

Er nickte Dan zum Abschied zu und verließ den Kerker. Als er durch den Korridor mit den Themenräumen lief, hörte er Kichern und Schreie durch die Türen, Gestöhne trat aus dem Doktorspiele-Zimmer, Gelächter aus dem Büro. Im Hauptraum sah er an den Stationen gleich neben der Tür zwei homosexuelle Pärchen, die in einem Wettkampf standen, welcher Sub sich länger einen Orgasmus verweigern konnte. Einer der Käfige in der Ecke hielt eine Brünette gefangen; Tränen liefen über ihre Wangen. Jemand war unartig gewesen.

Wo war Beth? Nolan stoppte an den abgegrenzten Bereichen auf der rechten Seite. Nein, sein kleines Häschen war nicht zu sehen. Als er die Bar passierte, reichte ihm Cullen ein Corona.

„Danke." Kalt und erfrischend. Nolan nahm einen großen Schluck und fragte Cullen: „Wo ist sie?"

Der Barkeeper wies auf die andere Seite des Raumes. „Sägebock. Schlechte Wahl beim Dom. Er erlaubt seinem Frust die Oberhand."

„Verdammt." Nolan marschierte durch den Raum. Eine kleine Menschenmenge beobachtete, wie der bullige Dom in die zierliche Rothaarige hämmerte, die auf der Bank gefesselt war. Sanfte Grunzlaute entrangen Beth bei jedem Stoß. Ihre Stirn lag auf dem Lederpolster, ihre Hände zu Fäusten geballt. Sie ließ es schlichtweg über sich ergehen.

Nolan wollte den ahnungslosen Dom packen und ihn gegen die nächste Wand schmettern, aber das wäre nicht richtig. Beth hatte ein Safeword. Sie befand sich nicht im Subspace, weshalb er davon ausgehen musste, dass sie zu viel Angst hatte, es zu benutzen. Jedoch war das ihre Entscheidung.

Eine schlechte Wahl. Cullen behielt recht. Nolan sah sich um. Gleich neben dem Seil, das die Station abgrenzte, stand eine Couch, von der Z die Session mit angespanntem Kiefer beobachtete. Nolan gesellte sich zu ihm.

„Wirklich extrem schmerzhaft", bemerkte Z.

„Für die kleine Sub oder für dich beim Zusehen?", fragte Nolan. Es war ein offenes Geheimnis im Shadowlands, dass der Clubbesitzer nicht nur ein Psychologe war, sondern auch wie kein anderer in der Lage war, Emotionen wahrzunehmen, wenn er der Person nah genug war.

„Sowohl als auch." Z seufzte und rieb sich erschöpft über das Gesicht. „Ich überlege, ob ich ihre Mitgliedspapiere gleich hier zerreiße oder lieber warten sollte, bis ich weniger wütend bin."

„Sie macht es uns nicht gerade einfach. Auch ich bin etwas angepisst." Er beobachtete, wie der Dom zum Höhepunkt kam, sein Gesicht rot vor Erschöpfung und nur allzu genervt von der glanzlosen Session. Er glitt aus Beth heraus, warf sein Kondom in den Müll und lief zu einem Paddle, das unter der Absperrung lag. Nach Beths Hintern zu urteilen, war das Folterinstrument bereits zum Einsatz gekommen.

Nolan stand auf und kletterte über das Seil. Als sich der Dom aus seiner vorgebeugten Position aufrichtete, entfesselte Nolan seine gesamte Wut: „Beende die Session. Sofort."

Das Paddel fiel zu Boden und der Mann machte einen Schritt nach hinten. Angespannt ging er zu Beth und Nolan erkannte sofort, dass er seinen Stolz verletzt hatte. Einen Scheiß interessierte das Nolan, solange der Mann seiner Anweisung folgte. Und das tat er, denn er löste Beths Fesseln.

Nolan ging zurück zu Z.

„Wenn ihr beiden so weitermacht, habe ich bald keine Doms mehr", murmelte Z amüsiert.

„Hör doch auf. Hätte ich ihn nicht gestoppt, wärst du eingeschritten." Nolan wandte den Blick nicht von Beth ab. Sie erhob sich auf die Füße, ihr Gesicht blass. Viel zu blass. Sie bebte am ganzen Körper, schlug das halbherzige Hilfsangebot des Doms jedoch in den Wind. Der Mann funkelte sie genervt an und marschierte von dannen.

„Sie ist in der Lage, einen Dom in die Alkoholsucht zu treiben. Dennoch sehe ich, dass ich ihn im Auge behalten muss", bemerkte Z. „Besonders gut bewältigt er Frustration nicht." Er hob die Hand.

Sofort näherte sich ein Auszubildender in einem Lendentuch und fiel vor Z auf die Knie. *Okay. Mal was Neues.* „Ja, Master."

„Austin, platziere ein Reserviert-Schild an der Station und bitte Peggy, sie zu säubern."

„Dieser Sub wird –"

Z unterbrach ihn, indem er sich vorlehnte und das Kinn des Subs packte. „Austin, *dieser Dom* bevorzugt es, wenn im Club ein Lower Protocol vorherrscht. Es gibt keinen Grund sich hinzuknien, solange es nicht ausdrücklich von dir verlangt wird. Weiterhin: Die angemessene Antwort auf eine Anweisung lautet ‚Ja, Sir‘.“

Der Sub erschauerte. „Ja, Sir“, hauchte er. Zurück auf den Beinen eilte er davon.

Nolan schnaubte und richtete seine Aufmerksamkeit wieder auf Beth, die Probleme damit hatte, die Schnürung an ihrem Latexkleid zu meistern. Alles in ihm wollte ihr zur Hilfe eilen. Er lenkte sich von dem Drang ab, indem er Z fragte: „Die Auszubildenden knien also jetzt für dich, ja?“

„Frag lieber nicht.“ Z seufzte und rieb sich die Augen. „Sein vorheriger Master war ein großer Verfechter des High Protocol. Sie haben sich getrennt, aber Austin kommt nicht davon weg. Ich werde es langsam leid, dass er jede Antwort mit ‚Dieser Sub‘ beginnt.“

„Hin und wieder genieße ich das High Protocol. Jedenfalls das Schweigen, das Hinknien und die gesenkten Augen. Auf den Scheiß mit der dritten Person kann man echt verzichten.“ Nolan zuckte die Achseln. „Jedem das seine.“

Als Beth ihr Kleid schließlich hergerichtet hatte, zwang er sich, sich zurückzulehnen. Er stellte einen Stiefel auf den Couchtisch und nippte an seinem Bier. Ihr zur Rettung zu kommen, würde die Sache zwischen ihnen nur verkomplizieren. Sie musste den ersten Schritt machen.

Nachdem sie sich wieder bedeckt hatte, strich sie das Kleid glatt. Ihre Hände, ihre Beine, verdammt, ihr ganzer Körper zitterte. Wie Setzlinge im Wind. Es würde nicht viel fehlen, um sie zu entwurzeln und davonzutragen. Ihr Hintern und die Rückseite ihrer Schenkel brannten von dem Paddel. Ihr Mangel an zufriedenstellenden Reaktionen hatte den Dom wütend gemacht.

Ihre Schuld, das wusste sie. Es war immer ihre Schuld. *Gott*, ihre Emotionen bebten fast so schlimm wie ihre Knie. Sie senkte den Blick, biss sich auf die Unterlippe und gab alles, um die unwillkommenen Tränen zurückzudrängen. Tief atmete sie ein. *Okay, für heute Abend reicht's. Ich gehe heim.* Dann hob sie den Kopf und schaute direkt in Master Nolans dunkle Augen.

Ihr Körper zuckte nach hinten, als hätte sie jemand geschlagen, und ihr Atem explodierte in ihren Lungen.

Dort war er. Genau vor ihr auf dem Sofa. Er hatte die furchtbare Session beobachtet. *Oh Gott.* Sie wollte rennen, wollte flüchten, aus dem Club, und niemals zurückkommen.

Zuerst regte er keinen Muskel. Dann legte er den Kopf auf die Seite, zog eine Augenbraue herausfordernd hoch. Eine Geste, die bewies, dass noch nicht alles verloren war. Dass ihr Fehler wiedergutzumachen war. Jedenfalls wenn sie den Mut aufbringen würde, vor ihm zuzugeben, dass sie dämlich gehandelt hatte.

Zum ersten Mal war sie in der Lage, seinen Ausdruck zu beurteilen. Ihre Hände spannten sich an und das brachte ihre neuen Wunden zum Brennen, da, wo sie ihre Fingernägel in die Handflächen gebohrt hatte. Sie konnte sich nicht bewegen: Wenn sie jetzt zu ihm ginge, wäre es ihre Entscheidung. Ihre Entscheidung, ohne von Master Z erpresst worden zu sein. In dem Fall würde Master Nolan vollkommene Unterwerfung von ihr verlangen. Sie müsste sich ihm hingeben. Nicht nur oberflächlich, sondern aus vollem Herzen.

Wäre sie dazu in der Lage?

Ein Schritt. Zwei Schritte. Ihr Körper fühlte sich fremd an, ihre Beine schienen von jemand anderem kontrolliert zu werden. Sie schaffte es an dem Seil vorbei, an den wenigen Leuten, die noch an der Station verweilten. Ihre Gespräche gelangten nur als Rauschen an ihre Ohren. Ihre gesamte Aufmerksamkeit galt Sir.

Und plötzlich stand sie direkt vor ihm und sie wusste nicht, wie sie fortfahren sollte.

Er wartete, trank von seinem Bier, sein Ausdruck gelassen.

Als ihre Beine drohten einzuknicken und sie beinahe gefallen wäre, wurde ihr klar, was zu tun war. Es war so einfach. Und verlangte ihr trotzdem so viel ab.

Sie fiel vor ihm auf die Knie. Nach einer Minute schaffte sie es, die Augen von seinen undurchdringlichen Tiefen wegzureißen. Sie senkte den Kopf, starrte auf den Boden. Kein Befehl war nötig, als sie den Mund öffnete und flüsterte: „Bitte, Master ...“

„Oh, zur Hölle nochmal.“ Der Laut einer Flasche, die auf einem Tisch abgestellt wurde, dröhnte in ihren Ohren. Dann quietschte das Sofa. Im Bruchteil einer Sekunde legten sich starke Hände auf ihre Hüfte. Mit Leichtigkeit hob er sie hoch, platzierte sie auf seinem Schoß und presste sie an sich. Als sich seine Arme um sie wickelten, starke Arme, so kontrolliert, erschauerte sie, nicht länger fähig, noch einen klaren Gedanken zu formen.

„Sir?“ Sie wand sich in seinen Armen, in dem Versuch, sich aufzusetzen. Sie wollte sich so verzweifelt bei ihm entschuldigen.

„Ruhe dich aus, Süße. Wir werden dein idiotisches Benehmen später diskutieren.“ Der Anflug eines Lachens in seiner Stimme fühlte sich wie ein warmer Frühlingsschauer auf einem ausgetrockneten Garten an.

Das kleine Häschen in seinen Armen zitterte noch ein bisschen, dann schließlich schlief es ein. Es gab Nolan ein gutes Gefühl, dass sie ihm auf diese Weise vertraute. Und nicht zum ersten Mal. Das war eine gute Sache, ein Fortschritt.

Vielleicht war sie von ihm aber auch nur furchtbar gelangweilt. Als sie schlummerte, beobachtete er Zs Reinigungskraft beim Desinfizieren der Bank und des Bereiches, bevor sie das Reserviert-Schild entfernte.

Ein Ehepaar und dessen Sub besetzten die Station als Nächstes. Der männliche Sub wurde mit dem Rohrstock bearbeitet. Mit viel Raffinesse landeten die Schläge auf seinen Schenkeln und seinem Hintern. Ein wenig neurotisch, dass der Ehemann so symmetrisch vorging, aber die Wucht, mit der er die Hiebe austeilte, war zu jeder Zeit kalkuliert. Nach einer Weile tauschte die Ehefrau mit dem Sub die Plätze und bekam auch den Rohrstock zu spüren. Danach wurde sie gleichzeitig von ihrem Mann und dem Sub genommen. Zum Vergnügen aller Anwesenden, denn die Frau hielt sich nicht zurück, schrie ihre Lust heraus.

In seinen Armen regte sich Beth, ihre Muskeln spannten sich an, doch dieses Mal sprang sie nicht von seinem Schoß. Mehr Fortschritt. Sie hob den Kopf von seiner Brust, blinzelte den Schlaf aus ihren blau-grünen Augen und starrte auf die Session, wo der Ehemann seine Frau losband.

„Du bist eingeschlafen", bemerkte er das Offensichtliche.

„Tut mir leid, Sir. Ich wollte dich nicht als ... ähm ..."

„Kissen missbrauchen? Ich schätze, jetzt schuldest du mir eine Kleinigkeit." Nolan packte ihre Haare, neigte ihren Kopf und akzeptierte die Gegenleistung in der Form eines langen, liebevollen Kusses von einer Frau, die gerade erst dem Land der Träume entflohen war. Es war eine Zeit her, dass er das letzte Mal eine Frau in seinem Bett hatte. Etwas, das er vermisste. Er vertiefte den Kuss, nutzte seine Erfahrung, um sie vollständig zu wecken, während er nicht anders konnte und ihre Brüste streichelte. Unter ihrem Kleid spürte er, wie sich ihre kleinen Nippel aufrichteten. Als er ihr seine Lippen entriss, war sie definitiv hellwach und ihre Wangen waren köstlich gerötet.

Nolan fand mit seinen Augen den Auszubildenden und ließ ihn wissen, dass er sich nähern sollte. Der junge Mann eilte herbei, seine großen, braunen Augen mit dem Bedürfnis gefüllt, ihn zufriedenzustellen. Er wollte sich hinknien, doch Nolan knurrte und der Sub erstarrte. „Steh auf."

Austin erhob sich zu seiner vollen Größe und wartete auf weitere Anweisungen, sein Puls an seiner Kehle hämmernd.

„Bring mir einen Screwdriver von der Bar."

Austin begann mit den Worten: „Dieser Sub —"

Nolan starrte ihn mit einem kalten Ausdruck an.

„Ja, Sir!" Danach verschwand der junge Mann schneller, als er gekommen war.

„Du genießt es, die Menschen um dich herum in Angst und Schrecken zu versetzen, oder?", fragte Beth. Sofort erstarrte sie und hauchte: „Tut mir leid, Sir."

„Ist doch nicht meine Schuld, dass ich von ängstlichen Leuten umgeben bin", sagte er, ihre Entschuldigung ignorierend. Er rieb mit den Fingerknöcheln über ihre Nippel. Er hatte überraschend viel Spaß daran, mit ihren hübschen, kleinen Brüsten und den dazu passenden Nippeln zu spielen. In den letzten Jahren war er in einen Trott geraten, hatte sich immer nur füllige Frauen gesucht. Er zog an den Bändern ihres Kleides, glücklich, dass diese bis zum Saum reichten. Mit einer Hand löste er die Schnürung, an der sie vorhin so lange herumgefummelt hatte. Ein Band nach dem anderen schob er durch die Ösen, bis sich das Material teilte. Er zögerte nicht und fand eine Brust, fühlte die Knospe an seiner Handfläche.

Austin kam mit ihrem Cocktail zurück und Nolan überreichte ihr das Glas, nachdem er sich mit einem Nicken bei dem Sub bedankt hatte. Sie starrte den Drink verwirrt an.

Er warf ihr einen eindeutigen Blick zu, bis sie einen Schluck nahm. Er stimmte mit dem Zwei-Drinks-Limit im Shadowlands überein, doch ein alkoholisches Getränk würde ihr sicher nicht schaden. Wenn jemand ein paar Hemmungen ablegen sollte, dann diese Frau. Er erfreute sich an ihrem Körper, zeichnete ihre Rippen nach, umkreiste ihren niedlichen Bauchnabel, erkundete ihr Schlüsselbein. Sie trank so langsam, dass sie sich unter ihm wand, bevor sie den Cocktail leeren konnte.

Gut. Ihre Bestrafung würde einfacher über die Bühne gehen, wenn sie erregt war. Und er hatte vor, ihr eine Lektion zu erteilen. „Nun lass uns besprechen, was vorhin vorgefallen ist."

Ihre Augen weiteten sich.

„Hast du gedacht, ich hätte es vergessen?"

Ihr Atem stockte.

„Ich dachte, wir hätten eine Vereinbarung getroffen. Und was machst du? Suchst dir einfach einen anderen Dom. Ich bin nicht nur wütend, weil du unsere Vereinbarung missachtest hast, sondern vor allem, weil du es nicht für nötig empfunden hast, zuerst mit mir zu sprechen."

Beschämt senkte sie den Kopf und spielte nervös mit ihren Händen. „Du hast recht. Was ich getan habe, war dir gegenüber unfair."

„Warum hast du es dann getan, Babe? Kläre mich auf." Er umfasste ihr Kinn und zwang sie, sich seinem Blick zu stellen.

Beth wollte ihm nicht in die Augen sehen. Sie wollte überall hinschauen, nur nicht in diese dunklen Tiefen. Dummerweise war es genau das, was er wollte. „Ich dachte, alles wäre wieder okay. Ich dachte, die Blockade wäre verschwunden."

„Das erklärt nicht, warum du den Dom wechseln wolltest."

„Ich hatte Angst", schaffte sie es auszusprechen. „*Du* machst mir Angst. Ich kann nicht denken, wenn du mich berührst. Dann habe ich keine Kontrolle, und das erinnert mich immer an … damals."

„Du hast ihm vertraut und er hat dein Vertrauen missbraucht. Nun weißt du nicht, wem du dein Vertrauen schenken kannst."

Dass er sie so gut verstand, war ein Geschenk, das sie nicht verdiente.

Mit dem Daumen strich er sanft über ihre Wange. „Kleines Häschen, ich kann deine Bedenken nachvollziehen. Wir, du und ich, werden daran arbeiten, sie zu überwinden. Dennoch kann ich nicht gutheißen, dass du nicht mit mir über deine Sorgen gesprochen hast."

Er hatte vor, ihr wehzutun. Sie wusste es und war sich nicht sicher, ob sie es ertragen könnte. Er hatte nichts mit dem Dom von vorhin gemein. Der Schmerz von dem Paddel war intensiv gewesen, aber dieser muskulöse Mann könnte so viel Schlimmeres mit ihr anstellen.

„Ich werde versuchen ...“ Sie fühlte ihre Unterlippe beben. Sofort presste sie die Lippen aufeinander und schloss die Augen, damit er ihre Tränen nicht sah. Zu weinen, würde die Bestrafung nur heftiger ausfallen lassen. Das war ihr klar. Aus Erfahrung.

„Sieh mich an, Kleine.“ Sie öffnete die Lider und er wischte die Träne weg, die sich von ihren Wimpern gelöst hatte. „Ich könnte dir sagen, was ich tun und nicht tun werde, aber du würdest mir sowieso nicht glauben. Lass uns die Sache also hinter uns bringen.“ Er stellte sie vor sich auf die Füße und befahl: „Zieh dich aus.“

Ihr Blick huschte zu der Spanking-Station und sie beobachtete, wie ein Dom seine Sub auf der Bank fesselte. „Aber jemand ist bereits in dem Bereich besch –“

„Das Einzige, was ich aus deinem Mund hören will, ist ‚Ja, Sir‘. Habe ich mich deutlich ausgedrückt?“

„Ja, Sir“, hauchte sie. Bisher hatte sie sich noch nie im Barbereich ausgezogen, immer nur in den dafür vorgesehenen Separees. Das fühlte sich falsch an. Demütigend, obwohl die beobachtenden Augenpaare dieselben waren wie auch bei einer Session in den abgetrennten Bereichen. Dort fühlte sich eine Session an, als würde sie auf einer Bühne stehen: nicht echt. Hier draußen, mitten im Raum, wurde es plötzlich real.

Master Nolan sprach kein Wort. Nur sein Finger, der auf die Armlehne trommelte, zeigte, dass seine Geduld bald erschöpft war.

Sie spannte ihren Kiefer an, um nichts Unangebrachtes zu sagen und beschäftigte sich stattdessen damit, ihr Kleid auszuziehen. Im Moment war sie einfach nur froh, dass sie daran gedacht hatte, die Unterwäsche zu Hause zu lassen. Und dann stand sie nackt vor ihm. Nackt, abgesehen von den schwarzen Fesseln an ihren Handgelenken.

Er ließ die Augen über sie schweifen und ihre Nippel kribbelten unter seiner Musterung. Wie war es möglich, dass er sie allein mit einem Blick in Flammen setzte, während andere es nicht mal mit den Händen, dem Mund oder dem Schwanz geschafft hatten?

„Du hast einen hinreißenden kleinen Körper", sagte er nach einer bedeutungsschwangeren Pause. Er erhob sich und streckte ihr seine Hand entgegen. „Komm mit."

Es verwirrte sie umso mehr, als er sie an den Stationen vorbeiführte. Auf der gegenüberliegenden Seite der ovalen Bar hielt er an. „Cullen, ich habe neue Deko für deine Bar. Kannst du mir ein Handtuch reichen?"

Der Barkeeper lachte und warf ihm ein sauberes Handtuch zu. „Mein Ausblick ist wirklich recht eintönig. Lass deiner Fantasie also freien Lauf."

Deko für die Bar? Beths Augen weiteten sich und ihr Magen regte sich vor Nervosität. Sie ging einen Schritt zurück. *Er würde doch nicht ...*

Sie beobachtete, wie er das Handtuch auf dem Tresen ausbreitete. Dann drehte er sich zu ihr, packte sie an den Hüften und platzierte sie auf dem weißen Baumwollstoff.

„Sir, nein. Ich –"

Er betrachtete sie mit einem kalten Ausdruck und sie schluckte den Rest ihres Widerstandes herunter. Sie konnte nicht verhindern, wie sehr ihr Körper gegen sein Vorhaben protestierte! Alsbald fielen ihr die vielen Zuschauer auf, die sie grinsend und flüsternd anstarrten. Ihre Wangen flammten auf. *Oh Gott!*

Master Nolan trat einen Schritt nach hinten und musterte sie für eine Weile. „Noch nicht ganz. Ich hatte schon immer eine Faszination mit der Frauen-Silhouette auf den Spritzfängern von Lkws. Lehne dich auf deine Ellbogen zurück." Er legte die Hand zwischen ihre Brüste und übte Druck aus, bis sie seine gewünschte Position eingenommen hatte.

Ihre Brüste zeigten nach oben und er berührte sie dort. Eine elektrisierende Empfindung, gefolgt von Erniedrigung schoss bei der beiläufigen Berührung durch ihren Körper. Er behandelte sie wie ein Spielzeug.

„Nolan, ich bevorzuge es, wenn die Deko mir zugewandt ist", brüllte Cullen vom anderen Ende der Bar.

Sir grunzte. „Na gut, schließlich möchte ich den Barkeeper nicht erzürnen." Behutsam positionierte er sie um. Nun hingen ihre Beine nicht mehr herunter, sondern lagen auf dem Tresen. Er beugte ihre Knie, spreizte ihre Schenkel und entblößte ihre Pussy vor jedermanns Augen. Sie schloss die Lider und spürte den Schauer, der ihren Körper zum Beben brachte. Sie wünschte sich fast, lieber ausgepeitscht worden zu sein. Aber nur fast.

Master Raoul kam vorbei, bremste ab, um sie ausgiebig in Augenschein zu nehmen, bevor er Nolans Blick suchte. „Ich schätze, eine Kostprobe steht nicht zur Debatte?"

„Tut mir leid. Ich hatte kein Abendbrot und werde diese kleine Köstlichkeit für mich allein reservieren."

Beth entließ einen erleichterten Laut und schnappte entsetzt nach Luft, als Sir seinen Kopf senkte, um den Nippel in seinen Mund zu saugen, der ihm am nächsten war. Sie wollte sich aufsetzen, doch er drehte seinen Kopf genug, um ihr in die Augen zu sehen. Seine Lippen nur noch wenige Millimeter von ihrer Haut entfernt, sodass sein Atem über ihre feuchte Knospe wehte. „Beweg dich nicht vom Fleck. Nicht einen Millimeter."

Sie ballte die Hände zu Fäusten. Ihr Körper blieb angespannt und unbeweglich, als er über ihren Nippel leckte und ihn mit der Zunge umkreiste. Jeder Zungenschlag schürte das Feuer in ihr und der Beweis ihrer Erregung tropfte ihr von den Schamlippen. *Oh Gott!*

„Hättest du gerne dein zweites Bier für den Abend, Nolan?", fragte Cullen, während er mit der Zubereitung eines anderen Drinks beschäftigt war.

Sir hob den Kopf. „Eine fantastische Idee." Er drehte sich um und lehnte sich gegen den Tresen, sein Unterarm auf ihrer Hüfte.

Liebevoll streichelte er ihre Schenkelinnenseite, als er mit dem Mann neben sich sprach.

Der Mann meinte, dass er recht neu im Club war ... Dass er mit seiner Frau beigetreten war ... Beth verlor den Anschluss an die Unterhaltung, denn Sirs warme Hand wanderte über ihr Bein, ihre Hüfte, seine Finger so sanft wie Schmetterlingsflügel.

Obwohl sie sich entblößt fühlte, stellte sie überrascht fest, dass jeder Schauer, der durch ihren Körper jagte, ihre Erregung widerspiegelte. Als Sir eine Hand neben ihre Pussy legte und mit den Fingerspitzen durch ihre Löckchen strich, konnte Beth nur die Augen schließen. *Nicht bewegen, nicht bewegen.*

„Es hat mich gefreut, dich kennenzulernen, Nolan."

Beth öffnete die Lider und sah, wie der Mann Sirs Hand schüttelte. Bei dem Anblick von Beth und der Position von Master Nolans Hand stieg Hitze in seine Wangen, bevor er eilig davonrannte.

Beth war sich ziemlich sicher, dass ihr Gesicht genauso rot war. Sir richtete seine Augen erneut auf sie und sie sah das Grinsen, das über seine Lippen huschte. Indessen erkundeten seine Finger ihre geschwollenen Schamlippen – nun konnte er sich wieder gewiss sein, dass ihre Aufmerksamkeit allein seinen Berührungen galt. Sie fühlte sich wie ein Hund, der einen kräftigen Zug an der Leine brauchte. Seine Fingerknöchel strichen über ihre Spalte, vor und zurück, vor und zurück, und er musterte sie, beobachtete, wie schwer es ihr fiel, ihren Körper unter Kontrolle zu halten und sich nicht zu bewegen.

Cullen erschien mit Sirs Bier. „Bitte sehr, Nolan. Tut mir leid, dass du so lange warten musstest."

„Kein Problem." Sir nahm einen Schluck und betrachtete dann Beth. Seine Lippen formten sich zu einem kaum sichtbaren Lächeln und sie erstarrte. Was hatte er jetzt scho –

Er schüttete etwas Bier auf ihre Brüste. Bei der kalten Dusche schnappte sie nach Luft. Ihre Nippel richteten sich schmerzhaft auf.

Mit den Unterarmen lässig auf dem Tresen leckte Master Nolan genüsslich das Bier von ihrer Haut, von ihren Nippeln, bis sie kurz davor stand, zu wimmern. Seine Zunge folgte dem Rinnsal bis zu ihrem Bauchnabel, wo sich die Flüssigkeit gesammelt hatte. Gierig schlürfte er das Bier auf. Nach einer Minute kehrte er zu ihren Nippeln zurück, biss sanft zu und wiederholte diese Folter immer und immer wieder. Es dauerte nicht lange, bis die Lustwelle ihre Klitoris erreichte und sie die Zähne fest aufeinanderpressen musste, um nicht laut zu stöhnen. Schon bald wechselte er zu ihrer anderen Brust.

„Nolan, ich habe gehofft, dass ich dich heute antreffe."

Sir richtete sich auf, als eine kräftig gebaute Domina in Biker-Klamotten auf ihn zu kam. Eine kleine, kurvige Sub in einem Latexkleid, das Brust- und Pussy-Aussparungen aufwies, folgte ein paar Schritte dahinter.

„Gut, dich zu sehen, Olivia." Bevor er sich umdrehte, um mit der Frau zu reden, umfasste er Beths Fußknöchel. Die Domina schaute Beth amüsiert an und ignorierte sie dann, als sie sich mit Sir über die Möglichkeit austauschte, einen Kerker in ihrem Haus zu bauen.

Sirs gesamte Aufmerksamkeit schien nun auf der Domina zu liegen, doch seine Hand sprach eine andere Sprache: Langsam, oh so langsam, wanderte er an ihrem Bein nach oben. Seine Finger zeichneten Muster auf ihrer Schenkelinnenseite, glitten höher, bis er schließlich ihre Pussy erreichte. Trotz allem richtete er keinen einzigen Blick auf sie. Stattdessen bewegte sich, sodass er den Arm über ihren Bauch legen konnte, seine Finger direkt auf ihrem Venushügel. Sein bronzefarbener Arm stand im starken Kontrast zu ihrer blassen Haut, seine Hand so breit und groß, dass er ihren Intimbereich vollständig bedeckte.

„Wie nah sind dir deine Nachbarn?", fragte er Olivia. Gleichzeitig gingen seine Finger auf Erkundungsreise durch Beths verräterische feuchte Pussy. Gemächlich, unberechenbar, glitt er durch ihre Spalte und brachte die Nässe zu ihrer Klitoris. Ein Bündel an

Empfindungen setzte sich in ihr frei. Ihre Schamlippen und ihre Klitoris schwollen an. Alles fühlte sich zu eng an, als wären ihre Adern mit dem vielen Blut überfordert, das plötzlich in ihre niederen Gefilde strömte.

Er kehrte zu ihrer Klitoris zurück, rieb kurz über das Nervenbündel und tauchte dann in ihre Öffnung.

Sie schnappte nach Luft und versuchte, zu ignorieren, was er mit ihr anstellte, versuchte, die Begierde zu stoppen, die sich unweigerlich in ihr aufbäumte. *Verdammt*, warum ausgerechnet jetzt? Jeder andere Dom und alles wäre prima, dann wäre sie nicht erregt.

Dieser Dom jedoch ... Ihm schien ihre Reaktion völlig egal zu sein: Er sah sie ja nicht mal an! Sein feuchter Finger glitt entlang der empfindlichen Grenze zwischen Klitoris und ihrer Vorhaut. Immer und immer wieder. Druck baute sich in Beth auf, die exquisite Empfindung brachte sie doch tatsächlich in die Nähe eines Orgasmus. Aber nur in die Nähe. Die Unterhaltung mit der Domina klingelte in ihren Ohren, aber nur der Kontakt seiner Finger mit ihrer Klitoris fühlte sich real an. Ein Kontakt, der keiner war. Wenn er sie doch endlich auf ihrem Nervenbündel berühren würde! Sie biss sich auf die Unterlippe und ihr Becken hob sich ihm entgegen. Nur ein bisschen, doch die verbotene Bewegung reichte, um seine Aufmerksamkeit zu erregen.

Er strafte sie mit einem Klaps auf den Oberschenkel ab. Das zwiebelte und hatte einen direkten Effekt auf ihr Geschlecht. „Nicht bewegen, Sub."

Die Domina lachte, dankte ihm für die guten Ratschläge und spazierte davon. Ihre Sub sah Beth mit einem mitfühlenden Blick an, bevor sie ihrer Top folgte.

Sir drehte sich zu ihr, sein Ausdruck unterkühlt, als er seine Augen über Beth schweifen ließ. Sie regte keinen Muskel, versuchte, ihre Atmung zu kontrollieren und flehte ihn einzig und allein mit ihren Augen an: *Bitte lass mich runter, bitte lass mich runter.*

Er trank von seinem Bier, einen Schluck, noch einen, und

wollte gerade die Flasche abstellen, als er plötzlich auf halbem Weg stoppte. Wieder musterte er sie ... und dann schüttete er den restlichen Inhalt direkt auf ihre überhitzte Klitoris. Sie sog scharf den Atem ein, ihre Beine zuckten unwillkürlich.

„Still halten, Sub." Er teilte einen weiteren Klaps auf ihren Schenkel aus, der ihre Begierde nur anfachte.

Sie bebte am ganzen Leib, ihre Klitoris pulsierte vor Verlangen. Dennoch war sie entsetzt, als er den Fuß, der ihm am nächsten war, auf seine Schulter hob. Er würde doch nicht ... *Nein, nein, nein!*

Er zog sie an den Hüften zu sich, lehnte sich vor und leckte das Bier von ihrer unteren Hälfte. Der erste Kontakt mit seiner Zunge sandte einen Lustschauer durch sie, beim zweiten baute sich der Druck in ihr höher und höher auf. Sie nahm wahr, dass sie mit den Fingernägeln über das Holz des Tresens kratzte. Sie versuchte, still zu halten, versuchte, seiner Anweisung Folge zu leisten, doch diese Zunge! Mit dem Folterinstrument umkreiste er ihre Klitoris, strich über die Vorhaut, seitlich entlang, schnellte darunter hinweg und begann von vorne. Immer und immer wieder. Das Nervenbündel schwoll auf eine schmerzliche Größe an, war so empfindlich, dass jede Runde ein Stöhnen in ihr auslöste. Sie näherte sich, näherte sich ... Der Raum verschwamm und alles, was sie noch fühlte, war sein gnadenloser Griff an ihrem Bein und seine Zunge, die sich an ihr zu schaffen machte.

Unerwartet stieß er mit einem Finger in ihre Hitze, hart und schnell, die Invasion schockierend. Überwältigend. Sie konnte sich nicht mehr zurückhalten; der Druck baute sich in einer Explosion ab. Wellen der Lust schwappten über sie hinweg und sie rieb sich mit ihrem Geschlecht an seinem Mund, rotierte ihr Becken, während die Wände ihrer Pussy um seinen Finger pulsierten. Geradeso meisterte sie es, ihre Lustschreie zu dämpfen.

Ihre Arme zitterten, standen kurz davor, wegzuknicken. Master Nolan hob den Kopf, Belustigung blitzte in seinen schwarzen Augen auf, als er sie mit seinem Blick einfing. Er brachte ihre Beine zurück in die Ausgangsposition. Ihre schweren Atemzüge ignorierend tätschelte er ihren Schenkel und sagte: „Nicht bewegen, Sub."

Cullen näherte sich kopfschüttelnd. „Wenn du es derart verabscheust, aus der Flasche zu trinken, hätte ich dir auch ein Glas geben können."

Sir gluckste. „Meine Weise gefällt mir besser." Wieder legte er den Unterarm auf ihren Bauch, seine Finger zwischen ihren Schamlippen. Sie schluckte ein Stöhnen herunter. *Nicht nochmal, bitte, oh Gott, bitte nicht nochmal.*

Zaghaft wie nie zuvor tanzte er über ihre Klitoris und ihr Körper erwachte erneut.

„Nur ein Neandertaler würde ein Glas ablehnen." Der Barkeeper sah an Nolan vorbei und grinste. „Magst du mein neues Dekoelement, Z?"

Oh, heilige Mutter Gottes! Beth erstarrte, ihre Erniedrigung komplett, als Master Z hinter Sir zum Vorschein kam.

Er richtete seine silbernen Augen interessiert auf sie. „Sehr hübsch, Cullen." Zu Sir sagte er grinsend und mit erhobener Augenbraue: „Ich kann mich täuschen, aber stelle ich nicht mehrere hervorragend ausgestattete Session-Bereiche zur Verfügung?"

Master Nolan tätschelte ihren Venushügel und ließ sie innerlich fluchen. „Niemals würde ich an der Bar eine Session spielen, Z. Hierbei handelt es sich um eine Bestrafung."

„Ah ja." Master Z neigte den Kopf. „Ich bin mir jedoch sicher, dass ich Laute von der Bar gehört habe, die sehr nach einer Session klangen."

„Na ja, du weißt doch, wie sehr ich es hasse, aus der Flasche zu trinken." Sein Profil verriet ihr, dass sich die Lachfältchen zumindest an einem seiner Augen vertieften. Indessen war sein Finger wieder in ihre Spalte eingetaucht, rieb schonungslos über ihre Klitoris. Als sich die nächste Lustwelle einen Weg durch ihren

Körper bahnte, spannten sich die Muskeln in ihren Schenkeln an. Da sie ihn nicht enttäuschen wollte, bebten ihre Beine schon bald in dem Versuch, seinem Befehl weiterhin Folge zu leisten.

Sir fuhr fort: „Cullen hat mir kein Glas gegeben, also musste ich mit dem arbeiten, was ich hatte."

„Wage es nicht, mir die Schuld zu geben, du Bastard", sagte Cullen.

„Okay, ja, das erklärt die Sache natürlich." Zs Augen funkelten belustigt, als er einen Blick auf Beth und Sirs Hand zwischen ihren Schenkeln warf. Er räusperte sich, um ein Lachen zu unterdrücken. Hitze breitete sich in ihr aus, dieses Mal vor Erniedrigung. „Ich befürworte Bestrafungen. Vor allem, da mir in letzter Zeit aufgefallen ist, dass sich unsere Subs ein wenig zu dreist verhalten."

Cullen tippte mit den Fingern auf den Tresen. „Ein ernstzunehmendes Problem, wenn du mich fragst. Arbeitest du an einer Lösung?"

„Kann man so sagen." Zs Mund formte sich zu einem schiefen Grinsen. „Ein paar Außendienstmitarbeiter liegen mir schon lange in den Ohren, ob sie nicht mal neues Equipment demonstrieren können. Ich habe entschlossen, einen Maschinen-Tag zu veranstalten."

Maschinen? Beth versuchte, die beharrliche Berührung seiner Finger zu ignorieren. Was für eine Art Maschine benutzte ein BDSM-Club? Winden?

„Maschinen?" fragte Cullen. „Ich kann dir nicht folgen."

„Fick-Maschinen, Cullen." Master Zs Blick schweifte zu Beth. „Ich bezweifle, dass es am Ende des Tages noch eine Sub geben wird, die in der Lage ist, auch nur einen Schritt zu gehen."

Cullen platzte ein Lachen heraus.

Nolan gluckste und wandte sich ihr zu, um ihre Reaktion abzuschätzen. „Das klingt nach Spaß. Ich denke, es gefällt ihr, wenn man Objekte hier in sie einführt." Ein Finger glitt in ihre Pussy und sie schnappte nach Luft.

„Um das Thema zu wechseln …", begann Z. „Ich würde gerne das Obergeschoss umgestalten, ein weiteres Büro hinzufügen, vielleicht die Küche modernisieren. Hast du Zeit, vorbeizukommen, um mir einen Kostenvoranschlag zu machen?"

„Wie wäre es am Dienstag? Vier Uhr nachmittags?"

„Klingt gut."

Als Master Z davonlief, sah Sir zu Cullen. „Mein Mund ist von dem ganzen Gerede wie ausgetrocknet." Er nahm die Bierflasche, schwenkte sie in der Hand und Beth vernahm, dass noch Flüssigkeit übrig war. Er lächelte sie an.

Oh nein, nicht nochmal. Auf dem Tresen die Kontrolle zu verlieren, war … „Bitte nicht, Sir", flüsterte sie und ihre Stimme bebte. „Nicht, bitte nicht, Master."

Er zog die Augenbrauen hoch. „Würdest du es bevorzugen, die Sache woanders fortzusetzen? Im Obergeschoss?"

In den privaten Räumen. Allein mit einem Dom. Wo er mit ihr tun kann, was auch immer er will. Nur in den Korridoren befanden sich Aufseher. Ihr Magen rebellierte.

„Noch nicht, wie es scheint." Sir musterte sie für eine Weile. Derweil tippte er mit dem Finger gegen ihre Klitoris, gestattete ihr keine Ruhephase von ihrer offensichtlichen Erregung. „Ich weiß nicht, ob dir das bewusst ist, aber es gibt noch ein Bett in diesem Club."

Sie runzelte die Stirn, überlegte, was er meinen könnte.

„Wärst du so freundlich, mir meine Spielzeugtasche zu reichen, Cullen."

Der Barkeeper holte eine schwarze Ledertasche aus dem Stauraum unter dem Tresen. „Sicher, dass du nicht lieber hierbleiben willst. Sie ist doch so ein ansehnliches Dekoelement."

„Ich habe das Gefühl, dass sie dich noch öfter mit ihrer Anwesenheit erfreuen wird." Nachdem er sich die Tasche über die rechte Schulter geworfen hatte, pflückte er Beth vom Tresen und legte sie sich über seine andere. Ihr entrang ein erschrockenes Quietschen, entsetzt, sich in dieser Position zu finden. Über ihren nackten Schenkeln festigte er seinen Arm, fixierte sie kopfüber.

Von der Bar ertönte ein Chor aus Beschwerden.

„Hey, zurück auf den Tresen mit ihr!"

„Cullen, erlaube ihm nicht, unsere Dekoration zu entführen."

„Gerade als es interessant wurde."

Ihr Kopf drehte sich, als Sir sie durch den Raum trug. Langsam gewann sie ihre Fassung zurück, doch dann spürte sie plötzlich eine seiner Hände zwischen ihren Schenkeln. Scharf sog sie den Atem ein. Ohne sich wehren zu können, trug er sie durch die Menschenmenge, ihr Hintern in der Luft und seine Finger an ihrer Pussy. Sie wand sich, trat halbherzig um sich. Wenn er sie durch das Gezappel schon nicht runterließ, führte es vielleicht dazu, dass er die Hand von ihrem Intimbereich nahm.

Er neigte den Kopf, knabberte an ihrem Schenkel und der stechende Schmerz wirkte sich sofort auf ihre Klitoris aus. „Nicht. Bewegen", knurrte er.

KAPITEL SECHS

Auf seine Worte hin erstarrte seine kleine Sub. Nolan lächelte und genoss das Gefühl ihrer Enge, als er einen Finger in ihre feuchte Pussy schob. Sie wand sich erneut, wahrscheinlich ohne dass sie es kontrollieren konnte. Der berauschende Duft ihrer Erregung vermischte sich mit dem Erdbeergeruch, der ihr stets anhaftete. Er nickte den Clubmitgliedern zu, die er kannte und schenkte Mistress Anne ein Lächeln, die von ihrem schweißnassen und sichtlich erschöpften – regelrecht strahlenden – Sub begleitet wurde.

Er erreichte den hinteren Bereich des Clubs und betrat den langen Korridor. Die Fenster auf der rechten Seite ließen Einblicke in den Doktorspiele-Raum zu, in dem ein männlicher Sub einen Einlauf bekam. *Jedem das seine eben.* Danach folgte der Kerker. Er lief an der Tür vorbei, ging nach rechts und trat ins Spielzimmer.

Die flackernden Wandleuchten zeigten dunkelrote Wände mit Metallstangen. Den meisten Platz im Raum nahm ein riesiges, riesiges Bett mit schwarzem Satinbezug ein. Zum Navigieren gab es um das massige Möbelstück nur einen Meter. Am Kopf-

und Fußende baumelten Fesseln. Die Laute aus dem Club wurden mit den dunklen Melodien von *Depeche Mode* übertönt. Zwei andere Paare hatten den Raum in Benutzung und waren offenbar zu einem Vierer verschmolzen.

Nolan entschied sich für eine leere Ecke am Kopf des Bettes und legte sein kleines Häschen auf die Matratze.

Sie setzte sich auf, sah sich um und erkannte schnell, wo sie sich befanden: Etwas von ihrer Sorge verschwand aus ihren Augen, doch die Verwirrung blieb. Wie es schien, hatte er einen weiteren Ort im Club gefunden, den sie noch nicht kannte. Sehr gut.

Er streckte eine Hand nach ihr aus. „Deine Handgelenke bitte", sagte er. Artig folgte sie seiner Anweisung. Brave kleine Sub. So gut erzogen. Er drückte sie auf ihren Rücken zurück und fixierte die Handfesseln am Kopfende des Bettes. Mit seiner Hüfte lehnte er am Gestell, genoss den Anblick im schwachen Licht: Große, türkisfarbene Augen, rote Haare, die sich über dem schwarzen Satin ergossen. Ihre Brüste, klein und straff, thronten stolz über ihrem Brustkorb. Gemächlich strich er mit den Fingerknöcheln über ihre Nippel und beobachtete, wie sie sich für ihn aufrichteten. Ihre Arme und Beine waren schlank und doch konnte er sehen, dass sich unter der blassen Haut Muskeln verbargen. Sein Blick fiel auf ihre Rippen, ihr Bauch zeigte keine Wölbung. Ein paar mehr Kilos würden ihr guttun − vor allem in diesem Lifestyle.

Die Löckchen ihrer Pussy glitzerten in einem Rotbraun. Der Farbton erinnerte ihn an die Sommersprossen auf ihren Schultern und ihren Wangen. Allerdings bevorzugte er eine haarlose Pussy. Eine Vorliebe von ihm, die er zu einem anderen Zeitpunkt ansprechen würde.

Ihre Nervosität stach ihre angelernte Disziplin aus und sie fragte: „Was machst du?"

Er lächelte. Eine Sub sollte niemals panische Angst haben,

doch ein wenig Nervosität war gut. Er fuhr mit einem Finger durch das Tal zwischen ihren Brüsten und dann zu ihrem Bauch. „Ich genieße einfach nur die Aussicht, Baby. Ich mag es, dich anzusehen."

Sie errötete. Das Kompliment verwirrte sie mehr als alles, was er bisher mit ihr getan hatte.

Er lehnte sich vor und gestattete sich eine Kostprobe von ihren Lippen. Schnell wurde er fordernd. Sie schmeckte nach Orangensaft zusammen mit ihrer eigenen Süße. Er entriss ihr seine Lippen und rieb mit dem Daumen über ihre leicht geöffneten Lippen, feucht von dem Kuss. „Demnächst muss ich diesen Mund unbedingt anderweitig benutzen. Wäre das ein Problem für dich?"

Er gab ihr gerade genug Zeit, um zu nicken, bevor er ihren Kopf mit beiden Händen packte und ihre Lippen erneut mit seinen bedeckte. Dass sie versuchte, sich ihm zu nähern, bewies, dass sie es genoss, von ihm gefesselt und dominiert zu werden.

Und er genoss es verdammt nochmal, es zu tun. Er bahnte sich einen Weg ihren Körper hinunter, verweilte an ihren Nippeln und beschäftigte sich damit, die kleinen Köstlichkeiten so lange zu betören, bis sie dunkelrot leuchteten. Er saugte an den samtweichen Knospen, bis sie sich stolz vor ihm aufrichteten. Bis der Duft ihrer Erregung ihn umhüllte.

„Spreize deine Beine für mich." Er wartete, bis sie gehorchte; ihre Augen hielten nur einen winzigen Anflug von Angst bereit. Direkt an der Grenze von Angst war es, wo Vertrauen gedieh. Da der sichere und behutsame Weg der Kommunikation und die netten Doms nicht den erwünschten Erfolg gebracht hatten, musste er nun den steilen Pfad auf die Bergspitze mit ihr bewältigen.

Er musterte sie und lächelte. Wie oft müsste er sie zum Orgasmus führen, damit sich die Skepsis in diesen wunderschönen Augen auflöste und er nur noch einen Lustnebel sah? Die

Anstrengung wäre es sicher wert. Entschlossen richtete er sich zwischen ihren Schenkeln ein und leckte mit der Zunge über die gesamte Länge ihrer Spalte bis hinauf zu ihrer Klitoris. Ihr Bauch spannte sich an und er hörte sie nach Luft schnappen. Wahrscheinlich erwartete sie mittlerweile ein gemächliches Vorgehen von ihm. *Es wird Zeit, diese Annahme zu zerschlagen.*

Mit erbarmungslosen Fingern spreizte er ihre Schamlippen, entblößte die Perle am oberen Ende für seinen Blick und saugte sie sogleich in seinen Mund. Ihr Schrei hallte durch den Raum und er beobachtete, wie sie sich am gusseisernen Kopfende festkrallte. *Kluges Mädchen. Gut festhalten.* Seine Zunge schnellte über ihre Klitoris, umkreiste und lockte sie aus der Vorhaut. Dann leckte er direkt über das Nervenbündel. Augenblicklich kam sie, ihre Schreie unterdrückt, während ihr Becken trotz seines Griffs nach oben zuckte.

Keine Schreie? Dann hielt sie noch immer an ihrer heißgeliebten Kontrolle fest. Er rutschte ihren Körper hinauf, bedeckte sie und schwelgte in dem Gefühl, das ihre Brüste an seinem Oberkörper auslöste. Sie war so zierlich, fühlte sich so zerbrechlich an, mit ihren herausstehenden Hüftknochen und dem prominenten Schlüsselbein, das er so einfach mit seiner Zunge nachzeichnen konnte. Sie blinzelte und er sah, wie die Realität wieder in ihr Bewusstsein einkehrte. Zu schnell. Oh ja, er hatte noch viel Arbeit vor sich.

„Danke, Sir", flüsterte sie.

Wusste sie denn nicht, wie sehr er es genoss, ihre Pussy zu lecken? Es gab Doms, die diesen Akt nicht mochten. Idioten, sie alle. Es gab keinen hilfloseren Moment für eine Frau, als mit gespreizten Beinen an ein Bett gefesselt zu sein und zwischen den Schenkeln von der Zunge eines Mannes liebkost zu werden. „Schauen wir mal, ob du mir auch noch dankst, wenn ich mit dir fertig bin."

Sie runzelte die Stirn und er stahl sich einen Kuss, bevor er sich erneut seiner Aufgabe widmete. Er fickte sie für eine Weile mit den Fingern. Sie war so eng und ihr G-Punkt war leicht auszumachen. Wieder hob sie ihm ihr Becken entgegen und dieses Mal löste sich ein hoher Schrei. Noch nicht in der Lautstärke, in der er es gerne hätte, jedoch ausbaubar. Abermals bedeckte er sie mit seinem Körper, ihre Atmung ging schwer und ihr Herz raste.

„Danke", sagte sie. Unsicher sah sie ihn an, als wüsste sie nicht, ob er ein Dankeschön verdient hatte. Drei Orgasmen innerhalb von fünfzehn Minuten waren für ihn nichts Außergewöhnliches, doch sie hatte eine lange Durststrecke hinter sich. „Was ist mit dir, Sir?"

Die Frage wärmte ihm das Herz, obwohl sie bei den Worten sichtlich zusammenzuckte. Er streichelte ihre Wange. „Du hast recht, kleines Häschen. Jetzt bin ich dran." Er erinnerte sich an den Dom, der sie früher am Abend genommen hatte und fügte hinzu: „Ich denke nicht, dass ich Gleitgel brauche, oder?"

Hitze stieg in ihre Wangen und er grinste.

Beth bereitete sich mental vor, als Sir von ihr herunterrollte und sich neben seine Ledertasche kniete. Es störte sie nicht, genommen zu werden, nicht wirklich. Das Problem war, dass sie davon niemals etwas hatte und sich obendrein ... benutzt fühlte.

Er zog sein Muskelshirt aus und ihr Verstand setzte aus: Sein Oberkörper wirkte in der schattenbehafteten Beleuchtung noch breiter, noch definierter. Geschmeidig öffnete er seine Lederhose und rollte sich ein Kondom über seine Länge. Er holte etwas aus seiner Tasche. Dann nahm er ihre Füße hoch und zog es ihr über die Beine. Neugierig hob sie den Kopf. Es sah aus wie ein Tanga, bei dem anstelle des Schritts jedoch ein Gummidreieck war. Er positionierte das weiche Ding direkt auf ihrer Klitoris. Auf ihrer superempfindlichen Klitoris.

„Was ist das?"

„Du hast es noch nie mit einem Schmetterling zu tun bekommen?" Sein Lächeln erreichte seine Augen. „Wir werden uns später über deinen ersten Eindruck unterhalten." Nachdem er ein kleines Gerät neben ihrem Kopf platziert hatte, fand er sich zwischen ihren Beinen ein. Die nackte Haut seines Oberkörpers fühlte sich brennend heiß an ihrem Busen an. Seine dicke Eichel presste sich gegen ihre Pussy. Schon bald nahm er das Gerät, das neben ihrem Kopf lag zur Hand und sie erkannte nun, dass es sich dabei um eine Fernbedienung handelte.

Das Schmetterling-Teil summte los, vibrierte sanft an ihrer Klitoris. Sie erstarrte und ihr Mund klappte auf, als sie Erregung verspürte, obwohl sie bereits so oft gekommen war.

Er lächelte, seine Augen hungrig. Dann senkte er den Kopf und saugte einen Nippel in seinen Mund, knabberte an der Knospe, hart genug, dass elektrisierende Empfindungen durch ihren Körper jagten, die den Druck in ihrer Mitte noch weiter erhöhten. *Weil dieses ... Ding da unten ja nicht schon ausreicht.*

Sie rotierte ihr Becken, als sie merkte, dass sich ein erneuter Orgasmus ankündigte. Die Wände ihres Geschlechts pulsierten und ihre Beine bebten an seinen Hüften.

„Ich denke, du bist bereit", murmelte er. Mit einer Hand positionierte er sich an ihrem Eingang und drang mit einem Stoß tief in sie.

Jede Zelle in ihrem Körper wurde mit einem Mal kurzgeschlossen. „Ah!" Die ekstatische Empfindung schoss von ihrer Pussy durch ihren Leib, löschte auf dem Weg zu ihren Zehen und Fingerspitzen jeden Gedanken aus. Ihr Geschlecht zog sich verzweifelt um seinen Schwanz zusammen.

„So ein gutes Mädchen", hauchte er an ihren Lippen, bevor er sie leidenschaftlich küsste. Als er ihre Lippen freigab, stützte er sich auf die Ellbogen und lächelte aus einem ihr unerklärlichen Grund. Was sah er?

Sie wusste es nicht. Das war alles so verwirrend. Sie hatte das Gefühl, in eine andere Dimension geraten zu sein, in der sie mit Begierde und Leidenschaft begrüßt wurde. In der sie aus den

Schatten ins Licht gezerrt wurde. Überrascht stellte sie fest, dass die Vibrationen auf ihrer Klitoris aufgehört hatten.

Mit der Zeit normalisierte sich ihre Atmung und auch ihr Herz kam wieder zur Ruhe. Dann runzelte sie die Stirn. *Er ist noch nicht gekommen ...* „Sir, du –"

Er grinste sie an, seine Belustigung so offensichtlich wie die Begierde, die er für sie empfand. Dann schritt er zur Tat, stieß seinen Schwanz tiefer in sie und sie musste feststellen, dass er zuvor noch nicht vollständig in ihr gesteckt hatte. *Oh Gott!* Er war groß, viel größer, als sie es gewohnt war. Sie fühlte sich überdehnt, gefüllt bis zum Anschlag. Sie riss an ihren Fesseln, wollte ihn von sich runterstoßen, doch er dachte nicht im Entferntesten ans Aufhören.

Schließlich spürte sie seine Eier an ihrem Po. Sein Schwanz war so dick, dass ihr die Luft wegblieb.

„Tue ich dir weh?", fragte er. Als wäre ihm das Problem nicht bewusst, der Bastard.

„Ja." Jedoch passte sich ihr Körper langsam an seine Größe an und das verheerende Gefühl der Invasion verblasste. „Nein. Nein, Sir."

„Ehrliche Sub." Sein Ausdruck erwärmte sich mit Anerkennung, wodurch sie sich ... gut fühlte. Wertgeschätzt.

Mit diesem Gedanken entspannte sich ihr Körper, ihre Fäuste lockerten sich und sie atmete tief ein.

„Sehr schön." Sein Mundwinkel zuckte. Erst jetzt setzte er sich in Bewegung und sie schnappte bei der überwältigenden Empfindung nach Luft. Er glitt behutsam aus ihr heraus, drang wieder in sie ein. Mit dieser Taktik fuhr er fort, beschleunigte bei jedem Stoß das Tempo.

Der Schmerz gehörte der Vergangenheit an. Sie hatte nicht wirklich den Eindruck, besonders involviert zu sein. Daher versuchte sie, sich mehr einzubringen, indem sie die Wände ihres Geschlechts zusammenzog und die Bewegungen ihrer Hüfte seinem Rhythmus anpasste.

Er gluckste und senkte seinen Mund auf ihren. Einen feuchten, leidenschaftlichen Kuss später flüsterte er an ihren Lippen: „Sex ist ein Teamsport, Süße." Neben ihrem Kopf packte er nach der Fernbedienung. Er drückte einen Knopf und das Schmetterling-Ding an ihrer Klitoris summte los, die Vibrationen schneller und stärker als zuvor. Genau wie seine Stöße. Er nahm sie hart, verlor sich jedes Mal mit seiner gesamten Länge in ihr.

Als sich die intensiven Empfindungen von ihrer Klitoris in ihrem Körper ausbreiteten, erwachte ihr Inneres zum Leben. Wie ein Lagerfeuer flammte sie auf: Ihre Pussy pulsierte, als die Flamme bei jedem Stoß größer wurde. Ihr Nervenbündel schwoll an, sein Schwanz in ihr belebend. Sie hob ihm das Becken entgegen, um mehr von diesem Gefühl zu bekommen.

Daraufhin nahm er das Tempo heraus und sie entließ ein enttäuschtes Wimmern.

Die Vibrationen stoppten abrupt, doch wie es schien, hatte ihre Klitoris diese absorbiert. Jetzt fühlte sich Beth so angespannt wie nie, an der Kante zum Abgrund hängend. „Bitte, Sir." Flehend hob sie ihm ihr Becken entgegen.

Er senkte sein Gewicht auf sie, presste sie nun gegen die Matratze und hielt sie so immobil. Auf den Ellbogen balancierend legte er seine Hände auf ihre Wangen und zwang sie damit, ihm direkt in seine gefährlichen Augen zu blicken. „Gefällt es dir, mich in dir zu haben, Beth?" Er bewegte sich genug, um sie erschauern zu lassen.

„Ja, Sir."

„Vertraust du mir, Beth?"

„Ich –" Seine Augen ... Sie konnte ihn nicht anlügen, wenn er sie auf diese Weise betrachtete, wenn er sie mit seinem Duft einhüllte, ihre Pussy ausfüllte. Er war überall. „Ich –"

„Okay, ich möchte, dass du die Worte sagst, ob du sie nun glaubst oder nicht." Er bewegte sich wieder, neckend, vielversprechend, und hielt sie damit an der Klippe. Ihr Körper kam nicht zur Ruhe und seine Stimme drang heiser an ihre Ohren: „Ich vertraue dir, Master Nolan. Bei dir bin ich sicher.' Ich will, dass du das laut aussprichst."

Sie zögerte und er bestrafte sie, indem er sich nicht mehr regte. *Oh Gott! Beweg dich!* „Ich vertraue dir, Master Nolan. Bei dir bin ich sicher." Doch sie vertraute ihm nicht, sie vertraute niemandem.

Er glitt aus ihr heraus. Hinein. Die Empfindung derart intensiv, dass sich ihr Rücken wölbte und sie einen lautlosen Schrei entließ. Er drückte sie wieder auf die Matratze. „Nochmal."

„Gott, bitte ...", flehte sie ihn an und fand nur den unerbittlichen Ausdruck in seinen dunklen Augen. Sie musste es tun. Also öffnete sie den Mund und wiederholte: „Ich vertraue dir, Master Nolan. Bei dir bin ich sicher."

Er belohnte sie mit zwei gemächlichen Stößen. Erneut stoppte er, wartete.

„Ich vertraue dir, Master Nolan. Bei dir bin ich sicher." Die beiden Sätze hörten sich an wie ein Wort, so schnell ausgesprochen, da sie verzweifelt mehr von ihm brauchte.

Drei Stöße folgten als Belohnung, jeder davon schürte die Flamme in ihr, Funken sprühten.

Wieder stoppte er.

Ein Wimmern mischte sich in ihre Worte: „Ich vertraue dir, Master Nolan. Bei dir bin ich sicher." Zittrig atmete sie ein. „Ich vertraue dir, Master Nolan. Bei dir bin ich sicher."

Die Worte verwandelten sich zu einem Sprechgesang, brannten sich in ihren Verstand, als er sie mit ausgedehnten Stößen, gezielten Stößen verwöhnte.

„Ich vertraue dir, Master Nolan. Bei dir bin ich sicher." Seine Augen hielten sie im Bann und sie fühlte, wie etwas in ihrer Seele zu beben begann. Sie hörte es regelrecht knacken. Tränen rannen über ihre Wangen. „Ich vertraue dir, Master Nolan. Bei dir bin ich sicher." Die Worte gewannen mehr und mehr an Dringlichkeit, an Realität, als er sich mit ihr verschmolz und Eins mit ihr wurde.

Die Vibrationen kehrten zurück, während er das Tempo seiner

Stöße beschleunigte. Wie ein Erdbeben rollten die Empfindungen über sie hinweg. Ihre Welt explodierte und endete in einem vernichtenden Orgasmus. Die Wände ihres Geschlechts zogen sich um seine Länge zusammen, was ekstatisches Zittern mit sich brachte. Sie konnte sich schreien hören: Ohrenbetäubende, befreiende Schreie.

Als ihr Nachbeben verklang, begann er von Neuem, stieß tief in sie. Schnell und hart nahm er sie, in einer Verzweiflung, die geradezu unwirklich schien. Dann spürte sie, wie sein Schwanz in ihr anschwoll. Er entließ ein primitives Grunzen, fand zu seiner Erlösung und ermutigte damit ihre Pussy, ihn enger und enger zu umschließen.

„Oh Gott", hauchte sie. Ihr Gehirn setzte aus. Ihr Herz hämmerte so hart gegen ihren Brustkorb, dass es Master Nolan sogar hätte k.o. schlagen können.

Er lachte. „Gott? Wir wollen es mal nicht übertreiben. ,Oh Master' reicht vollkommen aus."

Sie konnte nur die Stirn runzeln; ihr Gehirn konnte nicht länger folgen.

Erneut lachte er und knabberte an ihrem Hals. Gleichzeitig hob er eine Hand, um sie von ihren Fesseln zu befreien. Unerwartet rollte er sich auf seinen Rücken, noch immer tief in ihrer pulsierenden Vagina vergraben. Sie lag auf ihm und er legte eine Hand auf ihren Hinterkopf, um ihre Wange sanft gegen seine Schulter zu pressen. „Ganz ruhig, Babe. Ruhe dich ein bisschen aus."

Ihre Arme schmerzten und doch packte sie verzweifelt seine breiten Schultern. Als würde die Welt aufhören, sich zu drehen, wenn sie bei ihm Halt suchte. Seine Muskeln tanzten unter ihren Fingern. Sie konnte nicht denken, keinen klaren Gedanken formen, und es spielte auch keine Rolle. Eigentlich war dies der Zeitpunkt, bei dem sie immer zu Beben begann. Die Art von Beben, die nichts mit Leidenschaft zu tun hatte. Doch sogar dafür war sie zu erschöpft. Die Geräusche von den anderen beiden Paaren schienen in weite Ferne gerückt zu sein.

Sie leckte sich über ihre trockenen Lippen. Gerne würde sie etwas sagen, sie wusste nur nicht was. Der Sprechgesang hallte durch ihren Verstand, verlor an Lautstärke, bis nur noch ein Wort zurückblieb: *Sicher, sicher, sicher.*

Nun rieb er über ihren Rücken, seine Hand warm auf ihrer schweißnassen, abkühlenden Haut. Er massierte eine empfindliche Pobacke, presste ihre Hüfte an seine und gluckste amüsiert, als ihre Pussy sanft um seine Länge pulsierte. Der Geruch nach Sex umgab sie, reicherte sich mit Sirs männlichem Duft nach Seife und ihrem eigenen an.

Seine Stimme trat tief und ein wenig heiser an ihre Ohren. Er klang befriedigt. Er klang nach Sir. „Das habe ich sehr genossen, Beth."

Die offenkundige Befriedigung ließ sie von innen heraus strahlen. Wie lange war es her, dass ein Dom zufrieden mit ihr gewesen war? Sie kuschelte sich enger an ihn, rieb ihre Wange an seiner Schulter.

„Ich mag deinen Körper", murmelte er, seine Hand auf ihrem Po. „Ich mag es, wie muskulös du bist. Und deine Sommersprossen."

Sie hasste ihre Sommersprossen. „Ich wollte immer deine Hautfarbe." Sie fuhr mit einer Hand über seine Brust, schwelgte in dem Gefühl seiner samtweichen Haut, die seine mächtige Statur nicht verbergen konnte. „Ich mag deine Muskeln auch."

„Keine Angst, dass ich dich mit meiner Kraft überwältige?"

Bei der Frage erhob sich ein Anflug von Panik und sie wusste, dass er gespürt haben musste, wie sie zusammengezuckt war. Behutsam strich er ihr über die Haare.

„Beth, antworte mir."

Sie presste ihre Stirn gegen seine Brust, inhalierte seine Wärme. „Manchmal. Ja."

„Danke, dass du ehrlich zu mir warst." Am Kinn hob er ihren Kopf weit genug von seinem Körper, um ihr bei seinen nächsten Worten in die Augen sehen zu können. „Ich verlange Aufrichtigkeit von dir. Lüge mich niemals an." Seine raue Stimme schmirgelte über die offenen Wunden in ihrem Herzen und sie erschauerte.

War es denn schon eine Lüge, wenn man lediglich die Wahrheit verheimlichte?

KAPITEL SIEBEN

Am frühen Montagabend bog Nolan auf die Einfahrt des Shadowlands ein und parkte direkt hinter Beths Pkw-Anhänger, in dem sich ihre Gerätschaften befanden. Die schwüle Luft hüllte ihn ein, als er zu ihrem Auto lief, sich dagegenlehnte und auf sie wartete. Würde er sie mit seiner unerwarteten Anwesenheit verängstigen? Oder wäre sie glücklich, ihn zu sehen?

Es kam selten vor, dass er sich mit den Frauen verabredete, die er im Club kennenlernte. Jedoch hatte er letzten Samstag Facetten ihrer Persönlichkeit ans Licht gebracht, die ihn dazu bewegten, bei ihr eine Ausnahme zu machen. Sie war mutig genug gewesen, um ihren Fehler zuzugeben, wodurch sie sich seinen Respekt verdient hatte. Der Kontrast zwischen ihrer sexuellen Begierde und ihren tief verwurzelten Ängsten lockte seinen inneren Dom aus dem Versteck. Und der überraschte Gesichtsausdruck, wenn sie kam ... Welcher Mann konnte dem widerstehen?

Bisher hatte Dominanz und Sex zwischen ihnen die leitende Rolle gespielt. Die Chemie zwischen ihnen stimmte, sowohl auf der Dom/Sub-Ebene als auch beim Sex. Doch es war ihm nicht entgangen, dass sie mehr wollte. Hin und wieder blitzte dieser Wunsch in ihren Augen auf.

Etwas abseits der Autos fand er ein schattiges Plätzchen und zog seinen elektronischen Organizer heraus. Wenn er schon wartete, konnte er auch ein bisschen Arbeit erledigen.

„Hey."

Nolan hob den Kopf, betrachtete den Stand der Sonne und erkannte, dass er sich für mindestens eine halbe Stunde in der Arbeit verloren hatte. „Da bist du ja. Ich habe auf dich gewartet."

Beth trug ein blassgelbes Tanktop und dazu Khakishorts. Sie in Alltagsklamotten zu sehen, törnte ihn genauso an wie ihre Fetischkleidung. Von der Arbeit waren ihre Wangen leicht gerötet und ihre roten Haare standen in alle Richtungen. Ein Schweiß- tropfen bahnte sich einen Weg zu dem Tal zwischen ihren Brüsten und er konnte nur daran denken, sie gegen ihre Autotür zu pressen und den Tropfen wegzulecken. Er wurde hart. *Reiß dich zusammen, Junge. Heute geht es nicht um Sex.*

„Warum bist du nicht zu mir gekommen?"

Er zuckte mit den Achseln. „Ich mag es nicht, bei der Arbeit gestört zu werden. Ich nahm an, dass es dir vielleicht ähnlich geht."

„Oh. Äh, danke. Und du wartest auf mich, weil ..."

Als er sich näherte, machte sie einen Schritt nach hinten, bis sie mit dem Rücken gegen ihre Autotür krachte. Mit den Unter- armen neben ihrem Kopf hielt er sie gefangen. Zufrieden stellte er fest, dass sein kleines Häschen heute weitaus weniger ängstlich wirkte. Mehr Fortschritt. Er belohnte sie mit einem Kuss, sanft und feucht und heiß. In diesem Moment kamen nur seine Lippen zum Einsatz, denn brächte er seine Hände ins Spiel, würden sie hier und jetzt ficken.

Rechtzeitig zog er sich zurück und musste bei dem verne- belten Ausdruck in ihren Augen lächeln. Er schaffte es nicht, den Blick von ihren feuchten Lippen zu nehmen, als er sagte: „Der

Kuss war dringend nötig gewesen. Und, na ja, ich würde dich gerne zum Abendessen einladen."

„Abendessen?" Ihre Hände lagen auf seiner Brust. Plötzlich riss sie diese weg, als wäre es eine Straftat, ihn zu berühren.

„Beth, ich mag deine Hände auf mir", betonte er. „Ich will sie wieder auf mir spüren." Er wartete, bis ihre zierlichen Finger seine Schultern umfassten. Er erinnerte sich an ihre Handgelenke in Fesseln. So hinreißend. Wie sie an den Einschränkungen gezogen hatte, während er ... *Verdammt nochmal.*

Dann räusperte er sich. „Abendessen. Schließlich musst du essen – mehr, als du das bisher tust, wenn du mich fragst – und ich habe immer Hunger. Die Straße runter gibt es einen Italiener, in dem wir mit Arbeitsklamotten nicht zu fehl am Platz wirken."

„Essen." Gerade war ihr Verstand eindeutig mit einer anderen Art von Hunger beschäftigt. Die Art und Weise, wie sie auf seinen Mund starrte, ihre Hände über seine Schultern rieb, sich ihre Pupillen weiteten ... Ob es ihr nun selbst bewusst war oder nicht, sie gierte nach ihm. Seine Körpertemperatur war um mindestens zehn Grad angestiegen. Wie schnell würde sie Reißaus nehmen, wenn er ihre unausgesprochene Einladung annehmen würde?

Er wollte nicht, dass sie wegrannte. Nicht, wenn sie doch jetzt erst anfing, ihm ein bisschen zu vertrauen. Betonung auf *ein bisschen.*

„Ja genau. Essen." Seine Hand legte sich in ihren Nacken, drückte leicht zu. „Du bist noch nicht bereit, Zeit allein mit mir zu verbringen. Ein guter Kompromiss ist ein Abendessen. Sofort." Bevor er ihr die Shorts von den Hüften riss und sich so tief und hart in ihr vergrub, dass sie die nächste Woche o-beinig laufen müsste.

Als könnte sie seine Gedanken lesen, weiteten sich ihre blaugrünen Augen und sie schluckte schwer. „Okay." Ihre Stimme trat heiser über ihre Lippen, was ihn auf der Stelle an ihre Orgasmus-Laute erinnerte.

Entschlossen zog er sie von ihrem Fahrzeug weg, schob sie vor sich und teilte einen Klaps auf ihren entzückenden Hintern aus, um sie in Bewegung zu setzen. „Sehr gut. Mein Auto steht gleich dort drüben."

Als sie in dem italienischen Restaurant zu einem Tisch geführt wurden, entging Beth nicht, wie enthusiastisch Nolan von den Kellnerinnen begrüßt wurde. Anscheinend kam er oft hierher und keine Frau war in der Lage, ihn zu vergessen.

Er bot Beth den Stuhl an und nahm gegenüber von ihr Platz. Sie konnte sehen, was die Kellnerinnen sahen: einen außergewöhnlichen Mann. Sein blaues Arbeitshemd verbarg nicht, wie muskulös er war. Zwei Knöpfe standen offen und ihr Blick fiel auf seinen sehnigen Hals. Der Mann strahlte Macht aus, seine Körpersprache zu jeder Zeit von Selbstbewusstsein strotzend. Einige Doms legten ihre Dominanz außerhalb einer Session ab, außerhalb des Clubs. Nicht er. Nolan war kein kleiner, braver Junge; er war ein gefährlicher Mann.

Ihr Herz setzte einen Schlag aus, als seine Augen auf ihre trafen. Ein schiefes Lächeln formte sich. „Entspann dich, Babe. Es gibt hier keine Bar zum Dekorieren."

Von Kopf bis Fuß errötete sie. Würden sich so die Hitzewallungen in zwanzig Jahren anfühlen? *Guter Gott.*

Die Kellnerin reichte ihnen Speisekarten und schaffte es irgendwie, Sirs Hand zu berühren. Beth knirschte mit den Zähnen, als Eifersucht wie ein überspanntes Gummiband durch ihren Körper zischte.

Sie bestellten. Nach einem Stirnrunzeln von ihm fügte er ihrer Bestellung eine zusätzliche Beilage hinzu. Schon bald verschwand die Kellnerin und sie beobachtete, wie sich Sir zurücklehnte und sie musterte. „Ich weiß, dass du Landschaftsgestalterin bist. Welche Dienstleistungen bietest du an?"

Sie konnte nicht fassen, dass sie wahres Interesse in seinen Augen erkennen konnte. Oh, das hätte er nicht tun sollen. Sogleich lieferte sie ihm eine Beschreibung ihrer Tätigkeiten: Instandhaltung, Unkraut jäten, Rasen mähen und Hecken schneiden. Genauso wie das Planen und Entwerfen von Beeten. Anstatt gelangweilt auszusehen, quetschte er sie aus. Eine Frage folgte der nächsten. Die Salate kamen und sie ließ es sich schmecken. Seit Langem hatte sie mal wieder richtig Hunger.

„Wo hast du das alles gelernt? Auf dem College?", fragte er.

„Nein, mein Vater hatte eine Gärtnerei, in der er auch Landschaftsgestaltung anbot. Ich habe ihm oft geholfen. Irgendwann möchte ich auch eine Gärtnerei betreiben." Ohne groß nachzudenken, hatte sie ihm von ihrem sehnsüchtigsten Traum erzählt. Ihm. Master Nolan. Sie erstarrte, erwartete, von ihm verspottet zu werden.

Seine Augen verengten sich, doch er antwortete in einem gelassenen Ton: „Ich denke, das wäre perfekt für dich. Jessica ist sicher gerne bereit, dir bei der Planung und bei finanziellen Fragen zu helfen. Wenn es um die Finanzen bei mittelständischen Unternehmen geht, kennt sie alle Tricks."

Sie entspannte sich. Er hatte sie nicht ausgelacht. Hatte sogar Jessica ins Spiel gebracht. Beth schüttelte ungläubig den Kopf. Warum hatte sie nicht daran gedacht, Jessica um Rat zu bitten?

Sie sprühte vor Freude, als ihr Traum begann zu sprießen. „Das ist eine gute Idee. Danke."

Sie aß ihren Salat, knabberte an einem Stück Paprika und musterte ihn. Ein ungutes Gefühl machte sich in ihr breit. Dieser Mann hatte in ihr gesteckt, hatte erotische und intime Dinge mit ihr angestellt und doch ... wusste sie nichts über ihn. Sie räusperte sich, spürte, wie die Hitze in ihre Wangen stieg. „Was ist mit dir? Was machst du beruflich?"

Er hatte seinen Salat bereits aufgegessen, schob den Teller beiseite und schenkte Wein nach. „Ich bin Bauunternehmer."

War er deswegen so muskulös? Sie spitzte die Lippen. „Der Immobilienmarkt ist erschöpft. Geht es dir gut?"

„Ich baue zumeist Bürogebäude. Tampa befindet sich trotz der bescheidenen Wirtschaft in einem Aufschwung." Er grinste. „Wie du bin auch ich in die Fußstapfen meines Vaters getreten. Er ist in Texas der Inhaber einer Baufirma."

„Ich habe mich bereits gewundert, wo dein Akzent herkommt. Warum hast du Texas verlassen?"

„Meine Frau hatte Familie hier und sie wollte ihnen näher sein. Sie hat mich überredet, herzuziehen."

Die unerwartete Neuigkeit traf sie wie ein Schlag in die Magengegend. „Du bist verheiratet?"

„Nein, Süße. Ich würde nicht im Club spielen, wenn ich das wäre. Vor sieben Jahren haben wir uns scheiden lassen. Meine Frau ist fremdgegangen." Sein ernster Blick landete auf ihr. „Ich verabscheue Lügner und ich finde, dass Fremdgehen nur eine andere Form des Lügens ist."

Dieser Schlag fühlte sich noch brutaler an. Ihre Augen senkten sich auf ihre linke Hand, wo die weiße Linie von ihrem Ehering kaum noch zu erkennen war.

Ihr Hauptgericht wurde gebracht. Die Lasagne blubberte in der Auflaufform. Es sah köstlich aus, doch der Duft der pikanten Sauce drehte ihr den Magen um. *Fremdgehen. Lügen.*

Hatte ihr Ehemann sie betrogen? Aufmerksam betrachtete Nolan das Gesicht der kleinen Sub. Ihre Lebhaftigkeit war verschwunden, der Funken in ihren blau-grünen Augen verblasst. Auch ihr Appetit schien sich in Luft aufgelöst zu haben. *Verdammt.* Manche Frauen aßen, wenn sie unglücklich oder gestresst waren. Beth gehörte offensichtlich nicht zu dieser Kategorie. Er hatte das Bedürfnis, sie auf seinen Schoß zu ziehen und ihr zu sagen, dass alles gut werden würde.

Er hatte es genossen, ihr zuzuhören. Sie war kompetent in

ihrem Job, ging darin regelrecht auf, hatte ihn mit ihrer Leiden-schaft mitgerissen. So ein krasser Kontrast zu dem schüchternen Häschen im Club. Dieser Unterschied war es, der in ihm die Entschlossenheit anstachelte, ihr zu helfen. Er wollte, dass sie heilte. Irgendwann würde sie diese Energie aus der Arbeit womöglich in ihr Sexleben einbringen.

„Ich habe ein Haus auf dem Land. Mit einem großen Garten und einem See", sagte er, in der Hand ein Stück Knoblauchbrot. „Die Aussicht ist wunderschön, doch das Grundstück ist mit Unkraut übersät. Ich könnte eine Landschaftsgestalterin gebrauchen."

Sie erstrahlte, als hätte er ihr einen Strauß Rosen geschenkt. „Ich kann dir ein paar Ideen geben. Vielleicht −"

Er sah den Moment, in dem sie erkannte, dass sie ihn dafür in seinem Haus besuchen müsste. Dass sie allein mit ihm wäre. *Kleines Häschen.* Er entließ einen Seufzer. „Wie wäre es, wenn ich etwas arrangiere, damit du nicht mit mir allein bist?"

„Es tut mir leid, Sir."

„Nolan, Süße." Er nahm ihre Hand in seine und rieb über ihre schlanken Finger. Er wusste nun, woher die Schwielen und die Hornhaut kamen. „Außerhalb des Clubs höre ich auf Nolan."

„Du hast also kein Interesse an der Vierundzwanzig-Stunden-am-Tag-Routine zwischen einem Master und seiner Sklavin?" Ihre Finger bebten.

„Iss weiter und ich beantworte deine Frage." Er wartete, bis sie den ersten Bissen ihrer Lasagne genommen hatte. „Ich hatte für fast ein Jahr eine Sklavin, aber ich habe ihr das Halsband abge-nommen, bevor ich in den Irak bin."

Die Gabel stoppte auf halbem Weg zu ihrem Mund. Er runzelte die Stirn, bis sie sich wieder in Bewegung setzte. Sie kaute und ihre Augen hatten sich mit Fragen gefüllt, die sie sich nicht traute, auszusprechen.

„Nein, im Moment bin ich mit niemandem zusammen. Nein, ich habe kein Interesse an einer weiteren Sklavin."

Erleichterung war deutlich auf ihrem Gesicht zu erkennen, gefolgt von Verwirrung. „Warum nicht? Ich dachte, alle Männer mögen den Gedanken."

„Einige tun das. Wahrscheinlich weniger als du denkst, vor allem, nachdem sie es ausprobiert haben." Er wies auf ihr Abendessen und grinste, als sie die Augen rollte und dann noch einen Bissen nahm.

„Denk kurz darüber nach, Süße: In einer Master/Sklave-Beziehung bist du nicht nur für dein eigenes Wohlbefinden verantwortlich, sondern auch für das einer anderen Person. Alltägliche Entscheidungen müssen getroffen werden, vierundzwanzig Stunden am Tag, ohne mal eine Pause machen zu können." Er hob ihre Hand an seine Lippen, platzierte einen Kuss auf ihre Fingerspitzen. „Das bedeutet nicht, dass ich jemals die Kontrolle im Bett abgebe. Hin und wieder genieße ich es auch in anderen Bereichen. Zum Beispiel, wenn ich dich dazu zwinge, den Schmetterling bei einem Restaurantbesuch zu tragen." Er warf ihr ein sündhaftes Grinsen zu und konnte regelrecht miterleben, wie erotische Bilder ihren Kopf füllten. Als er an ihrem Zeigefinger knabberte, zeigte sich ihre bezaubernde Schamesröte. „Für den Großteil unserer gemeinsamen Zeit bevorzuge ich es aber, eine Partnerin an meiner Seite zu haben, keine Sklavin. Ergibt das Sinn?"

„Äh, ja." Die Röte wollte nicht verschwinden.

Er grinste und nahm sich etwas zurück. Heute keinen Sex, ob sie ihn nun mit den Augen anflehte oder nicht. *Verdammt.*

Kyler sah auf seine Armbanduhr und zog die Augenbrauen zusammen. Fast zwei Uhr nachmittags. Er konnte nicht länger warten, sonst würde er seinen Flug verpassen.

Scheiße. Nichts funktionierte, wie es sollte.

Zornig sah er sich in dem Loch um, in dem Elizabeth hauste –

eine Ein-Raum-Wohnung mit billigen Möbeln. Nicht mal ein richtiges Schlafzimmer hatte sie. Anstatt mit ihm zu leben, bevorzugte es die Schlampe also, in Armut zu wohnen. Na ja, sie würde nicht mehr lange hier sein.

Durch das Zimmer laufend warf er ein paar ihrer Habseligkeiten in eine Plastiktüte: einen CD-Player inklusive einiger CDs, Bargeld, die wenigen Schmuckstücke auf der Kommode. Er nahm genug, sodass sie glaubte, sie hätte es mit einem Einbruch zu tun.

Er sah zur Tür und lächelte bei der Erinnerung an das splitternde Holz. Nicht so befriedigend wie das Geräusch von brechenden Knochen, nein, aber bald ... bald würde er auch wieder in diesen Genuss kommen. Vielleicht sollte er ihr dafür danken, einen Bungalow gemietet zu haben, der so weit abgelegen lag.

Wenn er doch nur die Zeit hätte, sich jetzt mit ihr auseinanderzusetzen! Für ihre Bestrafung bräuchte er mehr Zeit und er musste morgen ins Gericht. Den Mittwoch müsste er noch überstehen. Danach sollte es möglich sein, seinen Partnern in der Kanzlei ein paar seiner Fälle aufzudrücken.

Er steckte sein Notizheft in seine Tasche. Er war durch ihren Papierkram gegangen, hatte sich Informationen aus ihren Rechnungen und ihrem Adressbuch notiert. Selbst wenn es ihr gelang, ihm zu entkommen, würde er sie anhand dieser Notizen schnell auftreiben.

Wenn er dieses Mal mit ihr fertig war, wäre sie nie wieder in der Lage, vor ihm wegzurennen.

Beth schloss das Tor in dem drei Meter hohen Zaun auf und trat von hinten in den privaten Garten von Master Z. Donner rumpelte über ihr und die Gräser tanzten wild in der steifen Brise. Sie war spät dran, doch sie musste kurz anhalten und ihr Werk bewundern.

In den letzten Monaten hatte sie viel Zeit investiert, um das weitläufige Grundstück umzugestalten. Zuvor hatten alle seine Gärten – die Privaten und auch die vom Club – einen englischen Stil verfolgt. Langsam aber sicher passte sie den Bereich dem Club an: ungeniert und ein bisschen wild. Mit der Hilfe einer Baufirma hatte sie den Swimmingpool in einen tropischen Teich verwandelt, inklusive eines Wasserfalls, der sich über eine unechte Steinwand in den glasklaren Pool ergoss.

Durch bunt blühende Beete hatte sie verschiedene Bereiche geschaffen, alle mit einem Thema behaftet: Zu ihrer Rechten gab es das Jacuzzi-Separee. Näher am Haus, mit dem Ausblick auf die aufgehende Sonne, befand sich die Frühstücksnische mit einem kleinen Tisch und schmiedeeisernen Stühlen. Im Ruhebereich hingegen hatte sie wohltuende, blaue Blumen gepflanzt.

Ihre Arbeit zu sehen, erfüllte sie mit Stolz. Noch nie hatte sie bei einem Projekt derart viel Spaß gehabt. Es war erstaunlich, was sie in so kurzer Zeit vollbracht hatte. *Wunderschön.*

„Willst du den ganzen Tag dort rumstehen und deine Arbeit bewundern?"

Beth zuckte zusammen und entließ ein erschrecktes Quietschen. Die Stimme kam von oben ... Stirnrunzelnd hob sie den Kopf und sah Jessica, die sich über das Balkongeländer im dritten Stock lehnte.

„Das nächste Mal", sagte Beth, „anstatt mich zu Tode zu erschrecken, erschieß mich doch einfach."

„Tut mir leid." In Shorts und einem hellgrünen Tanktop näherte sich Jessica über die Treppe. „Ich habe dich von der Küche gesehen. Komm, ich habe ein Friedensangebot." Als Beth die überdeckte, abgeschirmte Terrasse betrat, reichte ihr die Blondine eine gekühlte Coladose. „Gönne dir eine Pause."

„Ich habe schon Pause gemacht. Deswegen war ich auch spät dran." Beth öffnete die Dose und nahm einen großen Schluck. „Ich bin bei meinem Apartment vorbei, um etwas zu holen und musste feststellen, dass jemand meine Tür eingetreten hat."

„Verdammt, echt jetzt?"

„Samt Türrahmen, ja." Der Anblick hatte ihr solche Angst eingejagt, dass sie kurz davorgestanden hatte, alles stehen und liegen zu lassen und erneut die Flucht zu ergreifen. Doch das Paar im Bungalow nebenan hatte sie gesehen und war zu ihr gekommen, um sie mental zu unterstützen. Zusammen waren sie über die am Boden liegende Tür getreten. Ein paar Dinge fehlten, wie ihr CD-Player, einige CDs selbst und ihr Schmuck. Nur ein Einbruch. Wie bescheuert war es, dass sie erleichtert darüber war?

Nachdem sie sich etwas beruhigt hatte, erkannte sie, dass Kyler gar nicht wissen konnte, wo sie sich befand. Und wenn er das tat, würde er sicher Schlimmeres tun, als ihre Wohnungstür einzutreten. „Das Gute ist, dass ich nicht viel zum Stehlen hatte. Der arme Einbrecher war bestimmt furchtbar enttäuscht."

„Es ist trotzdem gruselig. Wurde die Tür repariert?"

Beths Magen drehte sich. „Nein. Der Hausmeister hat sich letzte Woche das Bein gebrochen, also wird die Verwalterin mit Anfragen bombardiert. Sie meinte, dass sie erst morgen jemanden schicken kann. Wenn ich hier fertig bin, werde ich Schadenbegrenzung betreiben, die Tür hochheben und über die Nacht einen Stuhl dahinterklemmen."

„Das gefällt mir nicht."

„Mehr kann ich gerade nicht tun. Na ja, das ist der Grund für meine Verspätung und warum ich für eine Pause eigentlich keine Zeit habe." So beiläufig wie möglich sah sie sich um. Sie erinnerte sich an Nolans Abmachung mit Z, weshalb sie geplant hatte, beizeiten von hier zu verschwinden. Und nun war sie spät dran und sein Auto stand in der Einfahrt. Dass er im Haus war, löste ein merkwürdiges Gefühl in ihr aus. Alles kribbelte. Sie hatte es zu sehr genossen, gestern Zeit mit ihm zu verbringen. Na ja, zumindest bis er von dem Thema Ehebruch angefangen hatte. Gefolgt von dem Thema Lügen.

Es war ihr wie Schuppen von den Augen gefallen: Sie durfte

sich nicht mit ihm einlassen. Sie musste die Sache zwischen ihnen zwanglos halten. Nur Sex. Im Club.

„Wie es scheint, bekommst du jetzt eine Pause, ob du nun willst oder nicht", sagte Jessica, als die ersten Regentropfen auf die breiten Blätter einer Pagodenpflanze fielen. Die Blondine ließ sich am Eichentisch in einen schmiedeeisernen Stuhl fallen und wies Beth an, sich ebenfalls hinzusetzen. „Bis der Regen nachlässt, kannst du genauso gut auch Platz nehmen."

„Meine Güte." Donner dröhnte über ihren Köpfen und der Regen ergoss sich eimerweise. Beth setzte sich. „Bist du immer so aufdringlich?"

Jessica lachte. „Das war doch gar nichts. Du solltest mich sehen, wenn es um Quittungen bei Reisekosten oder Büroausgaben geht. Ich kann wirklich fies werden. Apropos, Nolan hat erwähnt, dass du gerne eine Gärtnerei eröffnen möchtest und dabei eine Finanzberatung nicht ablehnen würdest."

Beths Atem stockte, während ihr Herz in der Brust wie eine Blume mit einer schweren Blüte schaukelte. Nolan glaubte an sie, glaubte, dass sie es schaffen konnte. Konnte sie das? *Ja, oh ja!* Sie legte die Hand auf ihre Brust, auf ihr wild klopfendes Herz und wagte den Schritt. Den Schritt in ihre Zukunft. „Hilfe wäre nötig. Und du wärst bereit dazu?"

„Natürlich! Die Beratung ist umsonst." Jessica hob ihren Zeigefinger. „Sobald du aber deine Gärtnerei hast und alles läuft, engagierst du mich als deine Steuerberaterin. Dann musst du mich auch bezahlen und musst deine Quittungen im Griff haben, deine Ausgaben dokumentieren und −"

Beth lachte. „Bist du bei Master Z genauso?"

„Gott, nein." Jessica rollte die Augen. „Als ich es das letzte Mal gewagt habe, war er grad an einer spannenden Stelle in seinem Krimiroman. Anstatt mir das zu sagen − mal ehrlich, das hätte er wirklich tun können −, hat er mich gefesselt, geknebelt und vibrierende Dinge in alle meine Löcher gesteckt. Dann hat er mich auf dem Boden liegen lassen, um sein verdammtes Buch zu Ende zu lesen."

„Oh wow."

„Das kannst du laut sagen." Jessica zog die Augenbrauen zusammen. „Ich bin so oft gekommen, dass ich nicht mehr auf die Füße kam, nachdem er die Fesseln gelöst hat. So fies. Schließlich befinden wir uns als Master und Sklave nicht in einer Vierund-zwanzig-Stunden-am-Tag-Beziehung. Und um dem Ganzen die Krone aufzusetzen, habe ich mir fast die Hand gebrochen, als ich ihm gegen seine Brust geboxt habe. Seine Muskeln sind härter als Stein."

Beth gab ihr Bestes. Wirklich, sie gab alles. Zuerst entrang ihr ein Kichern und als Jessica sie ungläubig ansah, verlor sie jegliche Zurückhaltung und brach in Lachen aus. Die blonde Buchhalterin sah immer so konservativ, so gelassen aus. Reserviert. Der Gedanke an sie, wie sie nackt gegen Master Zs Brust boxte, schickte Beth in einen Lachanfall.

„Wenn du so weitermachst, muss ich dir wehtun, Freundin." Jessica schnaubte und dann grinste sie. „Ist dir eigentlich klar, dass es nicht besonders viele Menschen gibt, denen ich diese kleine Anekdote erzählen kann? Die meisten würden die Polizei rufen. Oder das bunte Auto mit den viereckigen Rädern." Sie blinzelte und sagte dann in einem toternsten Ton: „Wenn du nicht mit dem Lachen aufhörst, werde ich meine Drohung wahrmachen."

„Ja, natürlich. Das verstehe ich." Beth versuchte, ihr Lachen mit der Cola herunterzuspülen, und verschluckte sich. „Es tut mir leid. Wirklich, so leid."

Ein Blitz leuchtete auf, schlug irgendwo im Wald ein. Wenige Sekunden später folgte ein Donnern. Der Regen kam stärker herunter und Beth legte den Kopf in den Nacken, um diesen typi-schen Florida-Schauer zu beobachten, die Geräusche und die abgekühlte Luft zu genießen.

„Na, wen haben wir denn hier?" Master Z erschien hinter Jessica und küsste sie auf die Wange.

Überrascht schnappte Beth nach Luft. Der Regen musste seine Schritte übertönt haben.

Er sah zu ihr und runzelte die Stirn. „Warum arbeitest du nicht?"

Oh Gott, er hielt sie für faul! Bestürzt öffnete sie den Mund, um sich zu erklären, zu verteidigen, doch dann sah sie die Belustigung in seinen Augen. Für einen Moment empfand sie einen Hauch Mitleid für ihre Freundin. Dieser Dom hatte einen schwarzen Sinn für Humor. „Also ich –"

„Wie es aussieht, hat der Regen ein kleines Häschen auf die Veranda getrieben, Z. Ich fange es für dich ein." Zwei große Hände streckten sich über Beths Schultern, schoben sich in ihr tiefgeschnittenes Oberteil und umfingen ihre Brüste.

Panik erhob sich in ihr und ihr stockte der Atem. Sie versuchte, wegzuspringen, und wurde bei dem Versuch gegen die Lehne gepresst. Ein warmer Atem wehte über ihr Ohr und eine heisere Stimme sagte: „Entspann dich, kleines Häschen."

Master Nolan. Sie wusste, dass er hier sein würde. Mit klopfendem Herzen folgte sie seiner Anweisung und beruhigte sich allmählich. Nicht, dass sie ihm entkommen könnte, wenn er sie am Stuhl festnagelte. Er biss ihr in den Hals, küsste die Stille, um den Schmerz zu lindern, während er ihre Brüste massierte.

Nolan knabberte an ihrem Hals, schmeckte Salz, sog den warmen Duft der Frau ein, die immer nach Erdbeeren roch. Sie trug ein goldenes Tanktop unter ihren Latzshorts. Noch nie hatte er eine Frau von Latzshorts befreit. Sah nach Spaß aus. Er umfasste ihre hübschen, kleinen Brüste und fühlte, wie ihre Nippel hart wurden. Nur gut, dass er sich in angemessener Gesellschaft befand und sie nicht loslassen musste.

Unter seinen Händen beruhigte sich ihr Herzschlag und sie

kam über ihre Panikattacke hinweg. So ein kleines, ängstliches Häschen. Er wurde zornig und seine Muskeln spannten sich an. Was er nicht dafür geben würde, dem Bastard gegenüberzutreten, der dieser Frau das Fürchten gelehrt hatte.

Vor ein paar Minuten hatten Z und er auf dem Balkon gestanden und den beiden Frauen bei ihrem Gespräch zugehört. Beim Lachen. Bis dato hatte er Beth noch nie herzhaft lachen hören. So unbeschwert und befreit hatte sie geklungen, dass er steinhart geworden war.

Jetzt wollte er sie erneut lachen hören und herausfinden, wie er sie zum Lachen bringen konnte. Ihr gemeinsames Abendessen hatte ihm mehr Freude bereitet, als erwartet. Die Frau loderte so hell wie ein Feuer, gab Hitze ab, Hitze und Licht ... solange sie nicht total verängstigt war. Seither hatte er viel darüber nachgedacht, wie sehr ihre Ängste sie doch lähmten.

Er hatte eine Menge Arbeit vor sich und er war genau der richtige Dom für den Job.

„Setz dich, Nolan. Trink was", bat Z an und reichte ihm ein Root Beer. Widerwillig ließ Nolan von seiner Gefangenen ab. Sein Blick fiel auf den leeren Stuhl neben Jessica. Zu weit weg von dem Ort, an dem er sein wollte.

„Auf Beths Stuhl ist genug Platz für mich", sagte er und hob sein kleines Häschen hoch. Sie entließ ein Quietschen, das ihn sehr zufriedenstellte. Dann setzte er sich und platzierte sie auf seinem Schoß. Er ignorierte ihr Gezappel, denn sie war sowieso nicht mit vollem Herzen dabei, wie er erfreut feststellte. Grinsend zog er sie an seine Brust und legte eine Hand auf ihre Hüfte. „Ich weiß nicht, ob es mir gefällt, dass du dich mit Zs Sub abgibst, Süße. Sie ist immer so frech."

Aufgebracht drückte Beth ihre Schultern durch. Sie war bereit, ihre Freundin zu verteidigen. Er festigte seinen Griff, indem er seine andere Hand auf ihrer Brust positionierte. Na ja, eigentlich hatte er sie zwischen ihre Brüste legen wollen. *Ups.* Er grinste. *Kann passieren.*

Offensichtlich genervt teilte Jessica die Lippen. Ein Blick von Z reichte aus und ihr Mund klappte zu.

Z setzte sich neben Jessica und küsste sie auf ihre Fingerknöchel. „Im Moment befinden wir uns nicht im Club, meine Kleine, also darfst du so unhöflich sein, wie du wünschst." Als Jessica teuflisch grinste, fügte er hinzu: „Ich sollte dich wohl vorwarnen: Nolan ist äußerst nachtragend und am Samstag bist du ganz sicher im Club."

Missmutig ließ sie sich gegen die Stuhllehne fallen. „Also das ist einfach nicht fair."

Nolan schenkte ihr einen Blick, der Bedauern ausdrückte. „Deswegen bevorzuge ich es, der Dom zu sein." Als Beth lachte, küsste er sie und schwelgte in dem Gefühl ihrer weichen Lippen. Er zog sich wenige Millimeter zurück und flüsterte: „Eigentlich gibt es mehr als diesen einen Grund." Sie errötete und ihr Nippel richteten sich unter seinen Fingern auf.

„Benimm dich, Nolan." Z nahm einen Schluck von der Cola seiner Sub. „Beth ist nicht hier, um zu spielen, erinnerst du dich? Sie arbeitet für mich. Apropos, was denkst du von meinem privaten Garten?"

Nolan verglich die Gestaltung mit seiner Erinnerung. „Ein großer Unterschied", sagte er gedehnt. „Es gefällt mir. Nicht mehr so spießig."

Ein zaghaftes Lächeln zeigte sich auf Beths Lippen, das sofort wieder verschwand.

Z runzelte die Stirn. „Beth hat genau dasselbe Wort benutzt. Spießig. Ich mag das Ergebnis. Hier und auch in den Gärten des Clubs."

„Was hat –"

Nolans Frage wurde von Männerstimmen unterbrochen, als Dan und Cullen durch das offene Tor und auf die überdachte Terrasse platzten. „Scheiße nass da draußen", sagte Cullen, der sogleich seine ungezähmten Haare schüttelte und alle besspritzte. „Wo sind das Bier und die Karten? Spielen wir hier unten?" Er schenkte Jessica und Beth ein Grinsen. „Und Leckerlis habt ihr auch mitgebracht. Wie nett."

Die kleine Sub auf Nolans Schoß rutschte umher und er festigte seinen Griff. Es war Zeit für ihre nächste Lektion. Sie sollte sich besser an Cullens Art gewöhnen. Schließlich wollte er, dass sie sein Haus sah, ohne bei dem Besuch in Panik zu geraten. „Da wir alle versammelt sind ..."

Alle verstummten. „Am Dienstag ist der vierte Juli, daher würde ich gerne eine Party in meinem Haus veranstalten. Vom Balkon haben wir einen tollen Ausblick aufs Feuerwerk. Nur wir vier und unsere Subs. Wir können uns drei Uhr nachmittags treffen und als Höhepunkt das Feuerwerk ansehen."

Daniel und Cullen waren dabei, doch Z musste ablehnen. Nolan betrachtete sein kleines Häschen, das in seinen Armen erstarrt war. „Soll ich dich abholen oder bevorzugst du es, selbst zu fahren? Ich kann dir sagen, wo du lang musst."

Ihre großen, blau-grünen Augen fanden die seinen und er konnte beinahe ihre Gedanken lesen. Die Zurückhaltung kam instinktiv bei ihr. Es dauerte aber nicht lange, bis ihr klar wurde, dass sie nicht alleine wäre. Ein kleiner Schauer ergriff Besitz von ihrem Körper, dann kapitulierte sie. „Ich möchte selbst fahren."

„Beth? Dan ist ein Polizist. Hast du den Einbruch in deine Wohnung angezeigt?", wollte Jessica wissen.

Dan sah zu Beth und fragte gleichzeitig mit Nolan: „Einbruch? Welcher Einbruch?"

Verflucht seist du, Jessica! Beth lehnte an einem Lichtmast neben ihrem Bungalow und runzelte die Stirn, als Nolan ein neues Schloss an ihrer Tür installierte. Davor hatte er mit robusterem Holz den Rahmen erneuert und sich murmelnd über billige Materialien beschwert. Und zu guter Letzt: Er weigerte sich, für die Reparatur eine Zahlung anzunehmen.

Bei einem Mann in der Schuld zu stehen – egal, um welchen Mann es sich auch handelte – störte sie wahnsinnig. Bei diesem Mann in der Schuld zu stehen ...

Noch immer kniend machte er die Tür zu, drehte den Schlüssel und nickte zufrieden, als der Bolzenriegel seine Arbeit verrichtete. „Sieht gut aus." Er stand auf und kam zu ihr.

Sie legte den Kopf in den Nacken und sah ihn an. Seine schiere Größe war nervenaufreibend. Die Sonne lenkte ihre Aufmerksamkeit auf seine Lachfalten um die Augen. Dann landete ihr Blick auf der Narbe auf seiner Wange, seinen ernsten Lippen und dem markanten Kiefer. Wenn sie mit ihm zusammen war, erkannte sie, dass das Wort *dominant* mehr war als nur ein Ausdruck. Dominanz machte sein gesamtes Wesen aus.

Er bemerkte ihre Musterung und lächelte. Er streckte seine Hand mit der Handfläche nach oben aus – die Bitte eines Doms nach den Handgelenken einer Sub. Ihr war es ein völliges Rätsel, warum sie ihm nicht widerstehen konnte ... Gleichzeitig aber jagte ein Schauer durch ihren Körper, der sich verdächtig nach Nervosität anfühlte. Würde er sie in ihre Wohnung ziehen und sie ...

Sie hob den Arm, entspannte ihre Faust. Dann legte er ihr die Schlüssel in die Hand und schloss ihre Finger um das Metall.

„Danke", murmelte sie vollkommen verwirrt. Er hatte keine sexuellen Avancen gemacht und benahm sich, als wären sie lediglich befreundet. Nur der besitzergreifende Ausdruck in seinen Augen strafte seinem Verhalten Lügen. „Ich finde wirklich, dass du mich zumindest für die Materialien bezahlen lassen solltest."

„Nein." Er umfasste ihr Kinn, um ihr mit einem Blick deutlich zu machen, dass er in dem Punkt nicht nachgeben würde. „Und nächstes Mal erwarte ich, von derartigen Problemen von dir zu hören, nicht von Jessica."

„Aber ..." Handelte es sich bei ihnen nicht ausschließlich um eine Dom/Sub-Beziehung? Er wollte nicht mehr. Genauso wenig wie sie und ...

„Auf deinem Tisch findest du die Adresse zu meinem Haus und wie du dorthin gelangst. Sei pünktlich um drei bei mir. Trage, was auch immer du möchtest; du wirst es ohnehin nicht lange anhaben. Und stelle sicher, dass du dich gut mit Sonnencreme einschmierst – überall." An ihren Oberarmen zog er sie auf ihre Zehenspitzen und presste ihr einen leidenschaftlichen Kuss auf die Lippen, der ewig anzudauern schien. Mit diesem Kuss schaffte er es, dass sie sich so in Besitz genommen fühlte, als hätte er sie gefesselt. Zum Abschied tippte er gegen ihre Wange und sie beobachtete benommen, wie er davon spazierte.

KAPITEL ACHT

Am Donnerstag stieg Beth aus ihrem Toyota und legte die Hände auf die Motorhaube ihres Fahrzeugs. Tief atmete sie ein, immer und immer wieder. Ein Versuch, um sich zu beruhigen, damit sie nicht panisch die Flucht ergriff. Zumindest machte sie Fortschritte. Schließlich hatte sie es hergeschafft, richtig? Und, na ja, sie wollte hier sein. Wollte zu Nolan ... Master Nolan ... Sir ... zu ihrem Master.

Allein der Gedanke an seine verschiedenen Namen – seine Titel – sandte eine kribbelnde Wärme durch sie und löste in ihrer Brust etwas aus, mit dem sie sich nicht auseinandersetzen wollte. Ja, zwischen Nolan und ihr passierte etwas. Jedenfalls empfand sie das so. Ihrer Meinung nach handelte es sich schon lange nicht mehr um eine reine Dom/Sub-Beziehung. Es wäre nicht schwer, tiefere Gefühle für ... ihn zu entwickeln.

Sie schüttelte den Kopf und stampfte mit einem Fuß auf den Boden. *Nein, nein, nein!* Sie war nicht bereit für Gefühle dieser Art! Wahrscheinlich würde sie das niemals sein. Eine Scheidung zu beantragen, würde sie zu einer Zielscheibe machen. Kyler hatte ihr äußerst grafisch beschrieben, was er mit ihr machen würde, wenn er sie nach einer Flucht fand. Das durfte sie nicht vergessen.

Auch durfte sie nicht vergessen, was Nolan von Frauen hielt, die ihre Ehemänner betrogen. Sie erschauerte bei dem Gedanken an seinen harschen Ausdruck, als er von seiner Ex-Frau gesprochen hatte.

Also, Beth, Gefühle sind nicht erlaubt.

Okay, gut. Sie mochte ihn wahrscheinlich sowieso nur, weil er diesen verdammten Knoten in ihr gelöst hatte. Durch ihn fühlte sie sich endlich wieder wie sie selbst. Sie fühlte sich wie eine Frau. Hübsch, kompetent. War es nicht interessant, dass Unterwerfung dazu führen konnte, sich kompetent zu fühlen? Das hatte sie Sir zu verdanken. Obwohl er von ihr erwartete, dass sie sich ihm unterwarf, glaubte er trotzdem, dass sie ein selbstdenkendes, menschliches Wesen war. Eine Person mit eigenem Willen. Stark und selbstbewusst.

Seit sie mit ihm Zeit verbrachte, fühlte sich ihr Körper nicht mehr so kalt an. Das war auch der Grund dafür, dass sie sich jetzt zusammenreißen sollte. Es stand außer Frage, den Kopf ins Schneckenhaus zurückzuziehen. Sie vertraute ihm ... größtenteils. Sie vertraute ihm mehr als den meisten Menschen, denen sie seit ihrer Flucht begegnet war. Sie würde ihm erlauben, sie weiterzutreiben. An die Grenzen und vielleicht sogar darüber hinaus. Vielleicht.

Trotz ihrer inneren Motivationsansprache schnürte sich ihre Kehle zu. *Gott*, sie war ein Feigling.

Mit einem genervten Seufzer drückte sie sich vom Fahrzeug und wagte endlich einen Blick auf die Umgebung. Ihre Kinnlade klappte herunter. *Wow.* Neu errichtet zeigte sich ihr das zweistöckige Haus im mediterranen Stil, gebaut aus blassgoldenem Naturstein mit großen Rundbogenfenstern. Eine weiße, halbrunde Veranda aus Steinplatten reichte bis zu einem sprudelnden Springbrunnen.

Sie war mit dem Staunen noch nicht fertig, als Nolan zwischen dem Säulenvorbau auftauchte. Ihr Herz schlug einen schmerzvollen Salto. Gekleidet in blauen Jeans und einem weißen T-Shirt, das ihr Augenmerk auf seine dunkle Haut richtete, konnte sie es nicht bestreiten: Der Dom war genauso atemberaubend wie das Haus. *Sieh ihn dir nur an ...* Er könnte jede Frau haben. Was zum Teufel wollte er bitte mit ihr?

Jetzt fühlte sie sich wie ein Welpe, der in seine Hundebox zurückkriechen wollte. Nein zum Teufel, sie wollte nicht drei Schritte zurückgehen, nachdem sie mühevoll einen Schritt nach vorne gemacht hatte. Entschlossen drückte sie die Schultern durch und hob das Kinn. „Hi", sagte sie so zwanglos wie möglich.

„Hi." Natürlich stoppte er nicht in einem angemessenen Abstand, nein. Er marschierte direkt auf sie zu, hob sie hoch und küsste sie, sein Mund warm und fordernd.

Doch zu schnell ließ er von ihr ab.

„Okay." Sie atmete tief ein und bemerkte, dass sie sich an seinen Hüften festkrallte. Sie entfernte ihre Hände, räusperte sich und sagte: „Dein Haus ist wunderschön."

„Danke." Er streichelte über ihre Wange. „Freut mich, dass es dir gefällt."

Zwei weitere Autos fuhren die Einfahrt hinauf. Das Erste parkte hinter Beth; sogleich sprang Kari heraus, ihre langen, braunen Haare wehten in der sanften Brise. „Nolan, Dan hat mir erzählt, dass du das Haus selbst gebaut hast. Es ist wunderschön."

Er hat es gebaut? „Ah ja." Beth stemmte die Fäuste in die Hüften, verengte die Augen und versuchte, sich an seinen Ton zu erinnern, bevor sie sagte: „Das nächste Mal erfahre ich das von *dir*, nicht von Kari."

Gott, sie liebte sein tiefes Lachen.

Er wickelte einen Arm um sie und zog sie an seine Seite, ein Lächeln auf ihren Lippen, als sie die beiden Paare begrüßten. Die Subs trugen alle Shorts, während die Doms in Jeanshosen gekommen waren. Dazu hatte sich Dan für ein enges, schwarzes T-Shirt entschieden. Cullens Hemd in tropischen Gold- und Brauntönen war offen und entblößte eine muskulöse Brust.

„Kommt rein." Mit einer Handbewegung winkte er alle ins Haus.

Innen war es genauso zauberhaft wie draußen, mit hohen Decken und glänzenden Parkettböden. Eingelassene Nischen in den cremefarbenen Wänden zeigten dunkelrote Vasen mit Blumen. Sie liefen durch das Foyer, vorbei an einem großen Treppenaufgang mit schmiedeeisernem Geländer, und in den Hauptraum. Bunte, handgemalte Fliesen umrahmten die Bogenfenster und die breiten Türrahmen. Mehr Fliesen fanden sich am Steinkamin, der das hintere Ende des Raumes perfekt ergänzte.

Ihr Blick fiel dann auf den Sitzbereich, der von einem handgewobenen Teppich eindrucksvoll in Szene gesetzt wurde. Auf dem sandfarbenen Ledersofa und den dazu passenden Sesseln nahmen die Gäste schließlich Platz. Nolan lehnte sich an Beths Sessel, über dessen Lehne eine farbenfrohe Tagesdecke lag.

„Leute, das ist Deborah", stellte Cullen seine Begleiterin vor, seine Hand dabei auf der Schulter der hochgewachsenen, muskulösen Brünetten. Beth kannte sie aus dem Shadowlands, jedoch war sie noch recht neu und nicht von der freundlichen Sorte. Cullen zeigte nacheinander auf die Anwesenden. „Deb, das sind Daniel, Kari, Nolan und Beth." Er wandte sich Nolan zu und sagte: „Okay, Nolan, gib ihnen die schlechten Nachrichten."

Schlechte Nachrichten? Was ...

„Ganz ruhig, kleines Häschen", flüsterte Nolan an ihrem Ohr und zog liebevoll an einer ihrer Haarsträhnen. Dann richtete er seine Worte an die anderen: „Keiner von den Subs ist bisher hier gewesen. Eure Doms waren das jedoch, auch wenn seit der letzten Party mittlerweile ein Jahr vergangen ist."

Cullen hob seine langen Beine auf den Couchtisch und sagte: „Wurde höchste Zeit, dass du damit wieder anfängst."

„Zu den Regeln, Subs: Ihr müsst eure Augen nicht gesenkt halten, aber es ist euch nicht erlaubt, das Wort zu erheben, wenn wir es nicht zuerst gestattet haben. Gerne dürft ihr euch hinknien, um wortlos die Bitte um Gehör zum Ausdruck zu bringen. Jeder anwesende Dom darf euch berühren und euch mit einem Spanking bestrafen, jedoch ist ohne die Erlaubnis des zugehörigen Masters nichts Intensiveres erlaubt. Vor allem keine Penetration. Euer Safeword lautet *Rot*, was bedeutet, dass alles stoppt. *Gelb* könnt ihr bei einem Problem verwenden, und euer Einwand kann dann in Erwägung gezogen werden, muss er aber nicht."

Beth ließ den Blick durch den Raum schweifen. Die Doms hatten es sich bequem gemacht, die Beine ausgestreckt. Deborah kniete zu Cullens Füßen, wirkte gelangweilt. Kari saß neben Dan auf der Couch, ihre Hände auf ihrem Schoß ineinander verwoben, ihre Fingerknöchel weiß.

Sir hatte erwähnt, dass Kari noch nicht lange Teil des Lifestyles war. Dann waren sie schon zu zweit. Beth erschauerte. Mit wahren Doms hatte sie noch nicht viel Erfahrung gesammelt und in den letzten Wochen hatte sie schnell erkannt, dass sie einige Wissenslücken aufwies.

Erneut zog Nolan an einer Strähne von ihr und zeigte nach links. „Hinter dieser Tür ist ein Badezimmer, in dem ihr euch fertigmachen könnt."

„Riesig", sagte Beth, als sie mit Kari und Deborah eintrat. Das blassrosa Zimmer hatte die Größe ihres Apartments. Metallverzierungen schmückten die Spiegel über den Waschbecken. Es gab sogar mehrere Duschkabinen.

„Dan meinte, dass Nolan von einer großen Familie kommt und sich das auch für sich selbst wünscht. Ich schätze, für diesen Zukunftsplan hat er das Haus entworfen." Kari spielte mit den Knöpfen an ihrer Bluse. „Na ja, und für Partys wie diese."

Ohne auch nur ein Wort zu äußern, entkleidete sich Deborah und verließ das Zimmer.

„Warum macht es mir mehr Angst hier zu sein als im Club?", fragte Kari, die langsam ihre Bluse aufknöpfte.

„Weil die Männer alle befreundet sind und es daher gewohnt sind, miteinander zu spielen." Beth biss sich auf die Lippe. „Und wir fungieren als die Spielzeuge."

Kari kicherte. „Interessanter Vergleich. Und so wahr." Fein säuberlich faltete sie ihre Bluse zusammen und legte sie an der marineblauen Wand auf das Regal.

Beth redete sich Mut zu und riss sich das Oberteil über den Kopf. „Ich hasse es, nackt zu sein", grummelte sie.

Kari verstaute ihre restliche Kleidung und wandte sich stirnrunzelnd zu ihr. „Beeil dich, Beth, sonst muss ich alleine rausgehen. Ich denke nicht, dass Master Nolan der geduldigste Dom ist."

„Also das war fies", murmelte Beth. Dummerweise reichte der Gedanke, Sir zu enttäuschen, bereits aus, sodass sie an Tempo zulegte. Sie stopfte ihre Klamotten auf das Regal und folgte der kurvigen Frau zur Tür. „Ich fühle mich wie ein Brett", sagte sie seufzend.

Kari drehte sich um und flüsterte: „Und ich fühle mich immer wie ein Wal. Ist dir schon mal aufgefallen, wie wenige Frauen es gibt, die ihre Körper mögen?" Zwei Augenpaare trafen sich in perfekter Einsichtigkeit und Beth erkannte, dass sie gerade eine neue Freundin hinzugewonnen hatte.

Das wohlige Gefühl dauerte nur so lange an, bis sie die Türschwelle übertraten. Die Klimaanlage zusammen mit den Blicken der Doms kühlte Beth ab. Sie drängte das Bedürfnis zurück, ihren Intimbereich zu bedecken, und durchquerte hinter Kari den Raum. *Oh ja, nackt sein, ist immer noch scheiße.*

Master Nolan faulenzte auf dem Sessel, den sie verlassen hatte. Mit einem bewundernden Blick musterte er sie, wodurch sie sich wunderschön und sexy fühlte, ohne dass er etwas sagen musste. Seine Lippen formten sich zu einem Lächeln, das ihr unmissverständlich klar machte, dass er mochte, was er sah. Dass er sie nackt in seinem Haus mochte. Ihr Inneres schmolz dahin.

Vor ihm stoppte sie, in Erwartung auf einen neuen Befehl. Stattdessen packte er sie an den Hüften und zog sie zwischen seine Beine, hielt sie gefangen, während er seine Hände über ihre entblößte Haut streifen ließ. Er umschloss ihre Pobacken, küsste ihren Bauch. „Du duftest köstlich, kleine Sub. Nach Limonade und Erdbeeren."

Er biss hart genug in ihre rechte Hüfte, dass sie quietschte, und stand dann auf. „Cullen, fühl dich wie zuhause. Den Kerker findet ihr dort." Nolan zeigte auf einen Korridor hinter der Treppe. „Dan, unser Set-up befindet sich draußen." Er umfasste Beths Hand und spazierte zu den Doppeltüren, die auf die überdachte Terrasse führten. Ein riesiger, weitläufiger Bereich. Abgeschirmt. Zu ihrer Rechten befand sich eine Essecke – Tische, Stühle, ein Einbaugrill und ein Hacienda-Brunnen.

Zu ihrer Linken funkelte ein Pool in olympischen Ausmaßen in der Sonne. Weinrote Liegestühle setzten Akzente, doch Beth konnte nicht anders und malte sich aus, wie wundervoll sich ein paar Pflanzen mit farbenfrohen Blüten machen würden. Beim Pool hatten die verschieden großen Palmenarten die Gesellschaft von Farnkraut nötig, um den Größenunterschied auszugleichen.

Geradeaus führte ein scheußlicher Garten gefüllt mit Unkraut zu einem kleinen See. Sie ließ Nolans Hand los und ging ein paar Schritte in die Richtung. Das meiste Hardscape war bereits vorhanden: Ein wunderschöner Steinpfad lotste Besucher vom Haus unter tiefhängenden Bäumen hindurch und weiter zu einer Anlegestelle. Beth konnte Kari und Dan hören, wie sie den See kommentierten. Sie jedoch konnte sich nur darauf konzentrieren, was sie pflanzen würde, wäre dies ihr Grundstück.

„Noch nicht mit dem Graben anfangen, Süße." Nolan zog amüsiert an einer Haarsträhne. „Später führe ich dich herum. Mir gefällt, was du aus Zs Gärten gemacht hast. Etwas in der Art stelle ich mir für mein Land auch vor. Wild und doch gezähmt. Denkst du, dass du für diese Herausforderung bereit bist?"

Eine weiße Leinwand vor sich zu haben, so unberührt ... Sie wollte den Job so verzweifelt, dass sie die Hand zu ihrem Mund hob, um nachzusehen, ob sie sabberte. „Ja, bin ich." Ein kleines Lächeln zeigte sich bei ihr. „Ich werde es wunderschön für dich machen."

„Freut mich. Nach dem Abendessen kannst du auf Erkundungstour gehen und mir mitteilen, wo du anfangen willst." Sein Vertrauen in sie war berauschend. Ein breites Lächeln formte sich auf ihren Lippen. Zuerst würde sie den Rasen ebnen −

„Beth ..." Mit einem ungeduldigen Laut schob er eine Hand in ihre Haare, riss ihren Kopf zurück und küsste sie so leidenschaftlich, dass sich ihre Pläne für den Moment in Luft auflösten. „Später. Jetzt will ich dich ein wenig foltern."

Dann führte er sie zu zwei schweren Teakholztischen in der Nähe des Pools. Auf den Stühlen darum standen abgedeckte Tabletts und Schüsseln gefüllt mit Wasser. Als sie die Ketten entdeckte, die in die Tischbeine eingearbeitet worden waren, erschauerte sie. *Wie extrem wurden seine BDSM-Partys?*

Sir streckte seine Hand aus. „Deine Handgelenke bitte."

Mit Gänsehaut auf ihren Armen folgte sie seiner Anweisung. Er legte ihr gut gefütterte Fesseln an und hob sie auf den wunderschön gearbeiteten Tisch. Mit jedem Herzschlag beschleunigte sich ihre Atmung ein bisschen mehr. Er drückte sie auf ihren Rücken, ihre Beine von der Tischkante baumelnd. Als sie den Kopf drehte, sah sie, dass Dan Kari am zweiten Tisch fesselte. Der Dom war so riesig und muskulös, dass er seine üppig gebaute Sub fragil erscheinen ließ.

Beth fand wieder Nolans Blick. Genauso ließ auch Master Nolan sie fühlen. Das gefiel ihr ... meistens.

Schweigend fixierte er ihre Hände über ihrem Kopf und spreizte dann ihre Beine weit auseinander. Er nahm sich einen warmen Waschlappen aus der Wasserschüssel und legte ihn auf ihre Pussy.

„Master?" Sein Titel kam ihr immer leichter über die Lippen.

Er setzte sich neben sie und platzierte eine Hand auf ihre Brust. „Hast du dich jemals im Intimbereich rasiert, Beth?"

Rasiert? Sie schüttelte den Kopf.

„Gibt es dafür einen Grund?"

„Nicht wirklich. Beim ersten Dom war ich noch nicht bereit. Master Chris war es egal und dann ... ähm ... beim letzten –" Sie presste die Lippen aufeinander. Kyler hatte es nur interessiert, wie sie sich in der Öffentlichkeit präsentierte. Und wie sie schrie.

„Weißt du, Baby, ich bekomme den Eindruck, dass dein Letzter sadistische Anwandlungen hatte."

„Er hat im BDSM begonnen, aber ich schätze, du hast recht."

Master Nolan streichelte über ihre Wange und fragte in einem sanften Ton: „Verrätst du mir seinen Namen?"

„Also, ich ... nein." Sie konnte die Gefahr nicht eingehen. Was, wenn Sir auf die Suche nach ihm ging?

Sein Finger erstarrte, seine Augen gefährlich dunkel, doch dann zuckte sein linker Mundwinkel. „An diesem Vertrauensding müssen wir wohl noch arbeiten. Deine Pussy werden wir jedoch heute schon rasieren. Später kannst du mir dann sagen, ob es dir gefällt oder nicht."

„Okay", sagte sie gedehnt. Hatte er selbst vor, sie zu rasieren? „Sir, ich kann das machen."

Er gluckste. „Aber ich mache es besser." Er lief zum Fußende des Tisches. „Ich werde dich gut fixieren, kleines Häschen, damit du nicht in einem ungünstigen Moment zuckst." Einen Riemen legte er unter ihre Brüste, einen weiteren direkt über ihre Hüfte. Dann winkelte er ihre Beine an und verband ihre Schenkel mit dem Hüftriemen. Automatisch wurde dadurch ihr Becken angehoben.

Sie leckte sich über die Lippen. Das war so falsch! Im Freien gefesselt? Ihre Pussy entblößt? Sie fühlte sich wahnsinnig verletzlich. Als ihr Blick zu dem anderen Tisch wanderte, bemerkte sie den entsetzten Gesichtsausdruck von Kari.

„Entspann dich, Kleine. Ich habe keine Nachbarn. Niemand außer Dan und mir kann dich sehen." Nolan setzte sich auf den Stuhl zu ihren Füßen, öffnete ein Paket mit Einwegrasierern und warf sie in die Schüssel mit dem Wasser. Mit einer Schere vom Tablett trimmte er zunächst ihre Schambehaarung und verteilte anschließend Rasierschaum, von dem ein schwacher Kräutergeruch ausging.

Auch nach dem Auftragen des Rasierschaums rieb er mit den Fingern über ihre äußeren Schamlippen. Schließlich stieg Begierde in ihr auf und sie konnte nicht anders, als sich unter ihm zu winden. Sie hob den Kopf und sah, wie sehr ihn dies erheiterte. „Erregung scheint für dich kein Problem mehr darzustellen", murmelte er und knabberte dann an ihrer Schenkelinnenseite.

Sie versuchte, sich bei seinen neckenden Bissen zu bewegen, doch die Einschränkung erlaubte ihr nur einen minimalen Bewegungsfreiraum. Der Gedanke allein machte sie noch heißer.

„Und jetzt schön artig stillhalten, Süße", sagte Sir. Etwas kratzte über ihren Venushügel, auf jeden Strich folgte ein Platschen, um die Klinge im Wasserbad zu reinigen. Seine Hände waren warm und entschlossen, beendeten zügig den oberen Teil, bevor sie sich ihren Schamlippen zuwandten. Er zog ihre Haut straff, rasierte bis knapp vor ihren Anus.

Die Außenwelt schien weit entfernt. Sie konnte Dan flüstern hören, lauschte der Violinmusik aus den versteckten Lautsprechern, Cullens dröhnendem Lachen aus dem Inneren des Hauses. Doch ihre Aufmerksamkeit galt allein Sirs intimen Berührungen, dem Gleiten des Rasierers, das sich mit jeder Sekunde erotischer anfühlte.

„Fertig." Sir warf den Rasierer ins Wasser und rieb ein kühlendes Gel auf ihre nackten Falten. „Dann lass uns mal testen, ob du einen Unterschied feststellst."

Sein Mund landete auf ihrer frisch rasierten Pussy und sie schnappte nach Luft. Sie konnte ... alles fühlen. Nicht nur seine Zunge an ihrer Klitoris, sondern auch seine Wangen an ihren nackten Schamlippen, die Wärme seiner Haut und die Stoppeln an seinem Kinn. Jede Empfindung verstärkte sich um ein Vielfaches. Mit unnachgiebigen Fingern hielt er ihre Schamlippen gespreizt, entblößte ihre Klitoris und attackierte das Nervenbündel mit seiner Zunge.

„Ah!" Sie zuckte bei dem exquisiten Gefühl, bei dem schockierenden Gefühl. Sie spürte seinen Atem, gefolgt von seinem heißen, feuchten Mund. Wieder pustete er gegen ihre Klitoris, dann kamen die Lippen zum Einsatz. Ihre Atmung beschleunigte sich, als Hitze durch sie schoss, ihr Nervenbündel anschwoll und somit nach mehr bettelte.

Anstatt dem nachzukommen, fuhr er mit der Zunge über ihre Schamlippen: Seine Zähne bissen sanft in eine der inneren Falten, bis sich die Empfindungen in ihrer Mitte bündelten. Ihre Hände ballten sich zu Fäusten, rissen an den Fesseln, während ihre Beine in den Einschränkungen zuckten und bebten. Sie konnte nichts tun, außer zu keuchen und zu wimmern, musste sich von ihm foltern lassen, musste seine neckende Zunge ertragen, genauso wie die gelegentlichen Bisse. Er trieb sie direkt zum Abgrund eines Orgasmus und lehnte sich dann nach hinten.

Die Muskeln in ihren Beinen spannten sich bei der Suche nach seinem Mund an. Die Lederriemen ließen keine Bewegungen zu. Sie fühlte sich wie eine bebende, gehirnlose Puppe, nur für seine Befriedigung existierend.

Ein Finger glitt in sie, presste sich langsam an ihren geschwollenen Falten vorbei. Dann zog er sich zurück und drang mit zwei Fingern so hart in sie, dass er ihr einen Schrei entlockte. Die intensive Lust verstärkte sich, breitete sich von dem Dreieck zwischen ihren Schenkeln in ihrem ganzen Körper aus.

Seine Finger stießen hart zu, immer und immer wieder, während seine Zunge ihre Klitoris von allen Seiten attackierte. Ihre Atmung stockte, ihre Schenkel bebten. Dann erstarrte sie. In Erwartung. Sie brauchte so dringend einen Orgasmus, dass sie ein verzweifeltes Stöhnen entließ. Schon war es soweit: Sie explodierte. Die Wände ihres Geschlechts pulsierten und er, dieser Bastard, saugte ihre Klitoris tief zwischen seine Lippen, schnellte mit der Zunge über das Nervenbündel – ja, er fuhr einfach fort mit der Tortur!

Während sie versuchte, sich ihm entgegenzustrecken, lauschte sie dem Rauschen ihres eigenen Blutes in den Ohren. Die wenigen Millimeter, die sie sich bewegen konnte, reichten nicht aus. Jetzt schrie sie ihre Frustration heraus, pulsierte gierig um seine Finger. Jedes mächtige Zucken ihrer Vagina schoss heiße Lustwellen durch ihren Leib.

Schließlich nahm er seine Finger und seinen Mund von ihr.

„Ich mag deine Pussy so ganz ohne Haare", murmelte er. „Und es macht den Anschein, dass es dir ebenso geht." Kurz darauf erhob er sich, rollte sich ein Kondom über seine Länge und glitt mit der Eichel durch ihre feuchte Spalte, bevor er ihren Eingang fand und sich tief in ihr vergrub. Sie schrie und kam abermals, ihre Pussy zog sich um seinen riesigen Schwanz zusammen.

Seine Hände landeten auf ihren gefesselten Schenkeln, krallten sich fest, als er das erste Mal in sie stieß. Der dominante Griff führte dazu, dass sie erneut auf das lustbringende Karussell sprang. Sein schwarzer Blick schweifte über ihr Gesicht und dann hielt er sie noch fester, noch unerbittlicher und brutaler, sodass ihr ein Stöhnen entrang.

Sein Schwanz verlor sich wieder und wieder in ihr, in einem berauschenden Rhythmus – langsam, schnell, langsam, schnell. Schon bald trieb er sie zu ihrem nächsten Höhepunkt. Ihre frisch rasierten Lippen waren dermaßen empfindlich, dass sie nicht nur seinen Schwanz, sondern auch seine Schambehaarung, seinen rauen Hoden, die Wärme seiner Hüften fühlen konnte. Die ungewohnten Stimulationen brachten sie um den Verstand. Zu viele Empfindungen, um sie zu verarbeiten.

Seine Finger fuhren über ihre Schenkel und plötzlich wurde

ihr bewusst, wie nah er ihrer Klitoris war. Jeder Stoß von ihm verstärkte ihren Wunsch nach Erlösung. Er näherte sich, ein Finger tanzte über ihren Venushügel, während sein Schwanz keine Pause machte. Sein Finger zeichnete ihre Schamlippen nach, glitt an ihrer Klitoris vorbei. Sie entließ ein enttäuschtes Wimmern.

Er zügelte sein Tempo, zog langsam, Zentimeter für Zentimeter, seinen Schwanz aus ihrer Hitze. Dann drang er wieder in sie, genauso langsam, einer Folter gleichkommend. Indessen bewegte sich sein Finger in die Richtung ihres Nervenbündels, umkreiste, neckte, ohne es jemals mit einer Berührung zu belohnen. Sie stöhnte und wimmerte und fluchte innerlich, als der Druck in ihr kaum noch zu ertragen war.

Laut keuchend ballte sie die Hände zu Fäusten. Sie konnte nichts tun, konnte ihn nicht dazu zwingen, ihre Klitoris zu berühren. „Bitte, bitte, bitte ...", stöhnte sie.

Zu ihrem Entsetzen stoppte er in seinen Bewegungen, nur seine Eichel noch in ihrem Eingang verweilend. Ihr Kopf drehte sich nach links und nach rechts, während ihr Körper vor Begierde lechzte, regelrecht schmerzte.

„M-Master ..."

„Genau das wollte ich hören, Babe", flüsterte er. Mit einem Stoß drang er tief in sie. Gleichzeitig rieb sein Finger über ihre Klitoris, schnell und brutal. Der Himmel verschwand, als sie schreiend kam. Ihr Körper bebte, ihr Geschlecht pulsierte um seine Länge. Seine Hände landeten wieder auf ihren Hüften, packten fest zu. Dann hörte sie ein kehliges Knurren und fühlte, wie sein Schwanz in ihr anschwoll.

Er atmete beschleunigt und lächelte, als er von ihr abließ. In der schwülen Luft kämpfte sie um jeden Atemzug und beobachtete, wie er sich vorlehnte und seine Wange zwischen ihre Brüste legte. „Dein Herz hämmert in deiner Brust", sagte er. „Wahrscheinlich sollte ich dir eine Pause gönnen, bevor es herausspringt."

Er küsste ihren Bauch, knabberte sanft und lachte, als ihre

Pussy um ihn zuckte. Er erhob sich, glitt aus ihr heraus und hinterließ eine furchtbare Leere. Nachdem er das Kondom entsorgt hatte, löste er die Fesseln, half ihr hoch und setzte sich dann neben sie auf den Tisch. Ihr Kopf drehte sich noch immer.

An dem anderen Tisch warf Master Dan den Rasierer in die Schüssel. „Fertig", gab er bekannt.

Beth sah zu Kari und würgte ein Lachen herunter. Er hatte genug Haare an der Sub gelassen, um über ihrer Spalte ein Herz zu formen.

Master Nolan lachte. „Du Perversling", sagte er zu Master Dan, der ihn stolz angrinste.

Stirnrunzelnd hob Kari den Kopf vom Tisch und fragte: „W-was hat er gemacht?" Als Strafe teilte Dan einen Klaps auf ihren Schenkel aus.

„Schweig, kleine Sub. Du kannst mein Werk später bewundern." Dann nahm er sich ein bisschen von dem Balsam und massierte es auf eine Weise auf den rasierten Teil, dass sie stöhnend den Kopf in den Nacken warf.

Sir half ihr vom Tisch, sein Arm um ihre Taille, und sagte: „Komm, kleines Häschen. Du brauchst etwas Nahrung und Wasser. Ich bin mir ziemlich sicher, dass du bei unserer kleinen Session dein ganzes Wasser rausgekeucht hast."

Ungläubig schüttelte sie den Kopf. Seine Besorgnis, wenn es um sie ging, war verwirrend. Wie oft hatte sie nach einer sogenannten Session mit Kyler das Bewusstsein verloren, weil er ihre Grundbedürfnisse einfach ignoriert hatte? Wie oft musste sie die Treppe hochkriechen, weil sie nicht mehr hatte stehen können? Die Erinnerung überwältigte sie und sie schmiegte sich Trost suchend an Master Nolan.

Nolan fühlte, wie sich die kleine Sub enger an ihn kuschelte und glitt mit der Hand über ihre Hüfte. Normalerweise war sie nicht der anschmiegsame Typ. Er senkte den Blick und sah, dass ihr Kiefer angespannt war, ihre Hände zu Fäusten geballt. „Was geht dir gerade durch den Kopf?"

Sie erstarrte und er unterdrückte ein Lächeln. Sie hasste es wirklich, ihre Gefühle zu teilen.

„Beth."

„Nichts."

Er wurde zornig. Der Zeitpunkt war nicht überraschend, die Intensität jedoch schon. „Beth", presste er heraus und sie zuckte zusammen. Gleichzeitig hob sie ihre blau-grünen Augen zu seinen. Er atmete tief ein, versuchte, seine Kontrolle wiederzuerlangen, dennoch kamen seine Worte unterkühlt über seine Lippen: „Ich bin nicht besonders tolerant, wenn ich angelogen werde." *Tief einatmen.* „Wie wäre es also mit einem neuen Versuch? An was hast du gerade gedacht?"

„Ja, Sir", flüsterte sie. „Ich habe ... also, ich habe bemerkt, dass du mich so ganz anders behandelst als ... ähm, jemand anderes." Sie sah auf ihre vernarbten Arme.

„Jemand anderes, ja? Da du mir seinen Namen nicht verraten willst, wie wäre es, wenn wir ihn Bastard nennen? Warte, feiger Bastard gefällt mir noch besser, denn nur Feiglinge lassen sich an Menschen aus, die schwächer sind als sie selbst."

Ein zurückhaltendes Lachen von ihr folgte. Wenigstens etwas. Sie war ihm so nah, dass er fühlte, wie sie sich entspannte. „Okay." Ihre nächsten Worte sprudelten heraus: „Der feige Bastard hat niemals ... Es ist einfach so ungewohnt, dass jemand bemerkt, dass ich Wasser brauche." Ihre offensichtliche Bewunderung für seine Fürsorglichkeit erschütterte ihn bis ins Mark.

Er hielt an und wickelte beide Arme um sie, ließ sie an seiner Wärme und seiner Stärke teilhaben. „Beth, wenn ein Dom die Kontrolle an sich reißt und der Sub ihre Entscheidungen abnimmt, muss er im Gegenzug für ihr Wohlbefinden sorgen – nicht nur sexuell, sondern auch emotional und körperlich. Wenn dein Dom dies nicht tut, suchst du dir einen Neuen."

Ihre Lippen waren leicht geöffnet, ihr Körper so entspannt,

wie er es zuvor noch nie gesehen hatte. Er rieb den Daumen über ihr eigensinniges Kinn. „Wir befinden uns nicht in einer 24/7-Beziehung, Beth. Wenn wir also nicht spielen oder uns im Club aufhalten, kannst du immer das Wort erheben. Wenn wir jedoch mitten in einer Session sind, musst du durch Hinknien um Gehör bitten. Es ist selten, dass ich dir dann untersage, zu reden." Er biss in ihr Ohrläppchen und flüsterte: „Dass du letzte Woche vor mir auf die Knie gefallen bist, habe ich über alle Maßen genossen."

Ein Lustschauer jagte durch ihren Körper, was ihn zum Lachen brachte.

In der Küche hielt Beth an und sah sie sich mit weitaufgerissenen Augen um. Senfgelbe Wände mit leuchtenden, Akzente setzenden Fliesen. Dunkle Granitarbeitsflächen. Geräte, bei denen sich sogar ein Chefkoch eine Träne verkneifen müsste.

Sir öffnete den Kühlschrank und zog zusammen mit Wasserflaschen auch einen Teller mit Snacks heraus. Kleine Sandwiches, Quiche und andere Horsd'œuvres wurden von Apfel-, Orangen- und Ananasstücken umzingelt.

„Hast du das selbst zubereitet?", fragte sie.

Er grinste und sie musste erkennen, dass sie ihn noch nie so oft hatte Lächeln sehen wie heute. „Ganz sicher nicht. Meine Haushälterin ist für die raffinierten Dinge verantwortlich. Ich bat sie, diese Woche einen Tag mehr zu arbeiten, um alles vorzubereiten." Er reichte ihr den Teller.

„Du bist so verwöhnt", stellte sie fest und zuckte augenblicklich zusammen. *Verdammt.* Mit der Frage war sie davongekommen, aber jetzt hatte sie ihn auch noch geneckt! Der amüsierte Funken in seinen Augen sagte mehr als tausend Worte.

„Nicht bewegen", murmelte er. Sie hörte, wie er die Wasserflaschen abstellte. Dann trat er hinter sie, sein harter Körper an ihrem Rücken, seine Hände wickelten sich um sie und umfassten ihre Brüste. „Nicht den Teller fallen lassen, Süße", warnte er. Sie packte den Teller fester und knirschte mit den Zähnen, als er mit ihren Brüsten spielte, sanft in ihre Nippel zwickte, sodass sie sich aufrichteten. Allmählich begannen ihre Arme zu beben, während sie innerlich dahinschmolz.

Er gluckste und knabberte an ihrer Schulter. „Erinnere dich daran, dass Dan und Cullen dich wahrscheinlich nicht nur auf diese Weise berühren, sondern dir ein Spanking verpassen werden, wenn du vor ihnen ohne Erlaubnis das Wort erhebst."

Oh Gott. „Ja, Sir", hauchte sie.

Ein letztes Mal streichelte er über ihre Brüste, bevor er sich von ihr entfernte, sie erregt und nach mehr lechzend zurückließ.

Im Hauptraum stellte er die Wasserflaschen auf den Couchtisch und nahm ihr dann den Teller ab, um ihn daneben zu platzieren. Er nahm sich eine Decke und legte sie neben einem Sessel auf den Boden. Nachdem er sich gesetzt hatte, wies er auf die Stelle.

Ihr Platz. *Okay.* Trotz allem konnte sie nicht abstreiten, wie wohl sie sich fühlte, als sie auf der Decke Platz genommen hatte. Warum genoss sie es, sich zu seinen Füßen hinzusetzen? Wenn sie ehrlich war, erregte es sie sogar. Immerhin war es nicht so, dass sie jemals im Alltag das Bedürfnis nach Unterwerfung verspürte. Aber hier, bei dieser Party ... Oh ja, es gefiel ihr. Sie machte es sich bequem. Dabei rieb ihre frisch rasierte Pussy über das Material der Decke und sie zuckte zusammen. Wie schafften es Frauen, die sich regelmäßig rasierten, täglich eine Jeans zu tragen?

„Austrinken, Beth." Nolan öffnete eine Flasche Wasser und reichte sie ihr, als ihnen die beiden anderen Paare Gesellschaft leisteten. Deborah kniete sich neben Cullen auf den Boden, Kari neben Dan. Karis Aufmerksamkeit glitt immer wieder zu dem Herz auf ihrem Venushügel, offensichtlich sprachlos, und der rechte Mundwinkel ihres Doms zuckte jedes Mal, wenn ihr Blick abschweifte.

„Cullen, sieh dir unser Werk an", sagte Dan. „Steh auf, Kari."

Unser? Meine Güte, das konnte er doch nicht ernst meinen,

oder? Beth versuchte, sich hinter Nolans Beinen zu verstecken, doch natürlich folgte er mit den Worten: „Aufstehen, Beth."

Cullen ließ den Blick über beide Frauen schweifen und lachte bei Karis Feinschliff. Beth hoffte, dass ihre Wangen nicht so rot waren wie die von Kari, aber wegen des amüsierten Ausdrucks auf Sirs Gesicht nahm sie an, dass auch sie die Farbe einer Tomate angenommen hatte.

Als sie sich wieder hingesetzt hatten, wies Master Nolan die Doms an, sich zu bedienen. Mit jedem Horsd'œuvre, das sich Sir gönnte, reichte er auch ihr eins. Nach ein paar Minuten bemerkte sie, dass er ihr nur noch von dem Essen etwas gab, das sie wirklich mochte – wie die winzigen Quiches und die Früchte, nicht aber die Meeresfrüchte oder den ekligen Brie-Käse. Die Erkenntnis, dass er sich die Zeit nahm, um zu sehen, was sie glücklich machen würde, löste ein komisches Gefühl in ihrer Brust aus. Glücklich, es machte sie glücklich. Sie hob den Blick zu ihm, als sie eine Weintraube in ihren Mund schob.

Er beobachtete sie. Die Traube platzte und die Süße traf ihre Geschmacksknospen. Er schenkte ihr ein Lächeln und wandte sich dann wieder der Unterhaltung zu.

Nach dem Essen redeten die Männer über den Club: Über die Veränderungen, die Z plante, die neuen Mitglieder, das nächste Meeting der Shadowlands-Master in einem ihr unbekannten Restaurant. Nolan schaute zu Beth. „Auch die Subs treffen sich einmal im Monat. Hat dich jemand darauf angesprochen?"

„Jessica hat es erwähnt, aber ich war noch nie dabei." Bisher hatte sie sich nicht wie eine normale Sub gefühlt. Doch jetzt … „Vielleicht werde ich das nächste Mal gehen."

„Ich –" Kari stoppte sich und sah zu ihrem Dom. „Habe ich die Erlaubnis, Master?"

„Gerade noch rechtzeitig, kleine Sub." Sanft streichelte er ihr über die Haare. „Es sei dir gestattet."

„Ich habe mich mit Jessica getroffen", sagte Kari zu Beth. „Es hat wirklich Spaß gemacht." Einen entschuldigenden Blick zu ihrem Dom später fuhr sie fort: „Wir reden darüber, wie furchtbar unsere Doms sind und wie wir Bestrafungen umgehen können. Ich melde mich in den nächsten Tagen bei dir, um über ein Treffen zu sprechen, okay?"

Beth nickte enthusiastisch. Zwei Freunde. Sie hatte jetzt zwei Freunde.

KAPITEL NEUN

Nachdem sich die Subs im Badezimmer frisch gemacht hatten, folgten sie ihren Doms in Master Nolans Kerker im vorderen Teil des Hauses. Ihr Magen rebellierte. Sie bildete das Schlusslicht und blieb auf der Türschwelle stehen. Der Kerker hatte die Größe des Hauptraumes, mit einem Parkettboden, einer dunklen Holzverkleidung an den Wänden, einer gedimmten Beleuchtung für die passende Atmosphäre und mit Rollläden an den Fenstern. Wenn Nolans Ziel es gewesen war, einen Bereich zu kreieren, der einschüchternd sein sollte, war ihm das gelungen. Gänsehaut bildete sich auf ihrem Körper und sie wickelte die Arme um sich.

Von den Dachbalken baumelten dicke Ketten. Ein Andreaskreuz lehnte an einer Wand. Ein Bondage-Tisch, ein Sägebock ... mehr Equipment in der dunklen Ecke. Verschiedene Spielzeuge hingen an den Wänden: Peitschen, Flogger, Paddles, Rohrstöcke. Sie wollte gar nicht wissen, was er in dem riesigen Schrank aufbewahrte.

„Ich habe ganz vergessen, wie gut du ausgestattet bist", sagte Master Dan, der eine Ledertasche mit einer eigenen Sammlung an Spielzeugen abstellte. Kari folgte, die sich mit weit aufgerissenen

Augen umsah. „Mal schauen, was du Neues hinzubekommen hast."

Cullen schnaubte. „Ist schwer, auf dem neusten Stand zu bleiben. Einmal blinzeln und er hat sich etwas Neues gebaut, mit dem man spielen will."

Gebaut? Beth wagte ein paar Schritte in den Raum und begutachtete das Gerät, das ihr am nächsten war. Eine Spanking-Bank aus solider Eiche. Die Verbindungen waren perfekt gearbeitet und die Oberfläche glatt und geschmeidig.

Gibt es irgendetwas, was dieser Mann nicht kann?

Sie erkannte, dass sie die Worte laut ausgesprochen hatte, als Sir ihre Schulter drückte und antwortete: „Meine Kochkünste sind erbärmlich. Ich addiere stets mit Taschenrechner, ich singe schief und keine Pflanze überlebt bei mir länger als eine Woche." Der sanfte Ausdruck in seinen Augen fixierte sie wirksamer als jede Fessel.

„Hast du dir ein Spiel für uns ausgedacht?", fragte Cullen.

Master Nolan streichelte ihre Wange, bevor er sich den anderen zuwandte. „Ist das nicht jedes Mal der Fall? Das heutige Spiel besteht aus zwei Teilen: Zuerst fesselt ihr eure Subs und wärmt sie, wie auch immer es euch beliebt, auf. Mit dem Flogger, einem Paddle, den Händen oder vielleicht mit der guten alten Peitsche."

Peitsche? Panisch riss sie die Augen auf, ein Angstschauer jagte durch ihren Körper. Sie versuchte, sich klammheimlich davonzumachen, doch Sirs Hand wickelte sich um ihren Arm und stoppte sie.

„Danach geht es zum Pool und unsere Subs werden uns Erfrischungen servieren", fuhr Nolan fort. „Den Teil erkläre ich, wenn es soweit ist."

Das teuflische Lächeln bei dem Wort *servieren* gefiel ihr nicht im Geringsten. Aber im Moment kümmerte sie nur, was er in diesem Kerker mit ihr vorhatte.

Dan sagte: „Ich erinnere mich an das Spiel vom letzten Mal. Du kannst so ein Arsch sein."

Nolan grinste.

Als Dan Karis Handgelenke an ihren Fesseln verband und sie zu einer baumelnden Kette führte, sah die Sub ihn entsetzt an und flüsterte: „Du wirst mich doch nicht auspeitschen, oder? Master?" Dan ließ sich nicht von ihr in die Irre führen.

Cullen fesselte Deborah zügig und lief dann zu der Wand, nur um mit einem Paddle und einem Rohrstock zurückzukehren. Letzteres legte er neben sich auf den Boden. Deborah atmete tief ein, ihr Gesicht gerötet, ihre Nippel hart.

„Na komm, kleines Häschen." Sir zog an Beths Arm, doch sie stemmte die Fersen in den Boden. Lachend warf er sie sich über die Schulter und platzierte sie unter einer baumelnden Kette. Plötzlich schien seine Stärke erschreckend und ihr Mund trocknete aus. Er hakte die Kette an ihren Handgelenksfesseln ein und betätigte die Winde, bis Beth auf ihren Zehenspitzen stand.

Er fuhr mit den Händen über ihre Brüste und murmelte: „Ein wunderschöner Anblick." Er fühlte sich so warm auf ihrer Haut an. Nach einer Weile schob er einen Finger unter ihr Kinn und zwang sie, ihm in die Augen zu sehen. „Wie lautet dein Safeword, Babe?"

„Rot", flüsterte sie. „Darf ich es jetzt schon benutzen?"

„Denkst du, dass ich dir unerträglichen Schmerz zufügen werde?", erwiderte er ebenfalls in einem Flüstern.

Ja. Nein. Vielleicht. Im Shadowlands zu spielen, fühlte sich so viel sicherer an. Dieser Kerker erinnerte sie zu sehr an den Raum, den Kyler sich eingerichtet hatte. Zu privat, zu dunkel. Was, wenn Sir sie hier einsperrte, nachdem die anderen gegangen waren? Eine Panikattacke brachte ihren Körper zum Beben. Ein entsetzlicher Laut trat an ihre Ohren: Sie drehte ihren Kopf zu Cullen und beobachtete, wie er mit dem Paddel von hinten auf Deborahs Schenkel schlug.

Sir folgte ihrem Blick, schnaubte verächtlich und schnappte

sich von der Wand eine Augenbinde. „Ich weiß, dass du das im Shadowlands bereits beobachten konntest, dass du selbst mit einem Paddel bearbeitet wurdest, Beth. Heute ist es denke ich besser, wenn du nicht alles siehst."

Die Augenbinde verschleierte ihre Sicht auf den Raum. Dadurch wurden jedoch die verschiedenen Laute, der Aufprall des Paddels, das Grunzen, das Rasseln der Ketten, der unterdrückte Schrei von Kari und das darauffolgende Lachen von Dan vervielfacht. Sie konnte Desinfektionsmittel vom Säubern des Equipments riechen. Und Sir, auch ihn nahm sie besser wahr: Ein Mann, der immer nach Leder und Seife duftete. Für ihn schienen teure Eaux de Cologne nicht in Frage zu kommen. Er –

Etwas Weiches berührte ihren linken Arm. Sie zuckte zusammen, entspannte sich jedoch bei dem flauschigen Gefühl. *Fell*. Es bewegte sich ihren Arm hinunter, über ihre Brüste, im Zickzack über ihren Bauch zu ihrem Venushügel. Sie hielt den Atem an, als das Fell sie kreisförmig betörte und dann zu ihrem Hintern fand. Niemals tauchte es auf, wo sie es erwartete – das erhitzte allmählich ihre Haut, sensibilisierte sie.

Als ihre Brüste von etwas Kaltem umkreist wurden, schnappte sie nach Luft. Eisiges Wasser tropfte von ihren Hügeln herunter und bahnte sich einen Weg über ihren Bauch, die Bauchmuskeln bei der Empfindung angespannt. Ihre Lippen wurden befeuchtet, bevor die Kälte über ihren Hals und ihr Schlüsselbein glitt.

Master Nolans Lippen legten sich um ihren Nippel. Er saugte daran, ließ die Knospe hart und feucht zurück. Eine Hand knetete ihre Pobacke. Dann knabberte er an ihrer rechten Brust. Jede winzige Berührung trieb sie höher. Als er sich ihrer nackten Pussy zuwandte, rollte Begierde in mächtigen Wellen durch ihren Körper. Er widmete sich dem anderen Nippel, sein Mund heiß und nass. Er blies dagegen und ihr Nippel sandte Schmerz aus, ihre Brüste geschwollen.

Sir fand erneut ihre Pussy. Jetzt fuhr er mit den Fingern durch ihre Spalte. „Du bist so feucht, Baby", flüsterte er. Mit einer Hand auf ihrem Po glitt er mit einem Finger in ihre Hitze und hielt sie an Ort und Stelle, als sie bei der Invasion zusammenzuckte. Zwei Stöße später rieb er mit der angesammelten Nässe über ihre Klitoris, bis sie ihm ihr Becken entgegenhob, wortlos nach mehr flehend.

Daraufhin ließ Sir von ihr ab, ließ ihre Pussy gierend zurück. *Wo ist er hin?* Sie lauschte angestrengt. Was hatte er vor? Ihr Herz überschlug sich.

Etwas traf gegen ihre Beine, eine Empfindung, die zu sanft war, um schmerzhaft zu sein. Zweimal, dreimal. Langsam bewegte sich das Etwas über ihren Körper. Das leichte Schnippen gegen ihre Brüste fühlte sich erotisch an, dann ging es zurück zu ihrer geschwollenen Klitoris. Die Schläge verstärkten sich, brannten, balancierten an der Grenze zu Schmerz, transformierten sich zu fleischlicher Lust.

Unerwartet hörte sie von rechts Deborah schreien – ein schriller Laut, der durch den Raum hallte.

Beth zuckte zusammen, brachte die Ketten über ihr zum Rasseln. Sie versuchte, tief einzuatmen ... doch nichts. Ihre Lungen pumpten. Es fühlte sich an, als würde jemand auf ihrer Brust sitzen und sie davon abhalten, Luft zu holen.

Ein Knall ertönte. „Gelb", presste sie zwischen tauben Lippen heraus. „Gelb."

Sir riss ihr die Augenbinde ab. Verschwommen zeigte sich der Raum vor ihr. Seine Finger legten sich um ihre Oberarme.

„Ganz ruhig, Süße. Sieh mich an", befahl er. Dann traf sie auf seinen unverwüstlichen Blick. „Atme mit mir. In meinem Rhythmus." Die Anweisung eines Doms. Als er einatmete, blähte sich seine Brust auf und sie tat es ihm gleich. *Einatmen, ausatmen, einatmen, ausatmen.* Nicht genug Sauerstoff. Ihre Atemzüge beschleunigten sich. Er knurrte und sie schaffte es, sich erneut auf seine Atmung zu konzentrieren. Ein Atemzug nach dem anderen. Der Druck auf ihrer Brust ließ nach, ihr Herzschlag normalisierte sich. Der Raum trat wieder in den Fokus.

Er legte eine Hand auf ihre Wange. „Besser?"

Sie nickte. „Ich habe Angst bekommen."

Er schnaubte. „Süße, du hattest eine Panikattacke. Wir lassen die Augenbinde, damit du nicht vergisst, wer heute dein Dom ist."

„Du willst weitermachen?" Ihr Atem stockte.

Seine Hand lag noch immer auf ihrem Gesicht und er sah ihr tief in die Augen. „Hattest du Schmerzen ... oder hattest du Angst? Denk kurz nach." Und er wartete.

Sie runzelte die Stirn. Der Flogger hatte sie nicht wirklich hart getroffen und wenn sie ehrlich war, hatte es sie erregt. Doch dann kam der Schrei, die Geräusche um sie herum: Cullens Session mit dem Rohrstock hatte alte Erinnerung an die Oberfläche gebracht. Sir hatte sie nicht verletzt. „Angst, Sir. Ich hatte nur Angst."

Langsam erschien ein Lächeln auf seinen Lippen, das sie von innen heraus wärmte. „Ehrliche Sub. Gefällt mir." Er sah sich um und hob einen Flogger vom Boden auf.

Sie erkannte, dass der Knall, den sie gehört hatte, der Flogger gewesen war, den er von sich geworfen hatte ... sogar bevor sie *Gelb* gesagt hatte. Derart aufmerksam hatte er sie beobachtet. Und dann hatte er mit ihr gesprochen und ihr zugehört. Er würde aufhören, wenn sie es nicht ertragen konnte. Diese Erkenntnis fühlte sich gut an. Befreiend.

Master Nolan trat zurück und schüttelte den Flogger aus. Der Laut, der dabei entstand, beschleunigte ihre Atmung und er äußerte seinen nächsten Befehl: „Konzentriere dich auf mich, Beth, nicht auf deine Erinnerungen. Ich will deine Augen zu jeder Zeit auf mir wissen."

Er wartete, bis sie es schaffte, ihren Blick von dem Instrument in seiner Hand, das in der Lage war, unaussprechlichen Schmerz auszulösen, zu seinem Gesicht zu heben. Das Lächeln, das er ihr daraufhin schenkte, hatte die gleiche Wirkung wie eine warme Umarmung.

Behutsam und zärtlich ließ er die Lederschwänze wieder mit

ihrer Haut kollidieren, passend zu ihrem Herzschlag, bis sie jeden sanften Hieb vorausahnte. Als er sich einen Weg über ihren Körper bahnte, über ihren Hintern, ihre Brüste, beschleunigte sich ihre Atmung. Nicht vor Angst, sondern vor Erregung. Wie Schmetterlingsflügel fühlten sich die auf ihrer Haut ausgeteilten Schläge an, während die neugewonnene Nacktheit an dieser Stelle die Empfindungen in neue Höhen jagte. Stufenweise verstärkte er die Wucht und erreichte schließlich die Ebene, bei der sie zuvor in Panik geraten war. Nun konnte sie aber sehen, konnte ihren Master beobachten.

Seine Augen glühten intensiv, sein Kiefer war angespannt. Er wirkte äußerst fokussiert: Doch ging es ihm nicht um den Schmerz, es ging ihm einzig und allein um ihre Erregung. Er sah jede ihrer Reaktionen und alles, was er machte, trieb sie höher und höher. Es handelte sich um einen gegenseitigen Austausch. In diesem Moment existierte nichts anderes als sie beide.

Er musste ihre Gedanken gelesen haben, denn es huschte ein Lächeln über seine Lippen, seine dunklen Tiefen brannten heiß, folgten den Schlägen seines Floggers, der wieder an Kraft verlor. Neckende, betörende Hiebe gegen ihren Venushügel. Ihre Klitoris schwoll auf eine schmerzhafte Größe an und sie wurde derart feucht, dass der Beweis ihrer Erregung an ihren Schenkelinnenseiten heruntertropfte.

Der Flogger bewegte sich nach oben, die Schwänze trafen ihre Brüste jetzt mit weitaus mehr Wumms als zuvor. Sie riss an ihren Einschränkungen, als die ausgelösten Empfindungen zu ihrer Klitoris schossen. Mit kribbelnden Nippeln nahm sie den nächsten Schlag in Empfang. Dann wanderte der Flogger weiter, landete Hiebe auf ihrem Rücken, ihren Pobacken. Ihr Verlangen wuchs, ihre Klitoris pochte.

Die Schläge rieselten stärker auf sie nieder, schmerzhaft, und sie quietschte. Doch sofort wandelte sich der Schmerz zu Lust. So schnell, dass ihr Quietschen zu einem erregenden Stöhnen avancierte. Zwei Hiebe auf ihre Pussy folgten und sie schaukelte in dem Versuch zurück, dem Schmerz auszuweichen. Trotz allem war sie dem Orgasmus so nah, dass sich ihre Hüften instinktiv dem nächsten Schlag darboten.

Aber der Schlag kam nicht. Stattdessen warf er den Flogger beiseite und nahm ihre Wangen in seine Hände. Aus seinen dunklen Augen sah er sie an und sie blickte in verlockende Dunkelheit. In ein schwarzes Feuer, das lichterloh brannte. Für sie. „Mittlerweile bereue ich das Spiel", murmelte er an ihren Lippen. „Du kannst dir nicht vorstellen, wie verzweifelt ich mich in dir vergraben will." Mit einer Hand packte er ein Bündel ihrer Haare und riss ihren Kopf zurück, bevor er seine Lippen auf ihre presste. Seine Zunge tauchte tief in ihren Mund, immer und immer wieder, bis sie schwer keuchte, ihre Begierde nach ihm offensichtlich.

„Du wirst doch nicht die Spielregeln missachten, Nolan?" Cullens heisere Stimme war durchzogen mit Belustigung.

Mit einem tiefen Stöhnen entriss Sir ihr seine Lippen und machte sich stattdessen an die Aufgabe, sie von den Ketten zu lösen. Anschließend hob er sie so ruckartig in seine Arme, dass sich ihr der Kopf drehte. Er trug sie nach draußen, zum Poolbereich, ihre Haut so empfindlich, dass sie jedes kleine Härchen auf seinen Armen spürte.

Beth bebte in seinen Armen, als Nolan die anderen zum Pool führte. Er machte eine kurze Pause, um ihre Wange zu küssen. Er war stolz auf sie. Sie hatte das Flogging trotz ihrer Vergangenheit gut überstanden und dass sie sogar Erregung dabei verspürt hatte, war mehr, als er sich erhofft hatte. Dass sie ihre Angst zugegeben hatte, war bewundernswert. Sie berührte mit ihrer Courage sein Herz. Sie war eine taffe kleine Sub, eine mutige Frau, und sie fühlte sich so verdammt gut in seinen Armen an.

Zur Hölle nochmal. Es war passiert. Er mochte die problembehaftete Kleine.

Seine Gefühle ignorierend sah er sich im Poolbereich um, warf einen Blick auf die Position der Stühle und Tische. Nichts fehlte. Seine Augen fanden den Garten hinter der Terrasse, überwuchert mit Unkraut, und er verzog das Gesicht zu einer Grimasse. Wenn Beth den Auftrag nicht annahm, müsste er sich jemand anderen suchen. Wer wusste schon, mit was für einem Idioten er dann enden würde. Bei seinem Glück wahrscheinlich mit einem Landschaftsgestalter, der alles in Pink und Weiß gestaltete. Beth musste es einfach tun. Er betrachtete sie, lächelte bei der Art und Weise, wie sie sich an ihn kuschelte. *Sei mutig, kleines Häschen. Traue dich.*

Er stellte sie auf die Füße und nahm sich von dem Stapel auf dem Tisch ein Handtuch. Neben dem mittleren Gartenstuhl breitete er es aus. „Setz dich, Süße. Ich muss etwas aus der Küche holen."

Bis er mit einem Tablett zurückkehrte, auf dem Plastikbecher und Getränke standen, hatten sich auch die anderen beiden Paare auf den Stühlen eingefunden, die Subs neben den Doms kniend. Auf der gegenüberliegenden Seite des Pools füllte Nolan die Becher randvoll und platzierte sie in einer Reihe auf einen großen Tisch. Er schnappte sich die Wasserflaschen vom Tablett und reichte jeweils eine an die Subs weiter. Alle drei hatten diesen befriedigten Ausdruck im Gesicht und er unterdrückte ein Grinsen. „Austrinken."

Er wandte sich Dan und Cullen zu. „Zum zweiten Teil des Spiels. Hier sind die Regeln." Er zeigte auf die Körbe neben jedem Stuhl. „Ihr habt alle Zugang zu einem Korb mit Spielzeugen. Wir werden mit dem Vibrator beginnen." Er griff in seinen Korb und zog einen knalligen Vibrator in Grün und Violett heraus und gab alles, um bei Beths besorgter Miene nicht laut loszulachen. Es war eindeutig, dass sie bisher noch nie bei einer Playparty gewesen war. „Leg dich hin, Sub."

Er sah ihr an, dass sie am liebsten *Nein* sagen würde, obwohl sich im gleichen Atemzug ihre kleinen Nippel aufrichteten.

Langsam lehnte sie sich zurück, legte sich aufs Handtuch. Als sie ihn misstrauisch beäugte, blitzten ihre blau-grünen Tiefen im Sonnenlicht.

„Entspann dich. Es wird nicht wehtun." Er packte ihre Fußknöchel, spreizte ihre Beine und kniete sich zwischen ihre Schenkel. Sie war so verdammt feucht. Noch immer geschwollen glitzerte ihre Klitoris, leicht gerötet von den Hieben des Floggers und nach Aufmerksamkeit bettelnd. *Noch nicht.* Er schob den Vibrator in ihre Pussy, genoss es, dass sie sich unter ihm wand und stellte sicher, dass er mit dem Spielzeug ihren G-Punkt traf.

Er stand auf und zog seine kleine Sub auf die Füße. Dann fuhr er mit der Erklärung fort: „Befestigt die Fernbedienung an eurer Sub. Am besten seitlich, damit nichts im Weg ist." Mit Bondage-Band fixierte er die Box an Beths Hüfte.

Als alle fertig waren, verkündete er: „Subs, ihr habt getrunken, doch eure Doms sind durstig." Er zeigte auf die andere Seite des Pools. „Dort drüben findet ihr die Getränke. Master Dan bekommt Wasser, Master Cullen möchte sein dunkles Bier und mir dürstet es nach hellem Bier. Wenn ihr die Drinks holt, tut es alphabetisch: Beth, Deb, Kari. Nehmt stets den nächsten Becher und serviert sie dem korrekten Master. Passt auf, dass ihr kein Getränk dem falschen Master zuordnet, sonst erwartet euch von ihm ein Spanking."

Deborah blickte ausdruckslos drein, Beth schien noch immer besorgt, und, das musste er zugeben, das Entsetzen auf Karis Gesicht war unbezahlbar. Dan konnte sich glücklich schätzen. „Auch wenn ihr etwas verschüttet, werdet ihr von dem Master, für den der Becher bestimmt war, ein Spanking erhalten. Schafft ihr es mit einem vollen Drink zurück, werdet ihr von dem Dom mit den Händen oder dem Mund belohnt. Nach eurer Belohnung oder Bestrafung geht ihr zu eurem eigenen Master, um mit dem nächsten Spielzeug fortzufahren."

Er sah zu den Doms. „Bei jeder Runde fügt ihr ein weiteres

Spielzeug hinzu und passt die Stärke der Vibrationen mit der Fernbedienung an."

„Klingt lustig", bemerkte Dan, seine Augen auf den hübsch geröteten Wangen seiner Sub. „Was passiert, wenn eine Sub einen Orgasmus hat?"

„Dann wird der Dom, der sein Getränk verspätet erhält, von dem Übeltäter solange oral befriedigt, bis die anderen beiden Subs mit der nächsten Runde Getränke zurückkehren."

Cullen lachte. „Nicht schlecht. Könnte eine Weile dauern, einen Becher von dort drüben zu uns zu bekommen."

Nolan zeigte auf die elastischen Gerten, die an jedem Stuhl befestigt waren. „Der letzte Dom, der serviert wird, hat das Recht, genervt zu sein und kann einen Schlag mit der Gerte austeilen ... wo auch immer er das für angemessen hält. Jede Runde beginnt mit den Subs an der Startlinie. Sie haben dieselbe Ausgangsposition und Betrug wird geahndet."

„Gibt es Fragen?" Er wartete. „Nein? Dann betätigt die Fernbedienungen, Gentlemen." Er hielt Beth fest und stellte die Vibrationsstärke ein. Sie zuckte, das Summen recht laut. „Los geht's, Subs."

Die Frauen bildeten einen zufriedenstellenden Anblick, als sie zum anderen Ende des Pools rannten. Deborah dunkelhäutig und muskulös. Kari weich und rund mit einem saftigen, hypnotisierenden Arsch, der von ihren langen Haaren nicht bedeckt wurde. Und Beth ... eine schlanke Flamme mit einem knackigen Hintern und wunderschönen Beinen.

Nolan rieb sich über das Kinn. Bisher war er noch nicht in den Genuss gekommen, diese hinreißenden Beine um seine Hüfte gewickelt zu spüren. Beths Schenkel wären zur Abwechslung mal nicht weich, sondern stark. Er war sich sicher, sie würde ihn wie eine Zange im Griff haben. Ihre Fersen würden sich in seinen Arsch stemmen, während er sie hart und erbarmungsl –

Zur Hölle. Er lehnte sich auf seinem Stuhl zurück und konzentrierte sich auf das Wettrennen der Frauen.

Am Tisch angekommen nahm sich jede Sub einen Becher. Zusammen traten sie den Rückweg an. Die Subs fokussierten sich auf die Getränke, versuchten schnell und dennoch vorsichtig zu laufen.

Deborah verschüttete etwas von dem Inhalt. Nolan grinste, ihr Ausdruck äußerst amüsant, denn sie erkannte, dass sie auf jeden Fall ein Spanking zu erwarten hatte, und dass es noch schlimmer für sie wäre, wenn sie als Letztes ankam. Und so beschleunigte sie ihre Schritte, ließ die anderen weit hinter sich.

Kari und Beth bewegten sich langsam voran, kaum von den Vibratoren beeinträchtigt. Sie gingen sogar so langsam, dass nicht mal ihre Brüste erotisch schwankten. Eine Schande. Doch lange würde das nicht anhalten. Die höheren Stufen hatten unberechenbarere Vibrationen.

Deborah stoppte vor Nolan und reichte ihm einen halbleeren Becher. Er runzelte die Stirn. „Du hast dich mehr darum besorgt, nicht zu verlieren, als mir mein Getränk unbeschadet zu bringen. Ich bin sehr enttäuscht."

Ihre Reaktion war minimal. Er verengte die Augen. Es war offensichtlich, dass ihr der Drang fehlte, ihren Master zufriedenzustellen. Eine Eigenschaft, die tief in der Seele einer Sub verwurzelt war. Kein Wunder, dass Cullen wenig glücklich aussah. Nolan zeigte auf seinen Schoß und sie positionierte sich für ein Spanking über seinen Schenkeln. Er richtete sie angemessen aus, hob ihren Po an. Sie war kaum angespannt, keine Spur von Nervosität zu erkennen. *Okay.*

Anstatt sie mit seiner linken Hand an ihren Schultern zu fixieren, fand er ihre Brust. Das hatte sie nicht erwartet. Er spielte für eine Weile mit ihrer Brust und nahm dann ihren Nippel zwischen Daumen und Zeigefinger, hielt ihn bis zu einem schmerzhaften Punkt. „Nicht bewegen, Deborah", warnte er. „Zehn Schläge. Zähle laut mit, bitte."

Er teilte den ersten Hieb aus und fühlte, dass die Empfindung wie eine Welle durch ihren Körper jagte, obwohl sie keine Regung von sich gab. „Eins", sagte sie, ihre Stimme standhaft.

Der nächste Schlag war härter. „Zwei." Noch härter beim dritten Mal. „Drei."

Er schob die Hand zwischen ihre Beine. Nicht feucht. Für eine Weile widmete er sich ihren Brüsten, zwickte in ihre Nippel. Anschließend begutachtete er ihre Pussy erneut und nickte. Sie stand eher auf Schmerz als auf Unterwerfung. Kein Problem. Die drei darauffolgenden Schläge landeten brutal auf ihrem Arsch. Sie quietschte und entließ einen Schrei, zuckte, woraufhin er ihren Nippel bearbeitete und ihr weitere Empfindungen bescherte.

Viel besser. Nolan drehte den Kopf, um zu sehen, wie es seinem kleinen Häschen erging. Er beobachtete, wie Beth den Becher an Dan überreichte. Nolan musterte sie für eine Minute. Unerschütterlicher Ausdruck, Wangen leicht gerötet, Augen klar. Es ging ihr gut.

Verwirrt sah er auf die Sub auf seinem Schoß. „Ich habe dich nicht zählen hören, also werde ich von vorne beginnen."

Erbarmungslos versohlte er ihren Arsch, pausierte lange genug zwischen den einzelnen Schlägen, um ihr die Chance zu geben, sich zu erholen ... Was den Effekt hatte, dass der darauffolgende Hieb umso mehr schmerzte. Ihre Stimme ertönte höher und höher. „Sieben." Der nächste Schlag landete auf der empfindlichen Stelle direkt unter ihrem Po. „Acht."

Dann auf dem anderen Schenkel. „Neun." Er vernahm ein Schluchzen. Jetzt wartete er, hielt sie vor dem letzten Hieb hin und schlug sie dann auf beide Arschbacken gleichzeitig. Ihr entrang ein schrilles Quietschen, bevor sie das Wort *Zehn* herauspresste.

Wieder testete er den Zustand ihrer Pussy. Verdammt feucht. Sie war eine Schmerzschlampe. Er half ihr auf die Füße und sagte: „Dann geh mal zu deinem Dom." Sie lief zu Cullen, ihr Ego angekratzt, während ihre Erregung mit jedem Schlag exponentiell gestiegen war.

Kari verließ Cullen, zu sehen auf ihrem Arsch ein langer roter Streifen von der Gerte. Wenn sie diese Runde verloren hatte, bedeutete das, dass Beth eine Belohnung zu erwarten hatte. Nolan drehte sich nach rechts.

Beths Hände waren hinter ihrem Rücken gefesselt. Dan hatte einen Arm um sie gewickelt, die Hand auf ihren Handgelenken, während sie zwischen seinen Schenkeln stand, ihre Brüste direkt vor seinem Gesicht. Mit der Zunge umkreiste er einen Nippel, nahm ihn dann in den Mund. Beths Wangen waren herrlich gerötet, ihre Atmung ging schnell.

Nolan grinste. *Was für eine Sub.*

Als Master Dan hart an ihrem Nippel saugte, wirkte sich das auf Beths Pussy aus. Dann wechselte er zu ihrer anderen Brust, presste den Nippel gegen seinen Gaumen, bis sich Schmerz und Lust vermischten und zusammen ihren Körper heimsuchten. Ihre Knie bebten bei der köstlichen Folter.

Schließlich ließ er sie los, wacklig auf den Beinen und leicht verwirrt. Wie war es möglich, dass jemand, der nicht Master Nolan war, sie heiß machen konnte? Sicher, Master Dan war attraktiv – vor allem, wenn er lächelte –, doch er war nicht Sir.

Master Dan sah zu ihr auf, mit einem Lächeln, das seine Augen erreichte. Er umkreiste mit dem Finger ihren Nippel, sandte Hitze durch sie. „Sehr hübsch", murmelte er. Ihre Nippel waren dunkelrot, hart und aufgerichtet. „Geh zu deinem Master", befahl er.

Als Beth an Kari vorbeiging, streckte Dan die Hand nach seiner Sub aus. „Komm her, meine Süße. Lass uns nachsehen, was wir im Korb Hübsches für dich finden."

Mit einem nervösen Blick zu Beth hörte sie Kari hauchen: „Oh Gott."

Indessen spürte Beth die Augen von Nolan auf sich und eilte zu ihm. Er zog sie an sich, fuhr mit den Händen über ihre Schenkel. Als er ihren Bauch küsste, bebten ihre Muskeln unter seinen Lippen. Master Dans Berührungen waren genauso dominant und kontrollierend gewesen wie die von Sir, doch Master Nolan ... mit ihm fühlte es sich richtig an. Wie konnte der Unterschied zwischen zwei Doms so gravierend sein?

Master Nolan öffnete ein Päckchen aus dem Korb und hielt zwei winzige Klammern hoch, an denen eine Kette mit Diamanten hing. Schmuck? Nippelklemmen, wie sie schnell erkannte. „War es nicht sehr nett von Master Dan, dass er dich hierfür vorbereitet hat?", sagte Sir. „Lehn dich vor."

Er befestigte die gummiüberzogenen Enden einer Klemme an ihrem harten Nippel und drehte an dem Ring. Enger und enger wurde die Klemme, bis Beth scharf den Atem einzog. Er stellte sie lockerer ein und wiederholte die Prozedur bei der anderen Brust. „Sehr hübsch, Süße. Denkst du nicht auch?" Mit einem Finger brachte er die Kette zum Schwingen, wodurch elektrisierende Empfindungen von ihren Nippeln durch ihren Körper jagten.

„Ja, Sir", flüsterte sie.

Auch Kari trug Nippelschmuck. Zu ihrer Linken hatte sich Deborah vor Cullen nach vorne gebeugt. Als sie sich aufrichtete, zeigte sie zusammengepresste Lippen. Beth starrte auf ihren Hintern, ihre Pobacken leicht zur Seite gepresst. *Oh Gott*, hatte Cullen ihr einen Analplug eingeführt? Arme Deborah.

Zudem war ihr Hintern furchtbar rot. Nolan musste ein hartes Spanking ausgeteilt haben. Verdammt hart. Vielleicht war er ... Würde er auch bei ihr ... Sie biss sich auf die Lippe, als das wohlige Gefühl, das sie bei ihm empfand, wie ein Teppich unter ihren Füßen weggerissen wurde.

Seine Augen verengten sich. Dann folgte er ihrem Blick. „Ah, kleines Häschen." Er zog Beth auf seinen Schoß.

Für einen Moment saß sie stocksteif und verwirrt auf ihm. Sogar mit dem Wissen, dass er Deborah verletzt hatte, wollte sie sich an ihn kuscheln. Was war nur los mit ihr? Sie drückte sich von ihm weg, doch sein Griff festigte sich.

„Beth, hör mir zu: Es kommt auf den einzelnen Menschen an, welches Level an Schmerz tragbar ist. Kannst du mir in diesem Punkt zustimmen?"

„Ähm, ja." Das war allgemein bekannt.

„Sehr gut. Bei dir verhält es sich wie folgt: Bist du bereits erregt, kann ein wenig Schmerz deine Erregung verstärken."

Sie senkte die Augen. Dass er dies wusste, ohne dass sie es ihm jemals gesagt hatte, war ihr furchtbar unangenehm.

Mit einem Finger unter ihrem Kinn zwang er sie, ihn anzusehen. „Im Gegensatz zu dir findet Deborah nur durch Schmerz Befriedigung. Sehr viel Schmerz." Seine durchdringenden Augen hielten ihren Blick gefangen: „Baby, kannst du mir vertrauen, dass ich zwischen euren Vorlieben unterscheiden kann?"

„Ja, Sir", flüsterte sie und entspannte sich sichtlich. Sie hatte sich nicht in ihm geirrt. Sie konnte ihm vertrauen. Ja, sie vertraute ihm.

„Sehr gut." Nachdem er sie wieder auf ihre Füße gestellt hatte, drückte er einen Knopf auf der Fernbedienung, die noch immer an ihrer Hüfte befestigt war. Die Vibrationen verstärkten sich in ihr, dann nahm die Geschwindigkeit zu, bevor sie abnahm und erneut zunahm. Wie sollte sie diese Stimulation ignorieren?

„Nächste Runde", rief Nolan und teilte einen Klaps auf ihren Hintern aus, der ihr ein Quietschen entlockte.

Sie rannte zur gegenüberliegenden Seite des Pools, das Schmuckstück an ihren Brüsten schwang hin und her und folterte ihre Nippel bei jeder Bewegung. Ein wenig schmerzhaft, aber extrem erregend.

Die anderen beiden warteten, damit sie den Regeln entsprechend ihren Becher zuerst nahm. In ihrem befand sich dunkle Flüssigkeit mit einem Malzgeruch, was ihr verriet, dass es sich um Cullens Bier handelte. Die drei stellten sich nebeneinander auf und dann war die zweite Runde des Wettkampfs eröffnet.

Deborah lief langsamer, behutsamer, während Kari an Geschwindigkeit gewann. Beth ignorierte sie und konzentrierte sich darauf, ruhig zu laufen. Leider bemerkte sie nach einer Weile, dass sie die Letzte war. *Oh Gott.* Sie zog das Tempo an, was zur Folge hatte, dass das Bier über den Rand und auf ihre Hand schwappte. *Verdammt, verdammt, verdammt.*

Sie lief schneller – schließlich hatte sie nichts mehr zu verlieren – und überholte die anderen beiden. Als sie an ihnen vorbeigezogen war, hörte sie Kari fluchen. Auch sie hatte ihr Getränk verschüttet. Dennoch bauten sie ihren Vorsprung zu Deborah aus.

Beth näherte sich Cullen, trat um seine langen Beine herum. Amüsiert funkelten seine grünen Augen. „Kleine Beth, was bringst du mir?"

Sie reichte ihm den Becher und er trank den Inhalt in einem Zug. Hoffnung erhob sich in ihr. Vielleicht hatte er ihr Missgeschick nicht bemerkt. Doch dann nahm er ihre Hand, drehte und wendete sie. Sofort sah er, wie nass ihre Haut war und zog die Augenbrauen zusammen. Er ließ sie los und klopfte sich auf den Schoß. „Mach es dir bequem, Kleine."

Sie konnte nicht. Sie konnte es nicht erlauben, dass er ihr wehtat. Mit klopfendem Herzen nahm sie einen Schritt zurück und schüttelte den Kopf. Er regte keinen Muskel, beobachtete sie lediglich, der unerbittliche Ausdruck in seinen Augen so ähnlich zu dem von Sir, dass ihr Mund austrocknete. Bevor sie den Gedanken weiterführen konnte, streckte er seine Hand nach ihr aus und seine Finger kamen mit ihrer Haut in Kontakt.

Sanft zog er sie zu sich, bis sie neben seinen Schenkeln stand. Dann half er ihr dabei, sich auf seinem Schoß zu positionieren. Sie erstarrte, ihr Körper steif wie ein Brett, ihre Atmung hektisch und flach.

An der Schulter presste er sie nach unten; schließlich landeten ihre Handflächen auf dem Boden. „Ganz ruhig, Kleine. Nur meine Hand, sonst nichts", sagte er. Die Nippelklemmen schwangen, die Kette prallte gegen ihr Gesicht. Zu ihrer Überraschung begann er mit dem Spanking nicht sofort. Stattdessen erfreute er sich an ihrem Hintern, fuhr mit den Fingern durch die Pospalte und erkundete den Übergang zwischen ihren Arschbacken und den Schenkeln. Mit der Zeit entspannte sie sich.

„Gutes Mädchen. Ich will dich zählen und mir für jeden Schlag danken hören."

Auch ihr erster Master hatte dies von ihr verlangt. Die Erinnerung war von den schrecklichen Momenten der letzten Jahre begraben worden. Eine Hand landete auf ihrem Hintern, ein sanfter Klaps. „Eins. Äh, vielen Dank, Sir", sagte sie atemlos.

Der nächste Schlag. „Zwei. Danke, Sir." Ein weiterer folgte und dann traf er sie so hart, dass es brannte. Er bearbeitete mal die eine, mal die andere Pobacke, und zwischen den Hieben wurde sie sich dem summenden Vibrator in ihr immer mehr bewusst. Der Schmerz schien die Vibrationen anzufeuern ... Sie war so verdammt feucht. Ihre Klitoris pulsierte und mittlerweile wand sie sich auf Master Cullens Schoß.

Unerwartet stoppte er mit der Bestrafung. Sie schnappte nach Luft, als er seine langen Finger zwischen ihre Beine schob, damit durch ihre Spalte glitt und ihre Klitoris fand. Irgendwie vermischten sich die Empfindungen ihres brennenden Hinterns mit denen, die seine Finger an ihrem Nervenbündel auslösten und ihre Hüfte zuckte ungewollt, denn sie wollte mehr ... mehr von ...

Er gluckste. „Ich denke, du hattest genug, kleine Beth." Mit der gleichen Leichtigkeit wie Sir stellte er sie auf ihre Füße, fing sie zwischen seinen Knien ein, bis ihr Verstand und ihre Augen aufklarten.

Sie hob den Blick und musste erkennen, dass Master Nolan sie beobachtete. Sie konnte es sich nicht erklären, aber sie empfand keine Scham. Im Gegenteil ... sie fühlte sich sicher.

Ein Grinsen zeigte sich bei ihm, bevor er sich erneut Kari zuwandte, der Sub auf seinem Schoß. Er teilte zwei Hiebe auf ihren Hintern aus, nicht besonders hart.

Beth konzentrierte sich wieder auf Master Cullen. Er lächelte, seine Augen hellgrün im Sonnenlicht. „Okay, Kleine, meine Hand ist müde. Gehe zu deinem Master."

Dieses Mal hatte Deborah einen roten Abdruck auf dem Hintern. Anscheinend hatte sie das Rennen verloren. Als Beth Master Nolan erreichte, kletterte Kari gerade von seinem Schoß, ihren Po reibend, Tränen in ihren Augen. Ihr Gesicht war rot und ihre Nippel aufgerichtet. Sir hielt sie für einen Moment fest, um sicherzustellen, dass sie stehen konnte. „Zurück zu Master Dan mit dir."

Kari gehorchte und eilte davon. Im gleichen Atemzug streckte Sir die Hand nach Beth aus und zog sie zu sich. Er drehte sie um, begutachtete ihren Hintern und fuhr sanft mit den Fingern über ihre brennende Haut. Amüsiert sagte er: „Master Cullen scheint dich zu mögen; er hat sich bei der Bestrafung zurückgehalten."

Anschließend griff er das nächste Spielzeug aus dem Korb und öffnete die Verpackung. Mehr Diamanten an einer Kette, an der ein langes, Y-förmiges Objekt baumelte. Noch eine Nippel-klemme? Sie trug doch bereits zwei ...

„Leg dich auf den Rücken", befahl er.

„Was? Warte ..."

Sein Blick reichte aus, um sie in Bewegung zu setzen. Sie legte sich auf den Rücken und er werkelte an dem Objekt, bis sich der schlankeste Teil weitete, und kniete sich dann zwischen ihre Schenkel. Als seine Finger ihre Klitoris berührten, zuckte sie zusammen. *Oh nein!* „Nein, Sir. Bitte nicht. Ich –"

Seine hochgezogenen Augenbrauen und sein Schweigen hatten zur Folge, dass sie den Mund zuklappte. Als hätte sie nichts gesagt, fuhr er fort und schob die Öffnung über ihre Klitoris. Sie unterdrückte ein Stöhnen. Der Druck war schmerzhaft ... erregend ... schmerzhaft. Für einen Moment beobachtete er sie, dann nickte er. „Sehr gut. Hoch mit dir."

Gehorsam setzte sie sich hin und quietschte, als sich dabei der Druck auf ihre umschlossene Klitoris erhöhte. Sie entschied, sich stattdessen auf den Bauch zu rollen und so auf die Füße zu kommen. Master Nolans Augen waren von Belustigung erfüllt, doch ein Lächeln auf seinen Lippen war nicht zu erkennen.

Er zog sie zu sich. Indem er die kleine Kette an die Verbindung zwischen den Nippelklemmen befestigte, kreierte er ein weiteres Y. Danach zog er die Ketten strammer, sodass bei jeder Bewegung die drei Punkte stimuliert wurden.

Jetzt lehnte er sich in seinem Stuhl zurück, ließ den Blick über sie schweifen und nickte. „Sehr, sehr hübsch. Atmen nicht vergessen, Babe."

Sie atmete tief ein, die Kette festigte sich und entlockte ihr ein Wimmern. Ihr unglücklicher Ausdruck ließ den belustigten Funken in seinen Augen aufblitzen. Er drehte sie, damit er die Einstellung an der Fernbedienung ändern konnte. Dieses Mal kamen die Vibrationen gedehnt, erreichten einen intensiven Höhepunkt, der sie jedes Mal ihrem eigenen nähertrieb. Klemmen oder nicht, der Vibrator allein sorgte dafür, dass sich ihre Atmung beschleunigte.

„Nicht kommen, Sub", warnte er sie und ja, nun sah sie ein Grinsen über seine Lippen huschen. *Verflucht sei er.*

Sie unterdrückte ein Stöhnen und sagte: „Ja, Sir." Ihr Inneres vibrierte und Hitze baute sich in ihr auf. Das Ding an ihrer Klitoris verschlimmerte ihre Situation. Als hätte sie seine folternden Finger stets an dieser Stelle zu ertragen. Ihre Knie fühlten sich an wie Gummi, als sie sich auf den Weg zu dem Tisch mit den Getränken machte.

Deborah war mit Nippelklemmen dekoriert. Von Karis Bewegungen konnte sie erkennen, dass sie einen Analplug verpasst bekommen hatte. Beth trat an den Tisch und nahm sich das nächste Getränk. Braun. Wieder Cullen. Hinter ihr ertönte ein lautes Summen, gefolgt von einem Stöhnen von Kari, ihr Gesicht gerötet.

Ihre Leidensgenossinnen nahmen ihre Becher und Beth sagte: „Los geht's."

Auf halbem Weg zu den Männern erwachte ihr Vibrator zum Leben. Abrupt hielt sie an, der Druck baute sich auf. *Nein, oh Gott.* Nein, das durfte nicht passieren. Die anderen waren schon fast bei den Doms. Beth versuchte, sich zu bewegen, und stolperte. Ihre Brüste wackelten, die Kette zog an ihrer Klitoris und ... *Nein, nein, nein.* Der Orgasmus schwappte so unaufhaltbar über sie hinweg wie ein Tsunami. Ihr Sichtfeld verschwamm, verschwand komplett, als ihr Körper bebte und bebte.

Nach einer halben Ewigkeit öffnete sie die Augen. Sie erinnerte sich nicht, diese geschlossen zu haben. Sie stand aufrecht und musste erkennen, dass sie von allen drei Doms aufmerksam beobachtet wurde. Natürlich lief sie feuerrot an. Noch roter ging es kaum. Als sie sich wieder in Bewegung setzte, sandte jeder Schritt Nachbeben durch ihren überempfindlichen Leib.

Schließlich stand sie vor Cullen und sie reichte ihm den Becher. Sein darauffolgendes Lachen war wahrscheinlich bis in die nächste Stadt zu hören. Sie senkte den Blick. Sie hatte den Plastikbecher in ihrer Hand zerdrückt. Cullen warf ihn auf den Boden und schaltete den Vibrator ab. „Wird Zeit für eine Pause von dem Ding."

„Vielen Dank, Sir", flüsterte sie mit einem Blick zu Master Nolan.

Kari stand vor ihm und er hob einen ihrer Füße auf den Stuhl neben sich. Dann sah er zu ihr und schüttelte den Kopf. „Kleines Häschen, du bist ohne Erlaubnis gekommen und hast Master Cullens Drink verschüttet. Um dem Ganzen die Krone aufzusetzen, bist du auch noch die Letzte im Ziel. Drei Fehltritte. Mach dich auf etwas gefasst, Süße."

Seine nächsten Worte richtete er nun an Cullen: „Wirf Dan ein Paket von deinem Korb zu. Er kann Deborah das nächste Spielzeug anlegen und ihre Einstellung anpassen. Du wirst mit Beth eine Weile beschäftigt sein."

Beths Beine zitterten und sie schaffte es geradeso, ein Wimmern zu unterdrücken.

Master Cullen lehnte sich vor und nahm ihre Hände in seine. Er massierte ihre kalten Finger. „Hältst du mich wirklich für so ein Monster?", fragte er, seine Augen sanft.

Sie schüttelte den Kopf. Obwohl ihr die Entschlossenheit in seinem Blick und sein erbarmungsloser Griff nicht entging, realisierte sie schnell, dass er ihr nicht wehtun würde. Nett oder nicht, dieser Mann war ein Dom.

„Ich lasse dich entscheiden, welche Bestrafung du als Erstes hinter dich bringen möchtest." Seine grünen Augen funkelten amüsiert. „Wähle jetzt."

Spanking, Spanking oder Blowjob. Schmerz, Schmerz oder kein Schmerz. Eine einfache Wahl. Sie fiel auf ihre Knie und machte sich an die Arbeit, seine Jeans zu öffnen.

KAPITEL ZEHN

Cullen fühlte, wie sich der heiße Mund der kleinen Sub um seine Länge legte. Er lehnte sich auf dem Stuhl zurück, hielt sie zwischen seinen Schenkeln gefangen und genoss ihren muskulösen kleinen Körper. Ihr Kopf bewegte sich über seinem Schwanz auf und ab, ihre winzigen Hände um seinen Schaft passten sich dem Rhythmus ihres Mundes an. *Verdammt,* sie war wirklich gut.

Auch sie wusste es, erkannte er. Er beobachtete, wie sie sich entspannte, Muskel für Muskel, als sie ihm einen blies. Aus den Augenwinkeln sah er, dass die anderen Mädchen wieder losgeschickt wurden, um die nächste Runde Getränke zu holen. Deborah hatte heute noch keinen Orgasmus gehabt. *Zur Hölle,* sie sah nicht mal erregt aus. Er runzelte die Stirn; sie beide waren nicht füreinander bestimmt. Er hatte sie vollkommen falsch eingeschätzt. Etwas, das ihm selten passierte.

Neu im Club schien sie genau seine Kragenweite. Er bevorzugte große Frauen, bei denen nicht die Gefahr bestand, dass er sie mit seinem Körper bei einer Session zerquetschte. Sie hatte den Part der Sub sehr gut gespielt. Hätte er sie im Club mal genommen, ein wenig Zeit mit ihr verbracht, wäre ihm gleich aufgefallen, dass sie schauspielerte.

Ihre Nervosität überwunden, ließ sich Beth ganz auf den Blowjob ein, saugte ihn hart zwischen ihre Lippen. *Verdammt heiß.* Cullen vergrub eine Hand in ihren Haaren und packte ein Bündel. Hart genug, dass das Gefühl der Kontrolle bei ihr ankam. Die pinke Farbe der Erregung erhob sich in ihren Wangen. Im Gegensatz zu Deborah war Beth unterwürfig bis ins Mark.

Deborah jedoch liebte den Schmerz um des Schmerzes willen. Er würde ihr heute geben, nach was sie verlangte, aber danach hätte es sich für ihn erledigt. Im Shadowlands gab es einige gute Sadisten und er würde dafür sorgen, dass sie die Bekanntschaft miteinander machten.

Gerade als er anfing, den Blowjob richtig zu genießen, eilte Deborah herbei, Bier in der Hand, ein selbstzufriedener Ausdruck auf ihrem Gesicht. Die Erste und nichts verschüttet. Okay, er würde sie belohnen ...

Er senkte den Blick auf Nolans hübsche Rothaarige. Sie hatte ihn nah an die Kante geführt und stellte seine Kontrolle mächtig auf die Probe. Nolan konnte sich verdammt glücklich schätzen. Beth hatte vielleicht ihre Probleme, aber sie war ein wahrer Schatz. Er zog sanft an ihren Haaren: „Du bist fertig, Kleine."

Sie lehnte sich zurück und sah seinen Schwanz verwirrt an. „Aber ... du bist nicht –"

„Die Zeit ist rum." Er nahm die Gerte zur Hand. „Von mir bekommst du die Bestrafung, weil du Letzte geworden bist. Beug dich vor. Da du mein Getränk zudem verschüttet hast, wirst du auch dafür diszipliniert. Das werde ich allerdings Master Nolan überlassen."

Sorge flackerte in ihren Augen auf und er hätte beinahe gegrinst. Er hatte das Spanking bei ihr leicht ausfallen lassen, um keine vergrabenen Ängste an die Oberfläche zu bringen. Nolan wusste genau, wie weit er sie treiben konnte. Seine Hand würde sicher nicht ganz so sanft vorgehen. „Vorbeugen, die Hände um die Fußknöchel."

Nachdem sie seine angewiesene Position eingenommen hatte, teilte er auf ihren Oberschenkel einen Schlag mit der Gerte aus. Tief genug, sodass Nolan noch die Stelle unter ihrem Arsch versohlen konnte, wenn er das wollte.

Sie gab keinen Ton von sich. „Braves Mädchen. Bedanke dich mit einem Kuss bei mir und gehe dann zu deinem Master."

Ihre Lippen landeten auf seinen, so weich, geschwollen von dem Blowjob und zögerlich. Er vertiefte den Kuss, dehnte ihn in die Länge, bis er sicher war, dass sie seine Zeit mit ihm genossen hatte. Wenn er jemals eine passendere Sub für sich fand, würde er Nolan fragen, ob er an weiteren Spielen zu viert Interesse hatte.

Er löste sich von ihrem Mund, lächelte bei ihrem verwirrten Ausdruck und gab ihr einen kleinen Schubs in Richtung Nolan. Dann wandte er sich Deborah zu. „Das hast du gut gemacht. Ohne mein Getränk zu verschütten, bist du Erste geworden."

Ihr Lächeln konnte nur als arrogant bezeichnet werden.

Genau wie seins. „Dann lass mich dir deine Belohnung geben." Er holte mit der Gerte aus, schwang sie begleitet von einem zischenden Laut vor und zurück. Ihre Augen fixierten sich auf das Spielzeug, ihre Mimik so eifrig wie bei einem Hund, wo das Herrchen mit einem Knochen vor der Nase herumwedelte. „Beug dich vor. Hände auf deine Arschbacken und weit spreizen."

Kari war bereits verschwunden, als Beth vor Master Nolan zum Stehen kam. Sie beobachtete, wie sich seine Augenbrauen hoben und sie dachte nicht mal daran, ihn anzulügen. „Master Cullen meinte, dass du mich s-spanken sollst."

Seine Lippen formten sich zu einem kaum sichtbaren Lächeln. Ein Lächeln so teuflisch, dass ihr Herz einen Schlag aussetzte und dennoch mehr Nektar aus ihrer Pussy fließen ließ. Nur durch sein

Lächeln. „Nichts würde ich lieber tun", sagte er sanft und klopfte sich auf den Schoß.

Oh Gott, ihr Po brannte noch von Cullens Spanking und dabei hatte er sie nicht mal hart geschlagen. Ihre Haut war sehr empfindlich ... Auch ein Grund, warum Kyler sie so gern –

Sir stoppte sie, als sie sich vornüberbeugte. „Was war das für ein Gedanke?", verlangte er zu wissen.

„Nichts. Ich –"

Er sah sie nicht wirklich erfreut an.

„Ky – ... ähm, der Bastard mochte meine empfindliche Haut besonders gern, weil sie so schnell Abdrücke zeigt."

Wut zeichnete sich auf seinem Gesicht ab. Sein Kiefer spannte sich an und dann schüttelte Sir den Kopf. „Ich stehe nicht auf permanente Abdrücke, Süße, aber ich denke, auch du wirst bald einsehen, dass Pink sehr nett, geradezu heiß sein kann", sagte er leichthin.

Der Ausdruck auf seinem Gesicht war merkwürdig. Als hätte die Farbe noch eine weitere Bedeutung für ihn. Er spreizte seine Beine und zog sie auf seinen linken Schenkel. Gnadenlos richtete er sie aus, bis ihr Hintern in die Luft ragte. Sein rechtes Bein legte er über einen ihrer Fußknöchel. Dann öffnete er sie. Ihr Klitoris-schmuckstück rieb über sein Bein, die Kette leitete bei jeder Bewegung schmerzvolle, glühende Pulsschläge durch sie. Zumindest war der verfluchte Vibrator aus.

In dem Moment sprang er an und die mächtigen Vibrationen schickten sie beinahe über die Klippe. Sie erstarrte, zwang den Orgasmus zurück. Seine Finger glitten durch ihre feuchten Falten, sorgten für weitere Stimulation.

„Sir!"

„Schweig, Sub. Du hast nicht die Erlaubnis, zu sprechen", sagte er gedankenverloren. Seine Finger fuhren über ihre Klitoris, die von dem Schmuck, der sie umschloss, so verdammt geschwollen war. Sie stöhnte, als die Begierde in ihr ungeahnte Höhen erreichte, ihr Körper starr. Als er seine Finger wegnahm, sie an der Klippe baumeln ließ, konnte sie ein Wimmern nicht unterdrücken.

Dann legte er los, verpasste ihr ein Spanking, dass sich gewaschen hatte. Stechende Hiebe landeten auf ihrem Arsch. Er gestattete ihr zwischendurch nur so lange Pause, bis das Brennen etwas zurückging, denn somit fühlte sich der nächste Klaps umso intensiver an. Eine Pobacke, die andere, immer abwechselnd. Bei jedem Schlag zuckte sie zusammen, rutschte auf seinem Schenkel umher, wodurch ihre Pussy, ihre Klitoris, von einem wütenden Brand heimgesucht wurde. Nun konnte sie sich nicht mehr zurückhalten; sie schrie und schrie, wand sich auf seinem Bein, als sie endlich Erlösung fand.

Der Vibrator verstummte und sie lag leblos auf seinem Bein, schlaff und erschöpft. Keuchend. Ihr Körper wurde von Nachbeben durchgeschüttelt. Ihr Hintern brannte. Mit der Fingerspitze zeichnete er den Abdruck von der Gerte nach, den sie von Cullen erhalten hatte, und die Wände ihres Geschlechts pulsierten erneut. Sie stöhnte.

„Nun sag mir, was du denkst: Ist Pink nicht eine heiße Farbe?", murmelte er amüsiert.

„Das hat nett geklungen." Dans Stimme. „Also ich bin sehr durstig. Kari, bring mir zwei Becher mit Wasser und dieses Mal wirst du auf dem Rückweg rennen."

„Sir, wenn ich renne –"

„Setz dich in Bewegung. Sofort."

Dans Sub entließ ein genervtes Quengeln.

Beth erkannte, dass ihr Hintern noch immer in der Luft hing. Sie bewegte sich und wurde mit einem Klaps auf ihren brennenden Po bestraft, was ihr ein Zischen entlockte.

„Doms, ihr dürft das Spiel nun auf die Weise beenden, die ihr für angemessen haltet", gab Nolan zu verstehen. „Demnächst werde ich den Grill anschmeißen."

„Kein Stress", sagte Dan. „Ich denke, Kari hat gerade ein Getränk verschüttet."

Cullen antwortete nicht, doch Beth konnte den Laut der Gerte hören, wie sie mit Fleisch in Kontakt kam, gefolgt von dem Keuchen aus Deborahs Mund.

Sir packte Beth bei den Hüften und stellte sie auf die Füße. „Spreize deine Beine, Baby." Misstrauisch sah sie ihn an, doch sie gehorchte. Er entfernte die Fernbedienung und zog den Vibrator aus ihrer Pussy. Das Gefühl seiner Hände auf ihrer Haut ließ ihr Geschlecht zucken.

Er hob ihr Handtuch auf, nahm sie bei der Hand und führte sie zum flachen Bereich des Pools. An der Kante breitete er das Handtuch erneut aus. „Hinsetzen, Beth." Nachdem er sich die Jeans ausgezogen hatte, sprang er in den Pool. Die Wasseroberfläche kam in Bewegung und ihr fiel auf, wie groß seine Erektion war. Sie schaffte es einfach nicht, den Blick von seinem riesigen Schwanz zu nehmen. Im Tageslicht war er noch beeindruckender: Groß, mit der Haut eng gespannt und die Venen pulsierend. Er rollte sich ein Kondom über und irgendwie schien sein Schaft dadurch noch gewaltiger.

Er hatte vor, sie zu ficken. Das wusste sie und trotz allem empfand sie keine Angst. Nur Vorfreude. Sie lächelte ihn an.

„Sieh mal einer an." Er legte seine Hände auf ihre Wangen und küsste sie sanft. „Genau nach diesem Ausdruck habe ich mich gesehnt." Er küsste sie erneut und sagte dann: „Leg dich hin."

Als sie das tat, platzierte er seine Hände auf ihren Hüften und zog sie an die Kante des Pools, bis ihre Beine zu beiden Seiten seines Körpers im kühlen Nass baumelten. Ihr Hintern schloss direkt mit der Kante ab.

„Jetzt folgt der harte Teil. Bereite dich vor", murmelte er. Verwirrt blickte sie zu ihm auf, bis seine Hand sich nach ihrer linken Brust ausstreckte. Er entfernte die Nippelklemme.

Das Blut kehrte qualvoll an die Stelle zurück. Schmerzhafter als das Anbringen. Sie zischte durch die Zähne und hob die Hände, um sie an den Ort zu legen, von dem die Pein ausging.

Er packte ihre Handgelenke, hob sie über ihren Kopf und

verband die Fesseln miteinander. „Lass sie dort liegen." Seine Augen dunkel, seine Wangen vor Hitze und Hunger gerötet. Mit einer Hand hielt er ihre Handgelenke fest, während die andere ihre Brust umfing und sein Mund ihren malträtierten Nippel fand. Er umkreiste die schmerzende Knospe mit der Zunge. Der Nippel pulsierte. Ihr Geschlecht pulsierte. Alles an ihr pulsierte. Sie wimmerte.

Er entfernte die zweite Klemme, umklammerte ihre Handgelenke noch fester, bis der lähmende Schmerz versiegte. Dann kam wieder seine Zunge zum Einsatz. Er leckte und umrundete ihr empfindliches Fleisch. Es tat weh, doch gleichzeitig fühlte es sich unglaublich erotisch an. Ihre Pussy kribbelte. Wie war es ihm möglich, sie erneut zu erregen?

Ihre Nippel salutierten vor ihm, als er seinen Mund von ihr löste.

„Bist du bereit?", fragte er. Sie wusste nicht, was er meinte, bis sie seine Finger an ihrer Klitoris spürte und erkannte, dass er –

„Nein!"

Er gluckste. „Oh ja." Er öffnete die Klitorisvorrichtung, entfernte diese und packte dann ihre Hüften, als sie stöhnte und ihr Becken in seine Richtung zuckte. Das Blut strömte in ihr Nervenbündel, füllte es, ließ es bis zur Unerträglichkeit anschwellen. Ihre Beine bebten, als sie versuchte, sich zu bewegen. Und dann attackierte er sie mit dem Mund, seine Zunge umkreiste die verstörend empfindliche Klitoris und sie schrie. Sie schrie, als seine Zunge darüber hinweg schnellte und sie schrie, als die Hitze, die er zu verantworten hatte, den brennenden Schmerz verstärkte.

Er richtete sich auf, betrachtete sie mit diesen unleserlichen Tiefen und lächelte zufrieden auf sie hinab.

Was sie doch für einen Anblick bot. Sie war in der Lage, das Herz eines Doms zu erwärmen. Ihre Augen glasig, ihre Wangen gerötet. Nicht sicher, ob sie keuchen oder stöhnen sollte. Ihre Nippel standen stolz und aufgerichtet und waren so rot wie die Rosen in Zs Garten. Der schwache Duft nach Erdbeeren und Zitronen erreichte ihn, als er sich vorbeugte und ihren Bauch küsste. Seine Hände wanderten von ihren Hüften zu ihrem Geschlecht, wo er ihre Schamlippen spreizte, um ihrer Klitoris ein wenig Raum zu geben. Aus der Vorhaut herausgetreten, glitzernd. Das dunkle Rot passend zu der Farbe ihrer Nippel. Der Duft ihrer Erregung hüllte ihn ein, der Geschmack noch immer auf seinen Lippen. „Ja, ich denke, du bist bereit für mich, oder?"

Er bezweifelte, dass sie ihn hörte. Ihre gesamte Aufmerksamkeit richtete sich auf das pulsierende Nervenbündel am oberen Ende ihres Geschlechts. Er glitt mit der Eichel durch ihre Nässe, spreizte sie weiter und drang dann mit einem harten Stoß in ihre Hitze.

Ihr geschockter Schrei hallte durch den Poolbereich und er fühlte, wie sich ihre Pussy um seinen Schwanz schloss. Mit weit aufgerissenen Augen starrte sie zu ihm auf. Sie senkte die Arme, als wäre die Empfindung zu fiel, als würde sie ihn gerne von sich stoßen. „Arme über den Kopf, Sub", befahl er scharf.

Bei seinem Ton zogen sich die Wände ihres Geschlechts um seine Länge zusammen. Unterwürfig. Ihre Reaktion machte ihn noch härter, wenn das überhaupt möglich war. Er hielt ihren Blick mit seinem gefangen und bewegte sich in ihr, beobachtete dabei, wie sich ihre Pupillen weiteten, als ihre Pussy sich vollends um ihn schmiegte. Über ihrem Kopf ballte sie die Hände zu Fäusten.

Gott, sie fühlte sich großartig an. Sein Schwanz, der sich dieser Ekstase ewig hatte verweigern müssen, nahm jeden Millimeter eines jeden Stoßes wahr. Ihre heiße Pussy, so eng, zuckend und pulsierend. Tiefer, er wollte tiefer vordringen, wollte sich so tief in ihr vergraben, dass er das Tageslicht nie wieder zu Gesicht bekam. Er positionierte ihr Bein und stellte seinen Fuß auf den niedrigsten Steg an der Poolwand. Dann lehnte er sich vor, packte ihre Hüften und drang tief in sie. Bei jedem Stoß hob sie ihm ihr

Becken entgegen. Sanftes Grunzen war von ihr zu hören und er genoss, wie sich ihre Schenkel um seine Hüften anspannten, als sie sich unaufhörlich dem Höhepunkt näherte.

Zu früh. Er hatte so lange gewartet, dass sie ihn sofort mitreißen würde und er wollte einen langen Ritt. Er nahm Geschwindigkeit heraus, änderte den Winkel. Schon bald sah er, dass ein Protest in ihr aufkeimte. Ihr Kopf rollte von links nach rechts und er grinste. Empfängliche, heiße kleine Sub.

Er ließ von ihren Hüften ab, verlangsamte seine Bewegungen und nahm sich die Zeit, mit den Fingern über ihre rasierten Schamlippen zu streicheln. Samtweich war sie und auch sie schien das Gefühl zu schätzen, denn erneut fühlte er, wie sich ihre Pussy enger um ihn schloss. Er neckte sie, glitt mit den angefeuchteten Fingern zu ihrer geschwollenen Klitoris. Dort kam er ihr nicht entgegen, nein, er wich der erregenden Perle aus. Stattdessen wanderte er nach unten, einen Weg, den er immer und immer wieder ging, bis sie ein gequältes Stöhnen entließ. Bis ihr ganzer Körper bebte und sie ihn schluchzend anflehte.

Enger und enger schloss sich ihre Pussy um seinen Schwanz, wie eine Faust, und er konnte nicht mehr. Fast vollständig zog er sich aus ihr zurück, nur um sich erbarmungslos in ihr zu vergraben. Raus und rein. Er nahm sie hart ran, während er ihren Arsch mit jedem Stoß fester packte, seine Nägel in ihr Fleisch bohrte und sie seinem Rhythmus anpasste. Als er kurz vor dem Orgasmus stand, so nah, dass jeder Stoß mit unbändiger Lust verbunden war, schnellte er mit einem Finger über ihre Klitoris und entlockte Beth einen schrillen Schrei. Im Bruchteil einer Sekunde kam sie, zog ihn auf ihrer exquisiten Welle der Erlösung mit sich, während sie seinen Schwanz mit ihren pulsierenden Wänden auch um den letzten Tropfen brachte.

Nach einer halben Ewigkeit glitt er aus ihr heraus. Sie seufzte ihren Einwand, bewegte jedoch keinen Muskel. Armes, kleines Häschen. Er entledigte sich des Kondoms, säuberte und trocknete sich ab, um sich die Jeans anziehen zu können. Wie es aussah, waren Dan und Kari noch heftig dabei. Sie saß auf ihm, ihr Rücken zu ihm und von dem Gestöhne wurde deutlich, dass er tief in ihr steckte. Cullen und Deborah waren verschwunden, wahrscheinlich wieder im Kerker, damit er ihr geben konnte, was sie brauchte: Schmerztherapie.

Seine Gäste kamen alleine klar. Also hob Nolan Beth in seine Arme und setzte sich mit ihr abseits des Geschehens auf eine Liege. Auf seinem Schoß machte sie es sich bequem: federleicht, zerbrechlich, mit einem Rückgrat aus Stahl.

Ihre Hand rieb über seine Brust, glitt in sein Hemd, um seine nackte Haut zu streicheln. Sie war so weich. Samtweich. Er fuhr mit der Hand über ihre Hüfte, während ihre Haare über seine Wange streiften. „Ich liebe es, dich dabei zu beobachten, wie du kommst, Süße. In diesen Momenten kann dir niemand das Wasser reichen. So wunderschön."

Sie bewegte sich etwas, sagte aber nichts. Die Unterschiede zwischen Subs waren gewaltig: Manche schnatterten bei der Nachsorge vor sich hin und man bekam das Gefühl, als hätten sie innerhalb weniger Minuten eine Flasche Wein getrunken. Bei anderen wiederum mussten bestimmte Techniken angewandt werden, um sie zum Reden zu bringen. Gut, dass er ein wahrer Experte darin war. „Ich habe seit meiner Rückkehr keinen Flogger mehr benutzt. Ich habe ganz vergessen, wie viel Spaß es machen kann."

Stille. Die Hand auf seiner Brust spannte sich merklich an.

„Ich bin sehr stolz auf dich, dass du mutig genug warst, um weiterzumachen. Ich wollte nicht aufhören."

„Aber das hättest du", flüsterte sie schließlich. „Wenn das der Fall gewesen wäre, dann hättest du mich losgemacht." Ihre Stimme zeichnete sich mit so viel Gewissheit und Vertrauen in ihn aus, dass er wusste, dass sie die erste Hürde gemeistert hatten. Der Grundstein war gelegt.

„Ja, Beth. Hättest du deine Angst in dem Moment nicht überwinden können, hätte ich aufgehört." Er küsste ihre Stirn und beobachtete, wie sie ihre Faust löste. Ihre Finger glitten über seinen Nippel und zu seiner Seite. Sein Schwanz regte sich. Wenn sie ihn weiterhin berührte, würde er sie nochmal nehmen. „Wie hat dir der Flogger gefallen?"

„Ich ... Wir müssen nicht über jede Kleinigkeit sprechen. Du weißt genau, wie ich über den Flogger denke. Du weißt alles, verdammt."

Der Beweis ihres Temperaments brachte ihn zum Lächeln. Oh ja, sie würde ihm so viel Vergnügen bereiten, wenn sie erst mal ihre Ängste überwunden hatte. „Wir reden aus zwei Gründen: Erstens, ich weiß vielleicht, was du fühlst, aber ich will, dass du dir deinen Gefühlen bewusst wirst. Körper und Emotionen kommunizieren nicht immer miteinander. Zweitens, ich halte mich vielleicht für einen Gedankenleser, aber permanent funktioniert das auch nicht. Ich mache Fehler. Und jetzt antworte mir: Wie hat dir der Flogger gefallen? Zu Beginn hattest du Angst, aber was war mit danach?"

„Ich mochte es", gab sie zu. Eine Antwort, die ihn glücklich machte. „Ich dachte nicht, dass ich das würde. Was geholfen hat, war, dass du mich am Anfang nicht zu hart geschlagen hast. Als die Hiebe dann gewalttätiger wurden, hat es geschmerzt, ja, aber irgendwie auch nicht. Bei jedem Schlag bin ich ... geiler geworden. Bei dem Spanking war es genauso."

Er strich mit seinen Fingerknöcheln über ihre errötete Wange. „Braves Mädchen. Es gefällt mir, dir zuzuhören, wenn du über deine Eindrücke sprichst." Und er sah ihr an, dass es ihr gefiel, zu hören, wie sehr er es genoss. Die Sorgenfalte zwischen ihren Augenbrauen verschwand und ihre Hand streichelte seine Brust ohne Zurückhaltung. „Wie hat es sich angefühlt, als Dan an deinen Nippeln gesaugt hat?"

Ihr Körper erstarrte, kaum merklich, doch sie war ihm so nah, dass er keine ihrer Reaktionen verpassen konnte. Ihre kleinen Finger stoppten; er konnte sogar spüren, dass sich ihre Nägel in seine Haut bohrten. Sein Bauchgefühl hatte ihn vorgewarnt, doch er war zu beschäftigt gewesen, um sie in der Situation zu beobachten.

„Auf eine Weise mochte ich es, aber ich bin froh, dass er nicht … dass er mich nicht … nicht weiter unten berührt hat. Mit seinem Mund." Er musterte sie. Verwirrt zogen sich ihre Augenbrauen zusammen. „Ich kann es nicht erklären."

„Normalerweise suchst du dir jede Woche einen neuen Dom im Club, sodass du an Fremde gewöhnt bist", bot er ihr an.

„Ich weiß. Aber …" Ihr Arm glitt um ihn herum und sie zog ihn enger zu sich. „Es hat sich nicht … richtig angefühlt. Schließlich bin ich mit –"

Mit mir zusammen. „Du hast das Gefühl, dass du mir gehörst und niemand das Recht haben sollte, dich zu berühren?"

Sie senkte den Blick, ohne dass sie den Arm um ihn lockerte. „Ganz schön dämlich, oder?"

Mit der Hand richtete er ihren Kopf aus, damit sie ihn wieder ansah. Seine Augen trafen auf ihre verwirrten blau-grünen Tiefen. „Gefühle sind Gefühle. Sie können weder dumm noch schlau sein, Süße. Doms haben auch Grenzen, von denen sie möchten, dass sie von anderen Doms respektiert werden. In meinem Fall: Es würde mir nicht gefallen, den Schwanz eines Fremden in dir zu sehen." Er rieb den Daumen über ihre weiche Wange. „Es hat mir nicht zugesagt, dass ich mit ansehen musste, wie dich dieses Arschloch im Club nimmt."

„Oh." Sie versuchte, seinem Blick auszuweichen, doch er ließ sie nicht.

„Solange wir zusammen sind, wäre Oralsex mit einem anderen also ein Tabu für dich. Wie sieht es mit Berührungen aus? Stelle dir vor, Cullen würde mit den Händen deine Brüste umfangen …" Er entließ ihr Kinn, platzierte die Hand auf einer Brust und neckte ihren Nippel.

Sie erstarrte nicht. Ganz im Gegenteil: Ihre Atmung beschleunigte sich. „Ich … vielleicht …"

„Okay. Es gibt also ein paar harte Grenzen bei uns. Wir

arbeiten uns durch alles, was in den letzten Stunden passiert ist und werden über deine Reaktionen sprechen." Merkwürdigerweise identifizierte er seine eigene Reaktion als befriedigt. Oh ja, es befriedigte ihn ungemein, dass sie nicht wollte, dass ein anderer Mann sie oral befriedigte. Er legte auch den zweiten Arm um sie, zog sie enger an sich. Instinktiv glitt jede Anspannung aus ihrem Körper und sie schmiegte sich vertrauensvoll an ihn. „Ich bin sehr zufrieden mit dir, Beth."

Er hielt sie, während sich ein wohliges Gefühl in ihm ausbreitete.

Beths wohliges Gefühl hingegen löste sich auf, als Cullen und Deborah zurückkehrten. Die hochgewachsene Sub lief stocksteif über die Terrasse. Rote Abdrücke bedeckten ihren Rücken und ihre Beine, genauso wie ihre Brüste. Beth schnappte nach Luft und versuchte, Nolans Schoß zu verlassen. *Zur Hölle nochmal,* keine Frau sollte auf diese Weise behandelt werden! Sie würde −

Nolan riss sie wieder an sich. „Ganz ruhig, Beth. Sieh dir ihr Gesicht an, nicht die Abdrücke auf ihrem Körper."

Er fixierte sie, ließ sie nicht gehen, sodass Beth keine andere Wahl blieb: Sie zwang sich, den Blick zu Deborahs Gesicht zu heben und sah augenblicklich, was er meinte. Die Sub hatte vielleicht Schmerzen, doch ihr Ausdruck war Beweis genug, dass sie gerade einen mächtigen Orgasmus erlebt hatte. Und von dem Blick, den sie Cullen zuwarf, konnte sie mit seinen Handlungen nicht glücklicher sein.

„Aber ... das verstehe ich nicht", sagte Beth. „Er hat ihr wehgetan!"

„Sie mag Schmerz."

Niemand mag Schmerz. „Das ist einfach nicht richtig."

„Menschen haben das Recht auf ihre Vorlieben, Süße, solange eine Person die andere nicht dazu zwingt", flüsterte Nolan in ihr

Ohr. „Es gibt auch viele, die unsere gemeinsame Zeit als falsch einstufen würden."

Okay, ja, das war richtig. Sie rollte mit den Augen. „Ich bin so eine Heuchlerin, oder?"

„Und ein wahnsinnig mutiges Häschen. Schließlich warst du bereit, dich Cullen zu stellen." Er gluckste und biss in ihr Ohrläppchen. „Aber sieh dir Cullen mal genau an. Deborah ist mehr als befriedigt worden. Sieht Cullen zufrieden aus?"

Nein, das tat er ganz und gar nicht. Sein Gesicht war angespannt, die Sorgenfalte zwischen seinen Augenbrauen tief. Sein Blick lag auf Deborah, gefüllt mit Sorge. Besorgt, dass er ihr wehgetan haben könnte. Eine Tatsache, die die Sub nicht im Geringsten zu interessieren schien. „Oh."

„Er findet keinen Gefallen daran, Schmerz auszuteilen – auch nicht mehr, als ich das tue. Heute war kein guter Tag für ihn, also sei nett zu ihm."

Als Beths Wut abebbte, lehnte sie sich erneut an Sir und genoss das Gefühl seiner starken Arme um sich. Sie beobachtete Cullen und ihr Herz brach bei seiner Körpersprache, seinem Schweigen. Cullen schwieg niemals. Nach einer Weile ging Deborah ins Haus und Beth drehte sich zu Sir. „Ich denke, er braucht eine Umarmung."

„Das denke ich auch." Er ließ sie gehen.

Sie rutschte von seinem Schoß und überquerte die Terrasse zu Cullen, der stoisch auf den See blickte. Er schien so einsam, dass ihr Herz mit ihm litt. Bei ihm angekommen hob sie den Blick. Er war so groß, größer als Master Nolan. So groß, dass sie es immer wieder aufs Neue schockierte.

Schließlich bemerkte er ihre Anwesenheit und wandte sich ihr zu. Seine Augen verengten sich und er nahm ihr Kinn zwischen Daumen und Zeigefinger, um sie zu mustern. „Kleine Beth, was ist los? Ist Nolan gemein zu dir?"

Typisch Dom. Sie vergeudeten keinen Moment, um in einer Sub wie in einem Buch zu lesen. „Nichts ist los. Ich bin nur hergekommen, um dich zu umarmen." Sie legte die Arme um ihn und drückte ihn so fest, wie sie konnte. Eine Sekunde später fühlte sie, wie er die Umarmung verzweifelt erwiderte.

Sie bewegte sich nicht, ruhte mit ihrer Wange an seiner breiten Brust, bis sich seine Muskeln allmählich entspannten. Dann atmete er tief ein und ließ sie los. „Danke dir, Kleine. Das habe ich wirklich gebraucht." Er platzierte seine großen Hände auf ihre Wangen und küsste sie auf die Stirn. „Nun geh zu Nolan, bevor er sein Gewehr holt und mich zur Beute erklärt."

Sie schenkte ihm ein Lächeln, froh, dass er wieder mehr wie er selbst wirkte. Anschließend rannte sie zu ihrem Master zurück, der sehnsüchtig auf sie wartete. Auch er würde von ihr eine Umarmung bekommen.

KAPITEL ELF

Master **Nolan wusste,** wie man ein Barbecue veranstaltete, dachte Beth. Sie ließ den Blick über das Steak, die Bratkartoffeln, den Maiskolben und den Salat auf ihrem Teller schweifen. *Hatte er nicht gemeint, dass Kochen nicht sein Ding sei?* Andererseits definierten die meisten Männer wohl Grillen nicht als Kochen.

Nachdem alle ihr Essen hatten, machten es sich die Männer auf den Stühlen in der Nähe des Grills bequem und sprachen über Sport. Beth seufzte. Männer und ihr Sport.

Kari und Deborah saßen bereits zu den Füßen ihrer Doms und blickten gelangweilt drein. Beth fing Karis Blick ein und wies mit einer Bewegung ihres Kopfes auf den Tisch nicht unweit der Terrasse.

Kari erstrahlte bei dem Anblick. Ein Strahlen, das sich schnell zu einem Stirnrunzeln wandelte. Ihre Augen wanderten zu Dan. Offensichtlich musste sie dafür eine Erlaubnis einholen. *Hmm.*

Beth stellte ihren Teller auf den Boden und lief zu Sir. Mitten im Satz stoppte er und sah sie mit hochgezogenen Augenbrauen an.

Mit einem ernsten Ausdruck kniete sie sich anmutig auf den

Betonboden. „Mein Lord, darf ich um die Erlaubnis bitten, dass die Subs zusammen essen können, um ihre eigenen Unterhaltungen zu führen? Bitte, Eure Majestät?"

Er verschluckte sich an einem Lachen.

„Verdammt, Nolan, wie hast du das denn hinbekommen?", fragte Dan. „Ich schaffe es kaum, Kari ein Master zu entlocken."

Sir winkte Beth mit dem Zeigefinger heran. Nachdem sie sich erhoben hatte, zog er sie zwischen seine Schenkel, seine Hände massierten ihre Pobacken, als er ihr Gesicht musterte. „Du bist eine gefährliche kleine Sub, habe ich nicht recht?", flüsterte er. Er blickte zu Kari. „Bezaubernd und dickköpfig, ihr beide. Ich verstehe, warum ihr euch so gut versteht."

Die nächsten Worte richtete Nolan an die anderen Doms: „Seid ihr einverstanden, Männer?" Dan grinste auf Kari herunter und nickte. Als Cullen zu Deborah sah, schüttelte diese ihren Kopf.

„Dann nur ihr beiden", sagte Nolan.

„Wirklich?", fragte Beth. „Du bist einverstanden?"

Sir lächelte. Durch seinen warmen Gesichtsausdruck fühlte sie sich … wertgeschätzt. „Wie kann ich dir diese Bitte ablehnen, wenn du mich so nett gefragt hast? Geh nur, meine Süße."

Kari und Beth trugen ihr Essen zu dem Tisch. Während der Unterhaltung erfuhr Beth, dass Kari und Dan noch nicht lange ein Paar waren und dass er erst letzte Woche bei ihr eingezogen war. Zu hören, wie ein normales Pärchen lebte – ein normales BDSM-Pärchen, das nicht in einer Vollzeit-Beziehung als Master und Sklavin steckte –, war erhellend. Dan half in der Küche und bei der Hausarbeit.

Kari erzählte kichernd von dem Tag, als sie das Bettzeug gewechselt hatte und Dan in seine Rolle als Dom geschlüpft war. Er hatte Kari ihre Klamotten vom Leib gerissen, um sie auf dem frisch bezogenen Bett zu nehmen.

Beth war es kaum gelungen, ihre Eifersucht zu unterdrücken. Sie wünschte sich diese Momente mit Nolan.

Als alle mit dem Abendessen fertig waren, verteilte Nolan mehr Getränke und führte sie zu dem Balkon im Obergeschoss. Hier ging es zum High Protocol zurück, mit den Männern auf den Stühlen und den Subs auf Decken zu ihren Füßen.

Die Doms redeten zwanglos miteinander, lachten viel. Cullens Stimmung hatte sich wieder normalisiert und sein lautes Lachen verscheuchte sicherlich jeden Vogel im Umkreis. Beth jedoch lauschte nur einer Stimme. Der von Sir. Der Klang, so tief, war tröstend. Er fühlte sich wie ein Sicherheitsnetz für sie an. Na ja, meistens jedenfalls. Schließlich hatte er ziemlich viele Tricks im Ärmel. Sie rutschte auf dem Handtuch umher. Bequem war das nicht gerade. Ihre Pussy, so nackt, war nun so viel empfindlicher und von ihrer gefolterten Klitoris wollte sie erst gar nicht anfangen. Mit einem schiefen Lächeln sah sie zu ihm hoch und er bemerkte ihren Blick. Seine dunklen Augen verloren an Härte, als er seine vernarbte Hand auf ihren Kopf legte und sanft durch ihre Haare streichelte.

Etwas in ihr regte sich: Das Gefühl einer glücklichen Wiedererkennung. Sie erinnerte sich an den Tag, als sie sich im Alter von fünf Jahren zu weit von Zuhause entfernt hatte. Sie war gelaufen und gelaufen und gelaufen und bei der nächsten Ecke sah sie plötzlich ihr Haus.

Das Gefühl von damals; sie erkannte es wieder: Sie war glücklich. Um genau zu sein, hatte sie sich seit vielen, vielen Jahren nicht so gut gefühlt. Sicher, durch ihre Arbeit erfuhr sie Befriedigung und Stolz. Auch schätzte sie ihre wachsende Freundschaft mit Jessica, doch wenn sie mit Nolan zusammen war ... das war anders ... so erfüllend.

Ich könnte mich so leicht in ihn verlieben.

Und dieser Gedanke war zu riskant. Im Moment jedoch schaffte sie es nicht, darüber besorgt zu sein. Nicht, wenn seine Finger durch ihre Haare glitten und sie ihn noch immer auf ihrer Haut riechen konnte.

Auf der gegenüberliegenden Seite des Sees funkelte ein

zurückhaltendes Feuerwerk in der Dunkelheit – ein Vorge-
schmack auf das große Ereignis. „Nicht mehr lange", sagte Nolan.
„Komm näher, Babe. Ich möchte sehen, wie gut du darin bist,
eine andere Art Feuerwerk zu entfachen." Zwischen seinen
Schenkeln platzierte er sie, schob einen Finger unter ihr Kinn und
zeichnete mit dem Daumen lächelnd ihre Lippen nach. „Ich will
diesen weichen Mund um meinen Schwanz spüren."

Sie blinzelte, ein wenig verwirrt durch seine direkte Bitte …
nein, seinen Befehl. Einfach so? Während jeder zusah? Sie wollte
den Kopf drehen, die Gesichter der Anwesenden abschätzen,
doch seine Hand unterband dies. „Sieh nur mich an, Sub. Bitte
fang an."

Definitiv eine Anweisung, obwohl er nicht mal seine Stimme
erhoben hatte. Das tat er nie, erkannte sie plötzlich. Musste er
nicht. Nicht mit dieser einschüchternden, tiefen Reibeisen-
stimme. Sie lehnte sich vor und öffnete seine Jeans. Indessen
fühlte sie, wie ihr Körper von Lustwellen eingenommen wurde.
Der Befehlston allein hatte ausgereicht, um sie feucht zu
machen.

Schon war sie beim Knopf angekommen und sein Schwanz
sprang ins Freie. So dick und lang. Sie umschloss ihn mit beiden
Händen, glitt über seine Länge, die Haut samtweich und straff
über seine stahlharte Erektion gespannt. Jetzt war sie an der
Reihe, ihn ein bisschen zu foltern. Ihn zu befriedigen …

Sie leckte über seine Eichel, schmeckte einen Lusttropfen und
ließ ihre Zunge Kreise ziehen. Ihr erster Dom hatte ihr vielleicht
nicht alles Wissenswerte über BDSM erzählt, doch bei den Informationen, wie sie einen Mann mit dem Mund befriedigen konnte,
hatte er sich nicht zurückgehalten. Sie nahm sich Zeit, erkundete
seinen Schaft, zeichnete die Venen mit ihrer Zunge nach, kratzte
sanft mit den Zähnen über die Unterseite und hörte ihn zischen.
Sie betörte seinen Hoden, nahm ihn in ihren Mund, saugte und
leckte, bevor sie sich wieder seinem Schwanz zuwandte. Anschließend nahm sie ihn hart und tief in ihren Mund auf, spürte, wie er

bei der Empfindung von einem Lustschauer durchgeschüttelt wurde.

Sie bearbeitete ihn für eine Weile nur mit ihren Lippen und ihrer Zunge, bis sich die Muskeln in seinen Oberschenkeln anspannten. Saugen, härter saugen. Sie fügte ihre Hände hinzu, legte sie eng um seine Länge und bewegte sie ergänzend zu ihrem Mund über die samtweiche Haut. Sie startete einen harten, entschlossenen Rhythmus und hörte ein Stöhnen, fühlte ihn anschwellen.

Plötzlich landeten seine Hände auf ihren Schultern. „Hör auf, du freche Göre. Ich will in dir kommen." Als sie den Kopf hob, reichte er ihr ein Kondom und sie rollte es ihm über, lächelte bei der Aufgabe. Sie nahm sich Zeit, stellte sicher, dass es korrekt saß und tastete sogar die Länge nach Falten ab, bis er erneut stöhnte und sie vom Boden hochriss.

Rittlings setzte er sie auf sich. Es folgte ein Kuss, hart und fordernd, eine Hand in ihren Haaren fixierte sie. Die Erkenntnis, dass sie in diesem Moment allein ihm gehörte und dass er sie nehmen konnte, wie er wollte, machte sie noch heißer.

Seine andere Hand erkundete ihren Körper, ohne jemals den Kuss zu unterbrechen. Er spielte mit ihren Brüsten, zwickte unaufhaltsam in ihre Nippel. Indem er seine Schenkel leicht spreizte, kreierte er zwischen ihren Beinen Platz für seine Hand. Ohne Warnung schob er einen Finger in sie. Sie keuchte an seinen Lippen, woraufhin er ihre Haare fester packte, damit sie der Invasion nicht entkommen konnte. Ihre Schamlippen waren von der Session zuvor noch geschwollen, aber auch ihre derzeitige Erregung hatte einen Anteil an diesem Zustand.

Während er den Kuss vertiefte, bewegte er den Finger rein und raus, sein Daumen direkt auf ihrer Klitoris. Seine Stöße waren brutal, so fordernd wie sein Mund, und es dauerte nicht lange, bis sie um ihn herum pulsierte und zu einem Orgasmus fand.

Er entriss ihr seine Lippen, ein Schmunzeln erkennbar. Dann

stellte er sie auf ihre Füße. „Hände auf das Geländer, Sub, und nicht bewegen." Sie lehnte sich vor und legte die Finger um das hüfthohe Eisengeländer. An den Hüften zog er sie zu sich, bis ihre Arme ausgestreckt waren. Behutsam forderte er sie auf, ihre Beine zu spreizen. Ihre Atmung beschleunigte sich und instinktiv packte sie das Geländer fester, in der Erwartung, dass er gleich hart in sie eindringen würde.

Stattdessen lehnte er sich vor, drückte seine Brust gegen ihren Rücken. Der Arm um ihre Taille festigte sich, als seine rechte Hand zu ihrer Pussy wanderte. Jetzt glitten seine Finger durch ihre Falten, verteilten ihre Nässe über ihrer exquisit empfindlichen Klitoris. Mit der anderen Hand massierte er ihren Hintern, glitt durch ihre Pospalte. *Oh!* Von hinten fand er ihre Öffnung und tauchte mit zwei Fingern in ihre Hitze. Beide Hände machten sich nun an ihrem Geschlecht zu schaffen, von hinten und von vorne.

Ihre Beine bebten, als die Begierde wie ein Lavastrom über sie kam. Er glitt aus ihrer Höhle, umkreiste ihre Öffnung, während er mit der anderen Hand noch immer ihre Klitoris neckte, ohne jemals genügend Druck anzuwenden. Das Verlangen verstärkte sich in ihr, bis sich jeder Gedanke verabschiedete und sie nur noch fühlen konnte.

Ihre Hüften rotierten, zuckten unkontrolliert.

„Nicht bewegen habe ich gesagt." Begleitet von einem tadelnden Laut trat er einen Schritt zurück und ihr entrang ein verzweifeltes Wimmern. Ein Klaps folgte auf ihren Hintern und sie jaulte auf.

Glucksend legte er seine Hände auf ihre Hüften, festigte entschlossen den Griff. Schon bald fühlte sie seinen Schwanz, wie sich die Eichel einen Weg in ihre Öffnung bahnte. Unerwartet stieß er hart in sie, sodass sie sich auf ihre Zehenspitzen hob.

„Oh!" Explosionsartig entließ sie den Atem, von seiner Invasion überwältigt, von seiner schieren Größe. Sein Hoden klatschte gegen ihre Pussy, als er sie an sich zog und ein forderndes Tempo vorlegte – eine Strafe für ihren neckenden Blowjob.

Oh Gott! Er hämmerte in sie und sie musste sich fester ans Geländer klammern. Jeder Stoß dehnte sie, jeder Stoß erhöhte ihre Lust. Er lehnte sich über sie und fing eine Brust ein, während seine andere Hand auf ihrem Venushügel landete. Mit den Fingern umkreiste er ihre Klitoris. Indessen imitierte sein Daumen die Bewegung um ihren Nippel, elektrisierende Empfindungen wurden wie ein Tischtennisbälle vor und zurück katapultiert, bis sie ihr Geschlecht unkontrolliert an seiner Hand rieb.

Als er spürte, wie ihre Pussy um seinen Schaft bebte, nahm er Tempo heraus, nahm sie gemächlich, fand verschiedene Winkel, um ihre Lust zu steigern. Dann traf er sie an einer besonders erregenden Stelle und sie konnte ein Stöhnen nicht zurückhalten.

„Ah, gefunden", knurrte er. Schon fuhr er fort, stieß tief und jedes Mal traf er genau diese eine Stelle. Immer und immer wieder. Im gleichen Rhythmus rieben seine Finger über ihre geschundene Klitoris. Der Druck in ihr baute sich auf, war nicht mehr aufzuhalten. Die Muskeln in ihren Beinen spannten sich an, bevor ihr Körper erstarrte, da sie befürchtete die ultimative Ekstase zu verlieren, die er mit seinem Schwanz in ihr erzeugte. Sie musste sich auch nicht bewegen, denn er sorgte dafür, dass sie der Klippe näher und näher kam.

Und es geschah: Sie schrie, als der Orgasmus durch sie schwappte und bewusstseinserweiternde Schauer in ihr auslöste. Er ließ nicht nach, sein Schwanz auf diesen speziellen Punkt aus, und schon wurde ein zweiter Orgasmus losgetreten, noch bevor der erste versiegen konnte. Ihre Muskeln erschlafften und ihre Hände rutschten vom Geländer.

Rechtzeitig schlang er die Arme um sie, eine Hand auf ihrer Brust, und hielt sie auf den Beinen. Er hielt sie für seine Befriedigung, fixierte sie, unterwarf sie, sodass er auch weiterhin Nachbeben in ihrer Pussy auslöste, die seinen Schwanz massierten.

Für eine Weile presste er sie an sich, seine Atmung beschleunigt, und sie konnte seinen Herzschlag an ihrem Rücken poltern spüren. „Wer braucht Feuerwerk, wenn ich dich habe?", murmelte er ihr ins Ohr. Seine Zähne knabberten an der Haut in ihrem Nacken und sie erschauerte.

Mit einem sanften Lachen glitt er aus ihr heraus, wodurch er sie zum Stöhnen brachte. Anschließend platzierte er sie wieder auf ihrer Decke und entledigte sich daraufhin des Kondoms. Neben sich konnte sie die beiden Paare hören – die Sexlaute, das Murmeln.

Nolan ließ nicht lange auf sich warten. Als er zurückkam, drehte er den Stuhl von den anderen weg, setzte sich und hob sie auf seinen Schoß. Sofort kuschelte sie sich an seinen Oberkörper. Mit der Wange an seiner Brust lauschte sie seinem Herzschlag und sah sich das Feuerwerk an, das wenige Sekunden später den Himmel erhellte.

Wo zum Teufel war sie, verdammt nochmal? Kyler schlug so hart gegen Elizabeths Apartmenttür, dass sich sein Ehering schmerzhaft in seinen Finger bohrte. Keine Antwort. Das Licht war aus.

Wenn sie nicht bald auftauchte, hätte er sich in der Kanzlei völlig umsonst so beeilt.

Er lief zum Parkplatz. Der erste Blick machte ihn panisch. Ihr Fahrzeug war weg. Doch dann sah er ihren Anhänger und seine Muskeln lockerten sich. Sie war nicht geflüchtet.

Zur Hölle, er konnte nicht klar denken. Heute war ein Feiertag. Wahrscheinlich befand sie sich bei einem Date. *Mit einem anderen Mann.* Bodenloser Zorn brannte in ihm wie verschüttete Säure. „Verfickte Schlampe." Er schlug mit der Faust auf das Holz des Anhängers. Splitter bohrten sich in seine Haut und der Schmerz holte ihn in die Realität zurück.

Er drehte sich herum, atmete mehrmals tief ein und bändigte

seinen Zorn. Schweiß bildete sich auf seiner Stirn und tropfte seinen Rücken hinunter, als er sich vom Anhänger entfernte. Seine Vorfreude war so groß gewesen, aber eigentlich änderte das nichts an dem Plan, den er am Morgen geschmiedet hatte.

Letzte Woche noch wollte er sie mit Beruhigungsmittel betäuben und sofort mit nach Hause nehmen. Heute jedoch hatte sie seine Geduld auf die Probe gestellt. Seine Vorfreude war zu überwältigend. Er war reizbar, völlig außer Kontrolle. Nun brauchte er die Erlösung, die nur sie ihm geben konnte, wenn er bei einem Peitschenschlag den Ausdruck auf ihrem Gesicht sah und ihren Schreien lauschte. Ihr Blut vergoss.

Am Himmel über der Stadt stiegen Raketen nach oben, die Laute des Feuerwerks in der Ferne brachten die Luft zum Beben. *Verdammt*, wo war die kleine Schlampe?

Während sich die Subs anzogen, wartete Nolan an der Eingangstür auf Beth. Karis Kichern drang an seine Ohren. Er grinste. Dans Sub war bezaubernd und hatte zudem einen köstlichen Sinn für Humor.

Und Beth ... *Gott*, er liebte ihr Lachen. Er wollte es noch viel, viel öfter hören.

Eine Minute später hörte er Schritte. Als sie ihn erblickte, kam sie zu ihm und hob den Blick zu seinem. Es war offensichtlich, dass sie nicht genau wusste, was sie sagen sollte. „Ich hatte heute viel Spaß, Master."

Sein Titel von ihren Lippen löste ein Lächeln bei ihm aus. Die Beleuchtung im Foyer schien zu hell, zu klinisch für das, was er ihr sagen wollte, weshalb er nach draußen trat. Die schwüle Nachtluft umhüllte ihn. Er hoffte, dass er schon bald noch etwas anderes – jemanden – um sich gewickelt haben würde. „Das hatte ich auch. Ich würde gerne damit fortfahren. Verbringe die Nacht mit mir."

Sofort machte sie einen Schritt zurück. Weg von ihm. „Sir ...“

Er lehnte sich mit der Schulter gegen den Türrahmen. Seine Brust schmerzte. Sie in seinen Armen zu haben, hatte ihn so glücklich gemacht. Es war lange her, dass er das hatte sagen können. Er dachte, sie fühlte genauso. Zu beobachten, wie sie von ihm auf Abstand ging, war wie ein Schlag in seine Magengegend. Er schaffte es nicht, das Knurren aus seinen nächsten Worten herauszuhalten: „Denkst du wirklich, dass ich dich wie dieser verdammte Bastard behandeln würde?“

„Nein. Nein, mein Ehemann ist ein –“

„Ex-Ehemann meinst du, oder?“ Ja, sicher, er hatte sich schon gedacht, dass sie mit dem Kerl verheiratet gewesen war, aber ...

„Ah ... ja.“ Doch ihre Pupillen vergrößerten sich. Eine Lüge. Dann fügte sie hinzu: „Du bist ganz und gar nicht wie ...“

Er bekam den Rest des Satzes nicht mit. Ein eiskalter Schauer kroch seinen Rücken hinauf und machte sich an seinem Gehirn zu schaffen. „Er ist nicht dein Ex. Du bist noch mit ihm verheiratet“, sagte er gedehnt. So viel Zeit hatte er mit ihr verbracht, hatte mit ihr Sex gehabt und ... „Du bist eine verheiratete Frau und ich habe dich *gefickt*.“ Absichtlich benutzte er das vulgäre Wort.

Die Farbe wich aus ihrem Gesicht, wodurch sich ihre goldenen Sommersprossen zu einem schlammigen Grau wandelten. „Nein, i-ich ...“ Sie streckte ihre Hände nach ihm aus.

„Und du lügst mich an.“ Genau wie ihn seine Frau angelogen hatte. *Niemals würde ich dich betrügen, Nolan. Wie kannst du das nur denken?* Die Wut in ihm nahm Oberhand: Er presste die Schulter fester gegen die Tür, denn er wusste, dass sich diese Emotion bei der kleinsten Bewegung ein Ventil suchte. Und bei Wut wurde seine Familie laut, aber ... nein, das durfte er nicht. Nicht jetzt. Sie zusammenzucken zu sehen, würde ihn vernichten. Stattdessen schloss er die Augen und atmete tief ein, als das Fundament zwischen ihnen bröckelte. Nichts konnte überleben, wenn es nicht auf solidem Grund errichtet war.

Als er die Augen wieder öffnete, bemerkte er, dass sie noch auf dem gleichen Fleck stand. Was wollte sie noch von ihm? Hinter ihm hörte er ein Geräusch und er sah über seine Schulter. Die anderen waren im Eingangsbereich angekommen und wie es schien, hatten sie alles mit angehört. „Cullen, würdest du Beth zu ihrem Auto bringen?"

Cullen zögerte. „Ah ... bist du dir sic—"

„Sofort."

Cullens Kiefer spannte sich an. „Sicher, Kumpel. Das mache ich."

„Danke." Nolan trat ins Haus zurück, sein Gesicht ausdruckslos, trotz des Feuers, das in ihm wütete. Ein Feuer, das bereits geformte Träume in Schutt und Asche legte. „Danke, dass ihr alle gekommen seid und dass wir den Abend zusammen verbringen konnten."

Kari nahm Dans Hand, sah zu Beth und murmelte: „Danke, dass wir hier sein durften, Nolan."

Schließlich setzte sich Cullen in Bewegung. Beim Vorbeigehen legte er eine Hand auf Nolans Schulter und gab Beth dann einen zaghaften Schubs, damit sie aus ihrer Starre erwachte. Mit einem Nicken in Deborahs Richtung machte er ihr klar, dass sie jetzt aufbrachen.

Auf der Einfahrt sah Beth über ihre Schulter zu Nolan. Sein Blick landete auf ihrer bebenden Unterlippe, auf ihren traurigen Augen.

Der Ausdruck auf seinem Gesicht sagte alles und sie schwieg. „Leb wohl, Beth."

KAPITEL ZWÖLF

Die meisten Menschen würden sich jetzt betrinken, dachte Beth. Sie stützte ihr Kinn auf ihren Knien ab und starrte auf die Wellen, die ans Ufer rollten. In den letzten Stunden war die Ebbe eingetreten; immer mehr von dem weißen Sand erschien. Am Himmel verdeckten finstere Wolken die Sterne. Der beißende Wind wehte Sand und Tropfen in ihre Richtung. Beths Haut fühlte sich deswegen klebrig an. Es störte sie aber nicht.

Wie hatte sie die Sache so schnell ruinieren können?

Alles ihre Schuld. Sie konnte einfach nicht den Ausdruck in Nolans Augen vergessen, der sich im Bruchteil von einer Sekunde von hitziger Freude zu eisiger Wut gewandelt hatte. Seine dunklen Tiefen hatten ihr zu verstehen gegeben, dass es zwischen ihnen aus und vorbei war.

Hinter sich hörte sie Schritte im Sand. Sie drehte den Kopf und bemerkte einen Spaziergänger. In dunkler Kleidung und im hohen Gras wäre es unmöglich, Beth zu sehen. Trotz allem packte sie ihr Pfefferspray fester. Noch nie war es ihr möglich gewesen, dem Ruf des Meeres in der Nacht zu widerstehen. Weder hier noch in Kalifornien. Dumm war sie jedoch auch nicht.

Zumindest nicht in diesem Fall. Wenn es allerdings um Beziehungen ging ... Wie hatte sie nur so dämlich sein können?

Vielleicht hätte er ihren Status sogar akzeptiert – Betonung auf *vielleicht* –, wenn sie ihm von Anfang an die Wahrheit erzählt hätte. Stattdessen hatte sie ihn angelogen! Diese eine Sache, die er nicht tolerieren konnte. Ihre Augen brannten, Tränen bahnten sich einen Weg über ihre Wangen und sie wischte sie ab. Würde er ihr zuhören, wenn sie versuchen würde, sich zu entschuldigen und ihm ihre Situation verständlich zu machen?

Seine Abschiedsworte waren wenig hoffungsvoll. *„Leb wohl, Beth."* Das klang nicht gerade nach: *Ruf mich an und wir reden darüber.* Was hatte sie aber zu verlieren? Wahrscheinlich würde er nicht mit ihr reden wollen, aber sie schuldete ihm eine Erklärung. Und ein Dankeschön. *Gott,* sie war ihm wirklich etwas schuldig.

Sicher würde sie einen Anruf schaffen, ohne heulend am Telefon zusammenzubrechen und die Situation für sie beide unangenehm zu machen.

Sie holte ihr Handy aus ihrer Tasche, wollte gerade die Nummer von Nolan wählen, als sie einen Blick auf die Uhr warf. Vier Uhr morgens? Er war doch schon so wütend. Ihn mitten in der Nacht anzurufen, half bestimmt nicht. Sie wollte lachen, doch es gab nichts zum Lachen. Stattdessen wählte sie eine Nummer an der Westküste. Ihre Mutter war eine Nachteule und wäre eine Stunde nach Mitternacht sicherlich noch wach.

„Mom?"

„Bethy. Oh, Liebling, ich bin so froh, dass du anrufst." Die Stimme ihrer Mutter, normalerweise warm und immer gut gelaunt, klang angespannt. „Ich habe heute bereits versucht, dich zu erreichen."

„Was ist los?"

„Bitte gerate nicht in Panik. Vielleicht hat es nichts zu bedeuten. Vielleicht bin ich lediglich eine paranoide, alte Frau, aber ... Na ja, ich war zum Unabhängigkeitstag bei der jährlichen Party der Gilmores. Eins der Thompson-Töchter war auch dort. Du erinnerst dich doch an die Thompsons? Sie wohnen im Haus gegenüber von mir."

„Ja, natürlich." Tat sie nicht, aber das spielte keine Rolle. „Erzähl weiter."

„Emily kam im Juni für eine Weile nach Hause, bevor die Sommerkurse losgingen. Sie geht auf die UCLA und studiert Jura. Ist das nicht unglaublich?"

Beth rollte mit den Augen. Im Auto oder am Telefon, ihre Mutter war für Umwege bekannt. „Okay, und was hatte Emily zu erzählen?"

„Oh, richtig. Sie meinte, dass sie im letzten Monat einen Mann an unserem Briefkasten gesehen hat."

Beth festigte die Hand um ihr Handy. „Was genau hat er denn am Briefkasten gemacht?"

„Na ja, sie hat ihn nicht deutlich genug gesehen, aber es sah wohl so aus, als würde er durch unsere Post gehen. Er hat nichts mitgenommen, weshalb sie die Angelegenheit vergessen hat. Doch dann hat sie mich auf dieser Party getroffen, weißt du?"

Beth presste die Worte heraus: „Wie hat er ausgesehen?"

„Blond. In seinen Dreißigern. Anzug. Schlank. Die Beschreibung würde auf Kyler passen." Ihre Mutter atmete zittrig ein. „Seit sie mir von dem Vorfall erzählt hat, mache ich mir solche Sorgen. Und dann bist du nicht ans Handy. Ich habe dir eine Nachricht auf der Mailbox hinterlassen."

Beth entdeckte den kleinen Briefumschlag auf ihrem Bildschirm, der auf die erwähnte Nachricht hinwies. „Das sehe ich erst jetzt." Sie wollte etwas sagen, doch ihre Kehle hatte sich zugeschnürt. In ihrem Kopf konnte sie Nolans Stimme hören: *Atme mit mir.* Einatmen. Ausatmen. Sie versuchte es erneut: „Es könnte also sein, dass Kyler einen Brief von mir gefunden hat. Dann weiß er, dass ich zwar in Tampa bin, aber nicht genau wo." Gott sei Dank hatte sie ein Postschließfach gemietet.

„Was wirst du jetzt tun?"

Es gab nur eine Sache, die sie tun konnte und der Gedanke

raubte ihr den Atem. Sie weinte ihrem Leben bereits nach. Ihrer kleinen Ein-Frau-Firma, ihrem Apartment, ihren neuen Freunden. Sie müsste Nolan verlassen. *Oh Gott, warum ausgerechnet jetzt?*

Wenn Kyler jedoch wusste, dass sie in Tampa war, würde er sie früher oder später ausfindig machen. „Ich verschwinde. Ich muss von hier weg." Beth biss sich auf die Lippe, in dem Versuch, nicht ihre Fassung zu verlieren. Ihre Mutter war besorgt genug. „Ich wollte mir schon immer New England ansehen."

„Oh, Beth, am liebsten würde ich ... Gott, wie sehr ich diesen Mann hasse!" Dann schwieg ihre Mutter und versuchte genau wie ihre Tochter, sich zu beruhigen. Wie die Mutter, so das Kind. „Bitte pass auf dich auf, Liebling. Sei vorsichtig."

„Mach dir keine Sorgen, Mom. Ich werde mich in den nächsten Tagen wieder bei dir melden." Beth beendete den Anruf und legte ihre Stirn auf ihre Knie. Der erste Schluchzer ließ nicht lange auf sich warten. Sie bekam keine Luft, hatte das Gefühl, gleich zu ersticken. Dann entrang ihr ein verzweifelter Seufzer. Schon bald ließ sie den Tränen freien Lauf. Bejammernswerte, schmerzerfüllte Schluchzer folgten. Es war nicht fair. Nicht fair! Sie hatte hier ein Leben, Freunde ... Nichts. Sie hatte nichts. Nicht mehr.

Nur langsam beruhigte sie sich, ihre Augen zugeschwollen. Ihre Nase verstopft und ihr Kopf pochte. Sie würde so viel verlieren. Was jedoch am meisten schmerzte, war der Verlust von Nolan. Ihr Herz brach bei dem Gedanken, ihn nie wieder zu sehen.

Andererseits: Sie hatte ihn doch bereits verloren.

Auch wenn sie wusste, dass es nichts brachte: Sie wählte seine Nummer. Ein letztes Mal wollte sie seine Stimme hören. Es klingelte und klingelte und klingelte. Schließlich meldete sich seine Mailbox: „Hier spricht Nolan. Hinterlassen Sie Ihre Nachricht nach dem Piepton." Ein kleines Lächeln huschte über ihre Lippen, während die Tränen ununterbrochen über ihre Wangen strömten. Seine tiefe Stimme schaffte es immer, dass sie sich sicher fühlte. Seine Ansage so typisch für ihn: kurz angebunden und dominant. Master Nolan eben.

Bevor sie sich die Sache ausreden konnte, öffnete sie den Mund, um ihm zu sagen, wie leid es ihr tat. Sie versuchte, ihre Situation zu erklären ... alles. Nicht, dass ihre Erklärung noch eine Rolle spielte. Bis er ihre Nachricht abhörte, wäre sie schon über alle Berge.

Nolan leerte sein zweites Bier und ließ die Dose auf den Boden des Kanus fallen. Seufzend beobachtete er, wie sich das Mondlicht auf der Wasseroberfläche des Sees spiegelte. Kleine Wellen bewegten das Boot, während Frösche am Ufer quakten. Friedliche Geräusche, friedlicher Ort. Eine Schande, dass sich sein Verstand im Krieg befand. In den letzten Stunden war es ihm nicht gelungen, zwischen den zwei Seiten, beide mit guten Argumenten, einen Kompromiss auszuhandeln.

Sie hatte ihn angelogen. In dem Punkt war er sich sicher. Sie war eine verheiratete Frau, betrog ihren Ehemann und hatte ihm diese Tatsache wissentlich vorenthalten. Nur ein Trottel würde ihr vertrauen.

Und das hatte er. Er hatte ihr vertraut. Mit der Hand rieb er sich über die Brust, um den Schmerz in seinem Herzen auszulöschen, der sich nach einem nahenden Infarkt anfühlte. *Zur Hölle*, ein Herzinfarkt wäre leichter zu verdauen. Denn der wäre irgendwann vorbei. Diese Art von Schmerz, die er gerade durchmachte, hatte kein Ende.

Ihr Betrug tat weh. Anders konnte er es nicht sagen: Er fühlte sich betrogen. Als ihr Dom hatte er geahnt, dass sie noch Geheimnisse mit sich trug. Irgendwann hätte er sich ihnen genähert, sie mit ihr besprochen und verarbeitet. Zusammen. Im gleichen Atemzug hätte er mehr über sich selbst in Erfahrung gebracht. Schließlich war eine Master/Sklavin-Beziehung keine Einbahnstraße.

Jede Sub, mit der er in seinem Leben etwas zu tun hatte – jede Frau –, verschloss zu Beginn einen Teil von sich. *Sie hasst dunkle Orte, weil ihre Mutter sie mal im Schrank eingesperrt hat. Ihr erster Liebhaber meinte zu ihr, dass sie dort unten eklig schmeckt, und deswegen scheut sie sich vor Oralsex. Ihre Brüste sind nicht empfindlich, aber sie gibt vor, dass sie es sind, weil sie denkt, Frauen müssten empfindliche Brüste haben.* Diese Geheimnisse zu entlocken, gehörte zu den Freuden – und Enttäuschungen – eines jeden Doms.

Bei Beth handelte es sich jedoch nicht um ein Geheimnis; es war vorsätzliche Irreführung. Er lehnte sich vor, ruhte mit den Ellbogen auf seinen Knien und starrte auf das Wasser und das Gestrüpp des Waldes im Westen. Ein Stern nach dem anderen schaltete sich ab, als dunkle Wolken den Himmel verdeckten.

Beth hatte gewusst, wie er über Ehebruch dachte. Er hatte seine Meinung deutlich zum Ausdruck gebracht. Warum hatte sie die Sache zwischen ihnen nicht beendet? Warum hatte sie sich ihm nicht anvertraut?

Weil sie gewusst hatte, dass er dann sofort die Flucht ergriffen hätte? Hatte ihr die Beziehung zu ihm so viel bedeutet? Stöhnend ließ er den Kopf in seine Handflächen fallen. Natürlich hatte sie das.

Er hatte ihr etwas bedeutet. Genau deshalb fühlte er sich auch so furchtbar. Er wusste, dass sie etwas für ihn empfand. Aber sie hatte ihn angelogen und hatte damit alles zwischen ihnen zerstört! *Verdammt.*

Na gut. Jetzt war es also vorbei mit ihnen. Wenn er das nächste Mal in den Club ging, würde er zu alten Gewohnheiten zurückkehren – bei jedem Besuch eine neue Sub. Und Beth ... sie würde ... einen anderen Dom finden? Der Gedanke fühlte sich an, als würde jemand sein Herz zu Brei verarbeiten. Dann müsste er beobachten, wie ein Fremder sie nahm! Wie jemand sie berührte, sich in ihr vergrub! Und er müsste ihre Reaktionen mit ansehen.

Er hörte das Blut in seinen Ohren rauschen und ballte die Hände zu Fäusten.

Er verdrängte diesen Gedanken, die Bilder, die vor seinem inneren Auge aufflackerten, und konzentrierte sich auf die Wellen, die das Kanu zum Schaukeln brachten. *Böser Nolan.* Noch nicht mal mit seiner Ex-Frau hatte er diese intensive Emotion verspürt. Eifersucht. Das hatte er auch nicht bei den Spielen, als andere Männer seine Beth berührt hatten. Doch zu diesem Zeitpunkt war noch alles anders gewesen; zu diesem Zeitpunkt hatte Beth noch ihm gehört. Sie war Sein gewesen, um sie für sein Vergnügen und das ihre zu teilen. Damit war jetzt Schluss. Sie im Shadowlands mit einem Fremden zu sehen ... Allein bei dieser Vorstellung fühlte er, wie sich seine Selbstkontrolle in Luft auflöste.

Wie war es möglich, dass er sie nie wiedersehen wollte und gleichzeitig das starke Bedürfnis verspürte, zu ihr zu rennen? Sie hatte ruiniert, was zwischen ihnen war, dennoch sah er ständig ihren Ausdruck, als er ihr zu verstehen gegeben hatte, dass es vorbei war: blass, schmerzerfüllt, Unterlippe bebend, Schultern hängend. Mit jeder Zelle in seinem Körper hatte er sie vor dem Mann beschützen wollen, der für diesen Anblick verantwortlich war.

Ein verbittertes Lachen löste sich aus seiner Kehle. Dieser Mann war er selbst.

Das schlechte Gewissen war nicht aufzuhalten. Es war hoffnungslos. Sein Verstand überschlug sich. Er packte seine Ruder und manövrierte zur Anlegestelle. Der sinkende Mond glühte in einem unheilvollen Rot durch die dunklen Wolken, die mittlerweile den Großteil des Himmels bedeckten. Im Osten begrüßten die ersten Sonnenstrahlen den neuen Tag.

Beths vollgestopfte Koffer lagen in ihrem Anhänger. Sie hatte Kartons aus dem Supermarkt mit ihren Habseligkeiten gefüllt und sie an der Tür gestapelt. Noch war sie mit dem Packen nicht fertig. Immer noch nicht. Sie hatte mehr Kram, als sie gedacht hatte. Ein Blumentopf hier, ein Bilderrahmen dort, noch ein Veilchen und gefühlt zwanzig Kissen. Kleinvieh machte eben auch Mist. Sie benötigte mehr Kartons.

Ihre Vorhänge glühten, als die ersten Sonnenstrahlen auf sie trafen. In der Mitte des Apartments streckte sich Beth und blinzelte. Sie war müde, erschöpft. Vom Schlafmangel, dem vielen Weinen, dem hektischen Packen. Hoffentlich würde sie beim Fahren nicht wegnicken.

Also gut. Der Plan: Erst mal brauchte sie mehr Kartons, musste zu Ende packen, dann zum Verwalter gehen. Die verschiedenen Anbieter konnte sie auch später über ihren Auszug informieren. Vielleicht war es dämlich, dass sie so übervorsichtig war, wenn man bedachte, dass Kyler bereits seit einem Monat von ihrem Aufenthaltsort wusste. Ihr Bauchgefühl jedoch schrie und schrie, dass sie so schnell wie möglich von hier verschwinden musste.

Beinahe wäre sie ohne ihre Sachen direkt vom Strand Richtung Norden aufgebrochen.

Das konnte sie sich jedoch nicht leisten. Sie brauchte die Gartenwerkzeuge in ihrem Anhänger und ihre Küchenutensilien, die sie im letzten Jahr gekauft hatte. Bei einem Neubeginn müsste sie ohnehin jeden Cent zweimal umdrehen. *Schon wieder.* Sie hatte das Gefühl, dass jemand auf ihrer Brust saß. Das Gewicht so übermächtig, dass sie am liebsten ... Dann schüttelte sie den Kopf. Oh nein, du wirst jetzt nicht heulen! Erst, wenn du dich in Sicherheit gebracht hast!

Sie nahm das Handy vom Küchentisch und seufzte. Alle paar Minuten starrte sie das Gerät an, hoffte auf einen Anruf. Hoffte, dass Nolan ihre Nachricht abgehört hatte und sie anrufen würde. *So dämlich.*

Das sanfte Klopfen an der Tür erfüllte sie mit Freude. *Nolan!* Sie legte ihr Handy auf den Tisch zurück, rannte zur Tür und riss sie auf.

„Elizabeth, mein Schatz." Die Faust kollidierte so hart mit ihrem Gesicht, dass sie spürte, wie ihre Haut von seinem Ehering aufplatzte. In der nächsten Sekunde lag sie auf dem Boden. Verwirrt trat sie um sich. *Ha!* Sie musste ihn getroffen haben, denn er fluchte. Etwas bohrte sich in ihren Schenkel. Eine Nadel, erkannte sie. Sofort unternahm sie den Versuch, sich aufzusetzen. Ein zweiter Schlag traf sie. Sie hatte keine Chance, landete auf dem Rücken. Sein Fuß stellte sich auf ihre Brust, sein Gewicht niederschmetternd. Hilflos schnappte sie nach Luft.

Allmählich kehrte die Dunkelheit ein und riss sie mit sich.

Nolan lief in die Küche, rubbelte sich mit einem Handtuch das Haar trocken. Er hatte gar nicht erst den Versuch unternommen, Schlaf zu finden. Niemals wäre es ihm möglich gewesen, einzuschlafen. Stattdessen hatte er den Boxsack in seinem Fitnessraum vermöbelt, um etwas Dampf abzulassen. Danach hatte er geduscht, was ihm stets dabei half, wieder zu klarem Verstand zu kommen. Nur war nichts davon in der Lage, das Loch in seinem Herzen zu stopfen.

Als er sich eine Tasse Kaffee einschenkte, sah er die Nachricht auf seinem Anrufbeantworter. Er grunzte. Bei seinem Glück war wahrscheinlich eins seiner Gebäude zusammengefallen. Er drückte den Knopf, lehnte sich gegen die Arbeitsfläche und lauschte der Mitteilung.

„Nolan. Sir. Ich wollte dich anrufen. Also, was ich meine, ich wollte dich schon früher anrufen und mich entschuldigen. Nun aber ..." Beths Stimme. Belegt. Zitternd.

Er stellte seine Kaffeetasse ab. Es fühlte sich an, als hätte jemand sein Herz fest gepackt. Sie hatte geweint .... weinte noch immer. Seine Schuldgefühle schichteten sich höher und höher, errichteten sich zu einer Ziegelsteinwand.

„Nun aber muss ich mich verabschieden." Er hörte, wie sie zittrig einatmete. „Ich weiß, ich ergebe keinen Sinn. Gott, es tut mir so leid. Es tut mir leid, dass ich gelogen habe und dass ich ... Ich hätte nicht erlauben dürfen, dass du mich f-fickst, nachdem du mir von deinen Gefühlen gegenüber verheirateten Frauen erzählt hast."

Er zuckte bei dem F-Wort zusammen. Schlimm genug, dass er es benutzt hatte. Schlimmer, dass sie es nun benutzte, obwohl zwischen ihnen immer mehr gewesen war als Sex.

„Ich konnte keine Scheidung einreichen. Ich bin vor ihm geflüchtet. Wenn er mich findet, wird er mich umbringen. Das ist der Grund, warum meine Finger so aussehen, wie sie aussehen. Bei meinem letzten Fluchtversuch hat er mich bestraft, indem er sie mir gebrochen hat. Also konnte ich nicht ... Trotz allem hätte ich es dir erzählen sollen."

Ihr Schluchzer setzte ihn in Bewegung und er durchquerte die Küche. Das Bedürfnis, sie in seine Arme zu nehmen, sie zu trösten, brannte heiß in ihm.

„Das ist jetzt alles nicht mehr wichtig. Nichts ist noch wichtig. Meine Mom meinte, dass Kyler weiß, dass ich in Tampa zu finden bin. Ich werde also nicht die Chance bekommen, mich persönlich bei dir zu entschuldigen." Ein Schniefen, Stille. „I-ich wollte ... wollte mich bei dir bedanken. Ich hätte mir mehr Zeit mit dir gewünscht. Ich ..." Ein Schluchzer. „Leb wohl, Master."

Unbeweglich starrte er auf das Gerät. Sicher hatte sie mehr zu sagen, hatte nicht einfach aufgelegt. *Verdammt, rede!* Er knallte mit der Faust auf die Oberfläche neben dem Telefon, wodurch sein Kaffee über den Tassenrand schwappte.

Ein ungutes Gefühl machte sich in ihm breit. *Was hat er bloß getan?* Wie konnte er nur so verdammt blind gewesen sein? Er hatte von ihrem letzten Partner, Ehemann oder nicht, gewusst. Er hatte gewusst, dass er sie auf brutalste Weise misshandelt hatte!

Von Anfang an war ihm klar gewesen, dass der Bastard bei Beth seelische und körperliche Narben hinterlassen hatte! Auch hatte er geahnt, dass sie vor ihm geflohen war! Und wie ein selbstgefälliges Arschloch hatte er das kleine Häschen mit seinen lächerlichen Gefühlen wie unter einem einstürzenden Gebäude begraben.

Wie konnte er sie dafür bestrafen, sich selbst in Sicherheit gebracht zu haben? *„Wenn er mich findet, wird er mich umbringen."* Sie hatte alles Notwendige getan, um ihr Überleben zu sichern.

Fuck ... Es fühlte sich an, als hätte sie ihm mit ihrer Nachricht ein Brett auf den Hinterkopf gehauen. Er schnaufte. Wie er Beth kannte, hätte sie nicht versucht, seine Meinung zu ändern. Sie hätte sich einfach nur entschuldigen und sich von ihm verabschieden wollen.

Und was wollte er?

Er rieb sich über sein Gesicht. *Gib es zu, Idiot.* Die kleine Sub hatte sich in seinem Herzen eingenistet. Das hatte sie mit ihrer Mischung aus Angst und Vertrauen, ihrer Leidenschaft und ihrer Unschuld geschafft. Mit ihrer Liebe und ihrem Willen, hart zu arbeiten. Mit ihrem wachsenden Bedürfnis, ihn zufriedenzustellen und ihrer offensichtlichen Überraschung, wenn er zeigte, dass er ihre Gefühle erwiderte. *Verdammt nochmal*, er wollte auch in der Zukunft auf sie aufpassen und sie beschützen. Liebte er sie?

Eventuell.

Gerne hätte er die Chance gehabt, das herauszufinden, aber er musste es ja versauen! *Du Volltrottel.* Er hatte überreagiert. Sicher, es hatte sich in dem Moment angefühlt, als wäre sein Haus über seinem Kopf zusammengefallen. Doch ... nicht das ganze Haus war eingestürzt. Schließlich hatte er erst angefangen, es zu errichten. Ja, das Fundament war nicht stark genug. Es bröckelte, denn es basierte auf Informationsmangel, Angst und Unwahrheiten, doch ...

Er konnte es wiederaufbauen. Sie konnten es wiederaufbauen. Zusammen.

Wenn sie das wollte. Er erinnerte sich nur zu gut an ihre Augen, als er sie weggeschickt hatte. Verzweifelt. Verloren. Niemals würde er sich verzeihen, so unbarmherzig zu ihr gewesen zu sein. So gemein. Würde sie ihm vergeben können? Das war die Frage.

Wie es den Anschein machte, hatte sie sich höflich zurückziehen wollen. Aus seinem Leben. Er knallte mit der Faust erneut aufs Holz. *Zuerst reißt sie mir das Herz heraus und dann denkt sie, dass sie einfach verschwinden kann?*

Verschwinden? Nein, flüchten! Er spannte den Kiefer an. Ihr Plan war es, zu flüchten. Sie wollte das Arschloch eines Ehemanns gewinnen lassen, obwohl sie einen Master hatte, der sie mit seinem Leben beschützen würde. Es war Zeit, zu handeln.

Was für ein Loch, dachte Kyler, als er sich den Regen aus dem Gesicht wischte und schließlich die Tür zu der winzigen Hütte aufschloss. Doch wie Makler stets betonten: Die Lage einer Immobilie war das Wichtigste.

Grinsend drehte er sich um und betrachtete die Umgebung: Bäume, große und kleine Palmen streckten sich in ein weitläufiges Dschungelgebiet. Nur eine Schotterpiste führte zu der Hütte und die einzigen Geräusche, die an seine Ohren drangen, waren die auf das Blechdach prasselnden Regentropfen. Kein Verkehr, keine Nachbarn. *Keine Zeugen.*

Sein Blick fand den Mietwagen. Elizabeth lehnte gegen das Fenster, noch immer bewusstlos. *Okay, gut.* Seine Vorbereitung würde Zeit brauchen. Der Gedanke war so aufregend, dass er hart wurde.

Er schob die Tür auf, riss an einem Strick, wodurch eine einzelne Glühlampe anging, die von der Decke hing. Drecksloch. Eine verblasste Couch stand in einer Ecke und ein Holzkamin mit einer angeknacksten Feuerstelle in der anderen. Zu seiner Linken fand er eine wahre Gourmetküche, inklusive eines avocadofarbenen Kühlschranks, eines verkrusteten Herds und einer rissigen Spüle. Er knurrte und zuckte zusammen, als er von Schmerz erfüllt wurde.

Sanft berührte er seine Nase und zuckte erneut zusammen. Mit ihrem glücklichen Schlag hätte sie ihm beinahe die Nase gebrochen. *Verflucht.*

Er senkte den Blick auf sein blutverschmiertes Hemd. Gut, dass er Klamotten zum Wechseln eingepackt hatte – und eine nette Sammlung an Spielzeugen. Er drehte sich in dem kleinen Bereich und zeigte ein teuflisches Grinsen.

Die Hütte lag weit abgelegen von jeglicher Zivilisation und war groß genug, um eine Peitsche zu schwingen. Was brauchte ein Mann mehr?

KAPITEL DREIZEHN

Nolan parkte seinen Pickup gleich neben Beths Fahrzeug. Der Anblick erfüllte ihn mit Erleichterung. Ihr Auto und ihr Anhänger waren noch hier. Seit ihrer Nachricht war es jetzt das erste Mal, dass er es schaffte, einen Atemzug zu nehmen. Er war nicht zu spät.

Als er aus seinem Pickup stieg, fielen ihm die zwei Koffer auf, die zwischen dem Rasenmäher und dem Gestrüppschneider eingeklemmt waren. Sie hatte es also ernst gemeint; sie wollte rennen. *Verdammt.* Er marschierte zu ihrer Wohnungstür, entschied jedoch, sich etwas zurückzunehmen. Kleine Häschen waren schreckhaft. Er musste besonnen an die Sache herangehen und durfte sie nicht mit seiner dominanten Persönlichk –

Ihre Tür stand einen Spaltbreit offen.

Mit dem Fuß trat er sie auf. „Beth?" Er hatte ein ungutes Gefühl; die Haare in seinem Nacken stellten sich auf. Das Jahr im Irak hatte seine Instinkte geschärft, als hätte er jahrelang für die CIA gearbeitet. Mit erhobenem Kopf, der Körper angespannt, auf jede Situation vorbereitet, beugte er sich vor und zog das Messer aus der integrierten Scheide in seinem Stiefel.

Er verharrte auf der Türschwelle, ließ den Blick durch das

Zimmer schweifen. Alles ruhig. Kartons auf dem bereits abgezogenen Bett. Vorhänge zugezogen und Lichter an. Töpfe und Pfannen auf dem Tisch gestapelt. Daneben eine kleine Reisetasche, zusammen mit einem Handy.

Dunkle Punkte auf dem beigen Teppich in der Nähe der Tür. Er hockte sich hin, berührte einen davon. Noch nass. Rot. Er roch daran. Blut.

„Aufwachen, mein Schatz. Es ist Zeit, dass wir ein bisschen Spaß haben."

Beth nahm die Stimme wahr, doch ihr Verstand bewegte sich so langsam wie eine Schnecke, noch immer bevölkert von Albträumen. Sie mochte diese Stimme nicht, konnte sich jedoch nicht an den Grund erinnern. Der Klang trat eine Lawine des Grauens in ihr los.

Wenn diese Stimme sie aufwecken wollte, dann hatte sie kein Interesse.

Sie versuchte, ruhig und gleichmäßig zu atmen, ihr Körper blieb schlaff, ihre Augen geschlossen. Sie kämpfte um ihr Bewusstsein und verlor. Trotz allem wusste sie, dass etwas Furchtbares vor sich ging …

„Was ist passiert?" Stirnrunzelnd trat Z in Beths Apartment. „Ich brauche mehr, als *Beth wurde entführt.*"

Am Küchentisch sitzend hob Nolan den Kopf. Er konnte nicht glücklicher sein, Z an seiner Seite zu wissen. Verstärkung. „Ich hatte eine Nachricht auf dem Anrufbeantworter, in der sie sich von mir verabschiedet hat, in der sie meinte, dass sie wegen ihres Ehemannes aus der Stadt verschwinden muss – vor dem Bastard flüchten muss, dem sie ihre Verletzungen zu verdanken hat. Anscheinend hat er ihren Aufenthaltsort herausgefunden." Er unterdrückte ein Knurren. „Als ich hier ankam, stand die Tür auf. Ihr Auto und der Anhänger stehen noch vor dem Haus. Handtasche und ihr Handy sind hier auf dem Tisch. Dort drüben habe ich Blut gefunden." Er wies auf die Stelle neben der Tür.

Z untersuchte die Tropfen. „Noch nass." Er sah sich um. „Das sieht nicht gut aus."

„Ich weiß. Wie zur Hölle sollen wir sie finden?" Nolan rieb sich mitgenommen über sein Gesicht. „Ich weiß noch nicht mal, wo sie eigentlich herkommt oder wo ihr Ehemann lebt."

„Kalifornien", sagte Z. „Ist ihr vor einer Weile mal rausgerutscht."

„Das hilft. Um dorthin zu kommen, muss er fahren oder fliegen. Für was er sich auch entschieden hat, seine Kreditkarte ist bestimmt zum Einsatz gekommen."

„Kennst du den Namen ihres Mannes?" Z lief durch den Bungalow, öffnete Schubladen.

„In der Nachricht hat sie ihn Kyler genannt. Aber sie ist klug. Mit Sicherheit hat sie ihren Nachnamen geändert." Nolan tippte mit dem Finger auf den Tisch und schnappte sich dann ihr Handy. „Bestimmt gibt es jemanden in ihrem Umkreis, der den Namen von dem Arschloch weiß." Er durchsuchte die Kontaktliste. *Mom.* Das klingt vielversprechend."

Im Bruchteil einer Sekunde hatte er eine hysterische Frau am Telefon, die ihm ins Ohr brüllte. „Ma'am, bitte. Wir suchen nach ihr. Sie müssen mir den Namen ihres Ehemanns sagen." Er drückte auf Lautsprecher.

„Kyler Stanton. Er heißt Kyler Stanton. Bitte, er ist ein furchtbarer Mann. Er wird sie umbringen!" Die Frau weinte so heftig, dass sie würgte.

„Hören Sie mir zu", befahl Nolan, obwohl er genau wusste, wie sie sich fühlte. *Verdammt*, am liebsten würde er die nächste Wand mit seiner Faust bearbeiten. „Ihre Tochter bedeutet mir sehr viel. Ich werde sie finden. Können Sie mir in dem Punkt vertrauen?"

Ihre Schluchzer ließen nach. „Wie heißen Sie?"

„Nolan. Ich melde mich wieder, wenn ich Beth gefunden habe." Er legte auf.

Z war bereits am Telefon. „Hier spricht Zach. Ich brauche die Kreditkartenaktivitäten von einem gewissen Kyler Stanton. Konzentriere dich vor allem auf die letzten zwei oder drei Tage in Florida. Ich erkläre dir später den Rest, aber beeile dich." Er hörte zu und sagte dann: „Ich warte."

Nolan zog die Augenbrauen hoch.

Z schenkte ihm ein zaghaftes Lächeln. „Ruf Dan an. Ich denke allerdings, dass meine Verbindungen zu meinen Militärkumpels effizienter sein werden als die Hilfe der Polizei."

Nolan lief im Apartment auf und ab. Stoppte und betrachtete die Blutstropfen. Sein Magen drehte sich. „Ich rate deinen ... Kumpels, schnell zu arbeiten."

Eine Hand verpasste Beth eine brutale Ohrfeige und ihre Augen schnappten auf.

„Ha! Ich wusste doch, dass du nur so getan hast, als würdest du schlafen." Kylers blaue Augen glühten teuflisch auf. „Dafür wirst du bezahlen, Elizabeth."

Kyler. Nicht nur ein Traum. Ihre Atmung beschleunigte sich so schlagartig, dass die Welt sich drehte. *Atme, kleines Häschen.* Die Erinnerung an seine tiefe Stimme verankerte sie in der Realität. Nolan würde niemals in Panik geraten. Sie zwang sich, langsam ein- und auszuatmen, und dann sah sie sich um.

Sie lag auf einer dreckigen Matratze. Grinsend stand Kyler über ihr und durch den Hass, den sie bei seinem Anblick empfand, bekam sie wieder einen klaren Kopf. Seine Nase war angeschwollen und sie fühlte Befriedigung. Sie hatte ihn verletzt. Sie gab alles, sich nicht daran zu ergötzen. Vergebens.

„Ja, du Schlampe, du hast mich erwischt. Einmal." Er spannte den Kiefer an und schlug sie erneut ins Gesicht. Sie hob die Hände, um sich zu wehren, und musste erkennen, dass er ihr Handschellen angelegt hatte. Die Fesseln hatte er an einer Kette befestigt, die von einem Deckenbalken hing. Auch ihre Fußknöchel hatte er gefesselt. Todesangst machte sich in ihr breit und sie schrie. Sie schrie und schrie – wie sie feststellen musste, zu Kylers Vergnügen. Sofort stoppte sie, ihre Brust unkontrolliert hebend und senkend, und sie ballte die Hände zu Fäusten, um zu verstecken, wie sehr sie zitterten.

„Du kannst dir nicht vorstellen, wie sehr ich deine Laute vermisst habe, mein Schatz." Er rieb sich über seinen Schritt. „Sieh dir das nur an: steinhart." Er lief durch den begrenzten Bereich.

Sie befanden sich in einer Hütte. Einer winzigen Hütte. Regen prasselte auf ein Metalldach. „Wo sind wir?", schaffte sie es, ihn zu fragen. Ihre Zunge fühlte sich wie gelähmt, geschwollen an.

„Auf dem Land, wo uns nur Alligatoren und Reiher hören."

„Jemand wird uns hören." Nicht mal für ihre Ohren klang sie überzeugend. „Überall gibt es Jäger. Sie werden dich erwischen."

Er drehte sich, um auf seine Pistole hinzuweisen, die in seinem Bund steckte. „Es gibt keinen Grund, dein hübsches Köpfchen anzustrengen, mein Schatz. Ich habe Vorkehrungen getroffen. Es ist unglaublich, was eine Person mit ein bisschen Geld anstellen kann. Eine Waffe zu kaufen, ist in Florida sogar noch einfacher als in Kalifornien."

Ihr rutschte das Herz in die Hose.

„Niemals hätte ich erwartet, dass du auf die andere Seite des Landes flüchtest." Lächelnd berührte er die Beule an seiner Hose. „Beinahe hätte ich meine Suche aufgegeben. Ich habe versucht, mit Huren meine Befriedigung zu finden, aber bei ihnen werde ich einfach nicht so hart wie bei dir. Egal, was ich auch mit ihnen gemacht habe, es blieb hoffnungslos! Eine von ihnen habe ich richtig hart benutzt; ich bezweifle, dass sie es überlebt hat. Sie hat geschrien, ein sehr netter Schrei, aber sie war einfach nicht du." In seinen Augen erschien ein Funke, ein Aufblitzen, das seine unmenschliche Perversion bestätigte.

Beths Magen drehte sich. Er war vollkommen wahnsinnig.

„Ich brauche dich, Elizabeth. Nur dich."

Ihr stockte der Atem, als sich die panische Angst in ihr weiter ausbreitete. Sie hatte Nolan gesagt, dass sie aus der Stadt verschwinden musste. Ihre Mutter würde nicht erwarten, sofort von ihr zu hören. Nicht in den nächsten Tagen. Und die Hütte stand mitten im Nirgendwo. *Oh Gott, oh Gott, oh Gott.* Sie durfte nicht die Fassung verlieren. Sie musste nachdenken. „Hör mir zu, Kyler", begann sie. „Du willst mir jetzt noch nicht wehtun. Wie hast du vor, mich blutüberströmt und verbeult nach Kalifornien zu schaffen?"

Sein Lachen eskalierte, wurde schriller, bis sie bei dem Laut das Gesicht verzog. „Ich habe einen Privatjet gemietet. Ich meinte zu ihnen, dass du einen schweren Autounfall hattest, du aber unbedingt zu deiner Mama willst. Ich betäube dich, platziere dich in einem Rollstuhl und bringe dich so an Bord. Sie werden mich für den besten Ehemann aller Zeiten halten."

Sein Plan würde funktionieren. *Oh Gott ...* Sie schloss die Augen, atmete durch ihre Nase ein.

„Da du jetzt wach bist, lass uns beginnen."

Sie erstarrte. Zeit, sich zu wehren. Anstatt näher zu kommen, durchquerte Kyler die Hütte und nahm eine Kette in die Hand. Entsetzt beobachtete sie ihn. Die Kette, die an ihren Handschellen befestigt war, verlief durch einen riesigen Ringbolzen. Kyler hatte sich das andere Ende geschnappt. Als er daran zog, wurde sie angehoben, bis sie auf ihren Zehenspitzen balancierte. Die Handschellen bohrten sich in ihre Handgelenke. Ihre Haut brannte, öffnete alte Wunden.

Kyler fixierte die Kette an einem Haken in der Wand und musterte sie dann. „Ah, schau dir das an. Genau so habe ich mir dich in den letzten Monaten vorgestellt." Er kam zu ihr und drehte ihren Körper, bis ihr Blick auf der hinteren Wand lag.

Sie hörte, wie er durch eine Tasche kramte. Wie er einen Testschlag ausführte. Der zischende Laut allein war so grauenhaft, dass sie wimmerte und in Vorbereitung auf den Schmerz jeden Muskel in ihrem Körper anspannte.

„Eigentlich wollte ich behutsam anfangen und mich allmählich zu dem befriedigenden Höhepunkt hinarbeiten, aber ... ich kann nicht mehr warten." Die Peitsche knallte gegen ihre Schultern, der Aufprall gedämpft von ihrem Oberteil. Zunächst. Es dauerte nicht lange, bis das Folterinstrument das Material in Fetzen gerissen hatte.

Dann folgte der wahre Schmerz.

In der Hoffnung, dass der starke Regen die Motorgeräusche ausblenden würde, raste Nolan über die Schotterstraße, bremste nicht mal bei Kurven ab und hüpfte im Sitz auf und ab, wenn er in ein Schlagloch geriet. Schweigend stützte sich Z mit einer Hand auf dem Handschuhfach ab. Schließlich überwand der Pickup den Wald und landete auf einer Lichtung, auf der eine kleine, baufällige Hütte stand. Davor parkte ein weißer Ford Taurus mit einem Nummernschild, der das Fahrzeug als Mietwagen auszeichnete. „Hab ich dich, Arschloch", murmelte Nolan.

Er wagte es nicht, sich mit dem Auto zu nähern, weshalb er ausstieg und es an der Waldgrenze zurückließ. „Geh du nach hinten. Vielleicht gibt es eine Hintertür", flüsterte Nolan zu Z und machte sich dann selbst auf den Weg zur Vordertür.

Gerade als er bei der Tür ankam, schnitt ein schmerzerfüllter Schrei durch die Nacht, der trotz des anhaltenden Regens zu hören war. Wie ein Waldbrand breitete sich Wut in ihm aus. Es brauchte nur einen gezielten Tritt und die Tür flog aus ihren Angeln.

Beth hing an ihren gefesselten Händen, ein blutiger Schnitt horizontal auf ihrem Bauch, ihre Augen glasig vom zugefügten Schmerz. Obwohl in diesem Moment sein Zorn unermessliche Abgründe erreichte, verspürte er auch Erleichterung. Am Leben. Sie lebte. Sie erblickte ihn, blinzelte. Runzelte die Stirn. Ihre Lippen formten seinen Namen, dann seinen Titel. *Master.*

Nolan wandte seine Aufmerksamkeit dem Bastard mit den hellen Haaren zu, der mitten im Raum stand, ein Messer in der Hand.

„Das ist eine private Party. Bitte gehen Sie." Der Mann klang, als wäre Nolan in eine Abendveranstaltung geplatzt.

Nolan zog Kreise um ihn und sagte: „Lass sie gehen." Wie gut war das Sackgesicht mit dem Messer?

„Sie ist meine Ehefrau und sie wird nirgendwo hingehen." Die Augen des Mannes verengten sich. „Du bist der Kerl, der sie vor diesem Club zu ihrem Auto eskortiert hat. Du hast sie geküsst!"

Nolan sah dem Mann in die Augen. Er war wirklich wahnsinnig. Er war ein Wahnsinniger mit einem Messer. Jedoch machten wütende Kämpfer Fehler. Ihn noch weiter zu erzürnen, würde Nolans Chancen erhöhen. „Ja, ich habe sie geküsst." Nolan zeigte ein arrogantes Grinsen. „Ich habe noch mehr mit ihr gemacht. Sie ist ein heißes Gerät."

„Du hast meine Elizabeth gefickt? Du hast in ihr gesteckt?" Ein Brüllen brach aus ihm heraus, doch anstatt einen Angriff zu wagen, trat er mehrere Schritte zurück. Nolan beobachtete, wie das Arschloch hinter sich griff und eine Pistole zog.

Fuck. Mit dem Wissen, dass er dies wahrscheinlich nicht überleben würde, raste Nolan durch den Raum.

„Nein!", schrie Beth. Ihr ganzes Gewicht lastete auf ihren Handgelenken, als sie sich von der Matratze abstieß und ihren gewalttätigen Ehemann in den Rücken trat.

Die Pistole feuerte einen Schuss ab, ein pfeifender Laut,

gefolgt von einem Knacken, als sich die Kugel in den Holzboden bohrte. Nolan schlug dem Mann die Waffe aus der Hand, holte mit der Faust aus und rammte sie ihm in die Rippen. Zufrieden lauschte er dem Knacken einer brechenden Rippe.

Das Sackgesicht landete auf seinem Rücken, keuchte schwer und hielt sich seine Seite. Dann fing er an, zu lachen.

Nolan zögerte, zog seinen Fuß zurück, mit dem er einen Tritt landen wollte. Was war so lustig?

„Du kannst nicht gewinnen." Tränen formten sich in den Augen des Mannes, ohne den Versuch zu unternehmen, sich zu erheben. „Ich höre Sirenen."

Das konnte Nolan bestätigen. Er warf einen Blick zur Tür. Noch waren sie nicht zu sehen.

Ohne Aufsehen quetschte sich Z an der zerbrochenen Tür vorbei und ging zu Beth. Es gab keine Hintertür, erkannte Nolan. Er senkte den Blick zu dem Arschloch zu seinen Füßen. „Die Bullen werden dich für eine lange Zeit wegsperren", lockte er, um zu sehen, was der Kerl mit seinen Worten hatte andeuten wollen.

„Und ich werde schnell wieder raus sein. Ich bin Anwalt. Reich. Ich werde dich ruinieren und am Ende wird Elizabeth mir gehören. Dann werde ich sie dafür bezahlen lassen, dass sie dir erlaubt hat, sie zu berühren." Blinder Zorn war in seinen blauen Augen zu erkennen. Er setzte sich auf, noch immer die Hand auf seinen Rippen. „Du hast dich umsonst bemüht."

Nolan musterte ihn für einen Moment. Er spannte den Kiefer an. Der Bastard sprach die Wahrheit. *Kyler ist verrückt. Er ist reich. Er würde niemals aufgeben.* Was bedeutete, dass auch Beth niemals in Sicherheit wäre.

Nolan fand Zs Blick und sah dort die gleiche Schlussfolgerung. Z nickte. Eiseskälte kroch über seinen Rücken, als Nolan die Tür zu seiner Vergangenheit öffnete.

So sei es.

· · ·

Beth schüttelte den Kopf, erwachte erneut, als sie in der Ferne Sirenen wahrnahm. Sie fühlte, wie Blut ihre Arme, ihren Rücken herunterlief, aus der Wunde an ihrem Bauch tropfte. Dennoch spürte sie keinen Schmerz. Kyler hatte aufgehört. Unter größter Anstrengung gelang es ihr, ihre Augen zu fokussieren. Sie erblickte einen Mann, der versuchte, die Kette am Haken zu lösen. *Master Z?*

Neben dem am Boden liegenden Kyler entdeckte sie einen weiteren Mann. *Nolan.* Er war wirklich hier. Sie hatte ihn sich nicht eingebildet. Sie beobachtete, wie sich der Ausdruck auf Sirs Gesicht veränderte, Kälte löste seinen Zorn ab. Als er sich Kyler näherte, schüttelte Beth panisch den Kopf. *Nein, nein, nein. Sir, du darfst ihm nicht vertrauen!* Es spielte keine Rolle, wie groß Nolan war, er konnte dennoch verletzt werden.

„Ganz sicher habe ich mich nicht umsonst ... bemüht", zischte Nolan. „Ihre Pussy ist es wert. Oh ja. So köstlich. So süß wie Honig."

Mit einem ominösen Wimmern erhob sich ihr Ehemann. Auch Beth wimmerte. *Bitte tue Nolan nicht weh.* Sie drehte sich zu Z, der noch immer mit der Kette beschäftigt war. „Du musst ihm helfen", flüsterte sie. „Bitte."

Zs silberne Augen fingen ihren Blick ein und er schüttelte den Kopf.

Er würde ihm nicht zur Hilfe kommen? Was lief falsch mit ihm? Sie riss an ihren Einschränkungen und die Handschellen bohrten sich tiefer in ihr Fleisch.

„Du hast sie berührt." Kyler verzog das Gesicht. „Sie gehört mir! Sie ist meine Frau!"

„Zur Hölle, sie will nicht mit einem Weichei wie dir verheiratet sein! Sie will einen wahren Mann!"

Beth schrie, als sich Kyler in Bewegung setzte. In der letzten Sekunde trat Sir beiseite und Kyler stoppte kurz vor der Wand.

„Ist dir klar, wie gut sie blasen kann?" Nolan gluckste und

Beth starrte ihn mit offenem Mund an. Hatte er den Verstand verloren?

Kyler attackierte ihn abermals und traf Nolan mit der Faust ins Gesicht.

Sir grinste. „Nochmal. Das kannst du besser." Der nächste Schlag landete auf seiner anderen Wange. Er schüttelte den Kopf wie ein Bulle, der sich Fliegen vom Hals halten wollte. Dann teilte er einen Fausthieb gegen Kyler aus, was den schmächtigeren Mann sofort aus dem Gleichgewicht brachte. Kyler stöhnte, versuchte erneut sein Glück. Erfolgreich blockierte ihn Nolan und setzte mit einem weiteren Hieb in Kylers Rippen zum Gegenschlag an.

Mit einem qualvollen Schrei beugte sich Kyler vor. Beth sah, dass Nolan tief einatmete und seine Muskeln anspannte. Dann versetzte er ihrem Ehemann einen so brutalen Schlag, dass er nach hinten flog. Sein Hinterkopf krachte gegen den Holzofen; ein ekelerregendes Knacken war zu vernehmen und ihr Peiniger sackte schließlich leblos auf der Feuerstelle in sich zusammen.

Beth hörte nur noch Rauschen in ihren Ohren und schaffte es einfach nicht, den Blick von Kyler zu nehmen.

Als sich Nolan über ihn beugte, sich jedoch schnell von dem Körper abwandte, wollte sie ihn warnen, dass Kyler gleich aufspringen und ihn verletzten würde. Er musste vorsichtig sein! Doch sie war nicht in der Lage, ihre Warnung in Worte zu fassen.

Die Kette, die sie an Ort und Stelle hielt, rasselte. Sie stöhnte und versuchte, diesen Laut zu dämpfen. *Darf ihn nicht aufwecken; er schläft nur.* Nolan kam auf sie zu. Das Einzige, was sie im Moment tun konnte, war es, hektisch ihren Kopf zu schütteln. *Nein! Du musst Kyler im Auge behalten!* Doch Sir hörte nicht.

Als Z sie absenkte, stützte Nolan sie und nahm sie dann in eine Umarmung. Der Arm an ihrem Rücken verursachte ihr Schmerzen, was sie ignorierte. Ihre Pein spielte keine Rolle, solange ... Sie drehte den Kopf zu Kyler. *Er würde Sir wehtun. Sie musste ihn um alles in der Welt davon abhalten.*

„Beth." Die tiefe Stimme ihres Masters. „Sieh mich an." Er positionierte sich auf eine Weise, sodass er mit seinem Körper ihren Blick auf Kyler unterbrach.

Sie streckte sich und traf auf Augen so schwarz und entschlossen, dass sie zusammenzuckte.

„Ganz ruhig, meine Kleine. Alles wird gut. Der Krankenwagen ist fast hier."

Sie musste erkennen, dass sie laut wimmerte. Sir hielt sie enger an sich gedrückt, seine Nähe tröstend. Dies war kein Traum; er war wirklich hier. Sie versuchte, ihm zu sagen, was sie fühlte. Das hatte er doch stets wissen wollen, richtig? Ihre Gefühle. Doch als sie den Mund öffnete, bekam sie nur einen Satz über ihre Lippen. Nur einen Satz, den sie immer und immer wieder flüsterte: „Du bist gekommen ... Du bist gekommen ... Du bist gekommen ..."

Zittrig atmete er aus. „Ganz ruhig." Er legte ihre Wange an seine Brust und mit Zs Hilfe fand er eine Position, sodass er nicht länger die offenen Wunden an ihrem Rücken streifte. Danach begab sich Z auf die Suche nach dem Schlüssel zu ihren Handschellen.

War Kyler schon aufgestanden? Sie unternahm den Versuch, über Nolans Schulter zu sehen. In dem Moment erschien vor der eingetretenen Tür ein Krankenwagen. Vielleicht hatte jemand ihren Ehemann weggebracht. Dann wäre Nolan sicher.

Z tauchte vor ihr auf. „Halte durch, Beth. Lass mich dir die Handschellen abnehmen." Er öffnete sie und löste vorsichtig das Metall von ihrem aufgerissenen Fleisch. Sie hörte ihn fluchen. In einem Ton, den sie von ihm noch nie gehört hatte.

Als es bei einer Stelle so schmerzhaft wurde, dass sie ein Wimmern nicht unterdrücken konnte, entließ Nolan ein tiefes Knurren und sagte zu Z: „Ich will ihn nochmal umbringen."

„Stell dich hinten an", antwortete Z.

211

Die Welt war ein vernebelter Ort, angefüllt mit Schmerzen, Sirenen, Männerstimmen und dem beißenden Geruch von Desinfektionsmitteln. Alles wackelte und schaukelte, wodurch sie jede einzelne Wunde an ihrem Körper spürte. Schwüle Luft. Mehr Schmerz.

Als Beth es schließlich schaffte, die Augen zu öffnen, war sie von weißen Vorhängen umgeben. Ein vertrauter Anblick. Sie befand sich im Krankenhaus. Mit Fremden. Sie erlaubte es sich, wieder in die Dunkelheit abzutauchen.

Nach einer Weile erwachte sie durch eine tiefe, kommandierende Stimme. Eine Stimme, die ihre Einsamkeit vertrieb.

Eine Frau drückte ihre Frustration aus: „Es tut mir leid, aber nur die Familie ist hier hinten gestattet."

„Ich gehöre zur Familie." Sirs Stimme kam näher. „Beth, wo bist du?"

„Ähm." Waren diese abgetrennten Bereiche nummeriert? „Hier. Wo auch immer *hier* ist."

„A-aber −", stotterte die Frau. „Oh na gut. Anscheinend möchte sie Sie sehen."

Eine vernarbte Männerhand schob einen der Vorhänge zurück und Nolan trat an ihr Bett, bemächtigte sich des gesamten Bereiches mit seiner Anwesenheit. Sein Blick landete auf dem Überwachungsmonitor und dem Infusionsbeutel, deren Kabel und Schläuche zu ihrem Körper führten. „Wie ich sehe, bist du gut ausgestattet."

Sie hatte sich so allein und hilflos gefühlt, als sie von den Sanitätern mitleidig betrachtet worden war. Eine misshandelte Frau mit Wunden am ganzen Leib. Niemand sah *sie*.

Bis jetzt. Sir lehnte sich über sie und sah ihr tief in die Augen. „Hast du Interesse an meiner Gesellschaft, Baby?"

Ihre Augen füllten sich mit Tränen. Sie bekam kein Wort heraus, schaffte es nur zu nicken.

„Gute Antwort. Damit hast du dir eine Diskussion erspart." Er stützte sich auf der Seitenschiene des Bettgestells ab und umfasste ihre Hand mit seinen langen Fingern. „Haben sie dir ein Mittel gegen die Schmerzen gegeben?"

„Ich habe abgelehnt."

Er zog die Augenbrauen zusammen. „Warum hast du das getan? Du leidest."

„Ich ... Kyler hat mir etwas verabreicht, um mich zu betäuben. Schmerzmittel geben mir ein komisches Gefühl. Ich will nicht ... Ich könnte das einfach nicht ertragen."

Er nickte. „Verstehe."

Ein Arzt erschien, ein schlanker, grauhaariger Mann mit klugen, blauen Augen, einem Stethoskop um den Hals und einem Klemmbrett in der Hand. „Mrs. Stanton?"

Bei dem furchtbaren Namen verzog sie das Gesicht und Nolan drückte ihre Hand. Tief atmete sie ein, bevor sie antworten konnte. „Ja?"

Er ging die üblichen Fragen mit ihr durch. Fragen, die ihr durch ihre vielen, vielen Krankenhausaufenthalte nur zu gut vertraut waren. Wenn Kyler sie zu schwer verletzt hatte, dass er sie nicht selbst zusammenflicken konnte, brachte er sie in die Notaufnahme. Jedes Mal in ein anderes Krankenhaus, um keine Aufmerksamkeit zu erregen. Als ihre Narben zu offensichtlich wurden, ging ein Arzt von Misshandlungen aus und unternahm den Versuch, sie in eine Unterkunft für Frauen zu bekommen. Kyler jedoch hatte seine Verbindungen spielen lassen. Sie war damals nicht nur wieder in seine grausame Obhut gekommen, sondern wurde auch sogleich dafür bestraft, die Bedenken in dem Arzt heraufbeschworen zu haben.

„Okay, dann wollen wir uns mal den Schaden ansehen", sagte der Arzt. Er half ihr in eine sitzende Position, öffnete ihr Leibchen und entfernte den Verbandmull von den Sanitätern. Ohne zu blinzeln, starrte sie auf Nolans Hand, welche die ihre umfasste. Direkt auf einem Fingerknöchel hatte er eine Narbe und dann entdeckte sie noch eine und –

Der Arzt entließ einen Laut. Beth hob den Blick. Er presste

die Lippen so fest zusammen, dass sie weiß anliefen. „Wer hat Ihnen das angetan?"

„Mein Ehemann", antwortete sie.

Der Arzt drehte sich zu Nolan. „Sie?"

„Nein. Ihr Ehemann ist tot."

Der Arzt sah auf den blutigen Verband in seiner Hand. „Natürlich ist er das", reagierte er gedehnt. „Wann ist er gestorben?"

Der Vorhang wurde aufgerissen. „Vor ungefähr einer Stunde." Ein breiter Mann in einem dunklen Anzug stellte sich an das Bettende und zeigte seine Polizeimarke. „Richtig, Mrs. Stanton?"

„I-Ich ..." Wie lange war sie ohnmächtig gewesen? „Ich bin mir nicht sicher", sagte sie hilflos.

„Wollen Sie mir von Ihrem Tag erzählen?" Er zog einen Notizblock und einen Stift heraus.

„Können Sie damit warten, bis ich ihre Wunden verarztet habe?", entgegnete der Arzt in einem genervten Ton.

„Eigentlich würde ich gerne zuerst einen Blick darauf werfen", sagte der Polizist. „Der Mann in der Hütte ..." Er sah auf seine Notizen. „Zachary Grayson meinte, dass besagter Ehemann Sie ausgepeitscht hat. Das scheint mir ein wenig −"

Der Arzt packte den Polizisten und zog ihn vor sich, damit er sich ihren Rücken ansehen konnte. „Ah." Der Polizist räusperte sich. „Verdammte Scheiße, er hat Sie schlimm zugerichtet."

„Atme, Süße", knurrte Nolan, seine Augen immer auf ihrem Gesicht.

Sie sog scharf den Atem ein.

„Wenn Sie schon hier sind", sagte Sir zu dem Polizisten. „Dann sehen Sie sich doch bitte gleich ihre alten Wunden an. Vor einem Jahr ist sie vor ihm geflohen. Heute Morgen hat er sie sich geschnappt."

„Ma'am, es tut mir leid", murmelte der Polizist verlegen. „Ich habe die Ketten und die Handschellen gesehen und dachte an kinky Spiele, nicht an ... Scheiße, so was ist mir noch nie zu

Augen gekommen." Er trat einen Schritt zurück, sein rundes Gesicht blass. „Muss ich – abgesehen von den Wunden, die durch die Peitsche verursacht wurden – noch etwas wissen?"

Sie schluckte schwer. Warum schämte sie sich so sehr, obwohl sie daran doch keine Schuld trug? „I-Ich …"

„Narben an ihren Handgelenken." Nolan hob eine ihrer Hände, um die blutiges Verbandszeug gewickelt war. „Durch die neuen Abschürfungen nicht mehr erkennbar. Brandflecken von Zigaretten auf ihrer linken Brust, Messerwunden auf ihrem Hintern, ihr rechtes Bein hatte eine Fraktur, Stichwunden an ihren Handflächen und gebrochene Finger." Er rieb über ihre Finger, wo helle Linien ihre Haut kennzeichneten. „Sicher kann der Arzt alles für Sie dokumentieren, wenn er Beth untersucht."

Der Ausdruck des Polizisten war nach der Aufzählung nicht wiederzuerkennen. In einem ernsten Ton fragte er: „Wie oft haben Sie versucht, ihm zu entkommen?"

„Vor meiner erfolgreichen Flucht im letzten Jahr habe ich es nur einmal versucht." Sie senkte den Blick auf ihre Hände. „Er hat mich eingefangen und mir als Strafe die Finger zerschmettert."

Sie hörte, dass der Arzt schockiert nach Luft schnappte, jedoch erhob er nicht das Wort.

Auf der Wange des Polizisten zuckte ein Muskel, seine Augen auf seinen Notizblock gerichtet. Nach einer Sekunde fragte er: „Und von heute haben Sie die Verletzungen auf ihrem Rücken. Noch etwas?"

Wieder sprach Nolan für sie: „Dazu kommt ein langer Messerschnitt auf ihrem Bauch. In dem Augenblick sind Z – Zachary – und ich dort aufgetaucht und konnten ihn aufhalten. Ich habe die Tür eingetreten. Er hatte eine Waffe und hat versucht, mich zu erschießen. Obwohl Beth angekettet war, ist es ihr gelungen, ihn von hinten in den Rücken zu treten." Nolans stolzer Blick in ihre Richtung löste ein warmes Gefühl in ihr aus. „Die Kugel schlug im Boden ein. Wir haben gekämpft." Er hob die Hand zu seiner Wange und seinem Kinn, wo Kyler einen

Schlag landen konnte. „Ich habe mich gewehrt und er ist gegen den Holzofen gekracht."

„Woher kennen Sie Mrs. Stanton?"

„Sie hat Zacharys Garten neu gestaltet. Auch ich wollte sie anheuern, stattdessen aber gehen wir jetzt miteinander aus." Er küsste sie auf die Handfläche und sah sie entschlossen an. „Du wirst nicht drumrumkommen, mein Grundstück zu verschönern, Süße."

Sie konnte es nicht glauben, dass sie in einem Moment wie diesem sogar ein Lächeln schaffte. Mit zitternden Fingern berührte sie seine warme Wange. „Ich denke, das schulde ich dir."

„Scheint mir ein klarer Fall von Notwehr zu sein", erklärte der Polizist. „Ich brauche aber noch Ihren Namen und Ihre Adresse."

Nolan zog seine Geldbörse heraus und reichte ihm eine Visitenkarte.

Der Polizist sah drauf. „King Construction? Sie haben das Bürogebäude gegenüber von der Polizeistation errichtet."

Nolan nickte.

Für einen Moment musterte der Polizist Nolan. „Sie waren auch im Militär. Sind ein Veteran. Genau wie ihr Kumpel Zachary, richtig?"

Wieder nickte Nolan.

„Dann wundert mich nichts mehr. Gute Arbeit", sagte der Polizist. „Niemand hat mich das sagen hören, klar? Falls ich weitere Fragen habe, melde ich mich." Kopfschüttelnd lief er davon.

„Fragen. Immer haben sie mehr Fragen, immer benötigen sie mehr Beweise." Der Arzt zog genervt die Augenbrauen zusammen und rief dann: „Marilee, ich brauche die Kamera!"

Die Krankenschwester ließ nicht lange auf sich warten.

„Bleib bitte als Zeugin hier, Marilee", sagte er. „Wir müssen alle Verletzungen, alte Narben und auch die neuen Wunden, klar erkennbar dokumentieren, um im Zweifelsfall etwas vorzeigen zu können." Der Ausdruck des Arztes war düster. Er machte Fotos von Beths Rücken, versorgte dann die von der Peitsche herbeigeführten Wunden, desinfizierte und nähte, wenn sie zu tief für Klammerpflaster oder Gewebekleber waren. Mehr Fotos auf ihrer Vorderseite, dann verband er den Schnitt auf ihrem Bauch. Sorgfältig arbeitete er, nahm weitere Fotos auf, von ihren Händen bis hin zu ihren Füßen.

Indessen blieb Nolan an ihrer Seite, hielt ihre Hand und sprach ihr Mut zu.

Nachdem der Arzt ihre Handgelenke frisch verbunden hatte, stürzte Master Z in den abgetrennten Bereich.

„Wir befinden uns nicht in einem Bahnhof, verdammt nochmal", zischte der Arzt. „Wer zum Teufel sind Sie?"

Beth kicherte. Ja, sie kicherte. „Das ist schon okay. Er ist der andere Mann, dem ich mein Leben verdanke."

„Na gut. Wenn das so ist", grummelte der Arzt. Er schüttelte Hände mit Z und sah grinsend von einem Mann zum anderen. „Gut gemacht, Jungs. Und mir ist es egal, wer es hört."

Nolan lachte laut los.

Der Arzt wandte sich Beth zu: „Sie können nach Hause. Falls es Anzeichen für eine Infektion gibt, kommen Sie zurück ins Krankenhaus oder gehen zu einem Arzt Ihres Vertrauens. Ich werde Ihnen Schmerztabletten verschrei –"

„Brauche ich nicht", unterbrach sie ihn. „Ich werde keine Tabletten nehmen."

„Ah." Er rieb sich übers Kinn. „Ibuprofen geht klar, Aspirin sollten Sie für die nächsten Tage meiden. Die Krankenschwester wird sie gleich von der Überwachung befreien und Ihnen erklären, was Sie bei den Nähten zu beachten haben."

Von der Krankenschwester verjagt warteten die Männer auf dem Parkplatz. Schließlich wurde sie von einem Helfer in einem Rollstuhl herausgerollt und in den Pickup von Nolan gehoben.

„Geht es dir gut, Kleine?", fragte Z, als er sich daran machte, sie anzuschnallen.

In ihrem früheren Leben hatte sie nicht viele Freunde zu

verzeichnen, doch mittlerweile ... Sie lächelte ihn an. „Ja, geht es. Es fühlt sich an, als hätte mich jemand aus einem Brombeerbusch befreit, in dem ich tagelang festgesessen habe." Ihre Augen füllten sich mit Tränen und sie flüsterte: „Vielen, vielen Dank."

Er schenkte ihr ein breites Grinsen. „War mir ein Vergnügen. Nur etwas Schade, dass allein Nolan den ganzen Spaß mit ihm hatte. Und jetzt geh heim und konzentriere dich darauf, wieder gesund zu werden." Er rieb seine Fingerknöchel über ihre Wange. „Erwarte, bald Besuch von Jessica zu bekommen."

Als der Motor startete, hob Z den Blick zu Nolan. „Bringst du sie zu ihrem Apartment oder –"

„Zu meinem Haus", sagte Nolan entschlossen.

„Ausgezeichnet." Z nickte und schloss die Autotür.

„Nolan ...", begann Beth. Er sollte sich nicht um sie kümmern müssen. „Ich kann in mein –"

„Fang ja nicht erst an. Wir werden beide Albträume haben. Du wirst in meinem Bett liegen, in meinen Armen, wenn es dazu kommt."

Albträume. Er würde unter Albträumen leiden? *Oh Gott!* Er hatte für sie einen Mann getötet! Sie umfasste seine rechte Hand. „Du hast ihn getötet. Es tut mir so, so leid, dass du das tun musstest."

Er fand ihre Augen, sah sie verdutzt an, bevor er ein Schnaufen entließ. „Das Töten von Kakerlaken bringt mir sicher keine Albträume, Süße. Zu wissen, dass er dich in seiner Gewalt hatte ... dich schreien zu hören ... dich blutüberströmt zu sehen? Ja, diese Erinnerungen werden mich noch lange beschäftigen. Du musst bei mir bleiben, bis sie das nicht mehr tun."

„Okay." Ihr fiel kein Ort ein, an dem sie jetzt lieber wäre. Es fühlte sich falsch an, zu hoffen, dass er für mindestens vier Tage Albträume haben würde, aber –

Dann fuhr er aus der Parklücke. „Ich denke, in eins, zwei Jahren sollte ich das Schlimmste überwunden haben."

KAPITEL VIERZEHN

In der Küche starrte Nolan die kleine Sub an und schaffte es kaum, ein Knurren zu unterdrücken. „Bitte was?"

„Ich werde wieder in mein eigenes Apartment gehen." Beth trat einen Schritt zurück, verschränkte die Arme und hob dickköpfig ihr Kinn.

Dickköpfigkeit. Ein Anzeichen darauf, dass sie in ihr normales Leben zurückfand. Das freute ihn. Allerdings hatte er keinen Spaß daran, wie weit sie ging, um ihm dies zu zeigen. Schließlich war es erst wenige Wochen her, dass das Arschloch sie entführt hatte. *Gelassen. Bleib gelassen.* „Warum zum Teufel willst du in deine Wohnung?" Er zuckte bei dem Ton zusammen.

Sie biss sich auf die Unterlippe, machte einen Schritt auf ihn zu und wickelte ihre Arme um ihn.

Er hielt sie an sich gepresst und ruhte mit seiner Wange auf ihrem Kopf, an den Moment erinnert, als sie Cullen umarmt hatte. Sah er so schlimm aus? „Okay, Babe, sag mir den Grund."

Ihre Arme festigten sich. „Ich muss wissen, dass ich auch alleine klarkomme. I-ich liebe es, hier mit dir zu wohnen, und an sich möchte ich nicht ausziehen, aber ... ich muss."

„Mutiges, kleines Häschen." Er konnte dieses Bedürfnis nachvollziehen. Er war in einer Familie aufgewachsen, die stets ‚Stelle dich deinen Ängsten' predigte. Das Problem war nur, dass er sich am liebsten wie ein Schild vor sein kleines Häschen positionieren würde, um alle ihre Ängste abzublocken.

„Nicht wirklich. Es ist nur … also, wenn ich nur aus Angst bei dir bleibe, na ja … was ist das für eine Beziehung, weißt du?"

Guter Einwand. Er wollte sie fragen, an was für eine Art Beziehung sie dachte. Er entschied sich jedoch dagegen. Nachdem er ihren abgefuckten Ehemann kennengelernt hatte, wollte er sie keinesfalls unter Druck setzen. Wenn sie bereit war, ihre Gefühle mit ihm zu teilen, würde sie das tun. Hoffentlich war er dann nicht schon alt und grau.

Er rieb seine Wange an ihren weichen Haaren und atmete ihren Erdbeergeruch ein. Auf jeden Fall müsste sie in seinem Garten ein Erdbeerbeet anlegen, damit er die Früchte zerquetschen und von ihrer … „Es gibt noch einige … nette Dinge, die ich mit dir anstellen will. Wirst du dafür weiterhin zur Verfügung stehen?"

Sie kicherte, ein heiserer Laut, der seine Stimmung hob. „Du bist der Master. Du musst es mir also nur befehlen, oder?"

Was für eine Schande, dass es nicht wirklich so funktionierte. Seine Dominanz über sie währte nur so lange, wie sie das gestattete. „Na dann." Ihr T-Shirt war so dünn, dass er den Schorf an ihren heilenden Wunden spürte, als er mit den Händen über ihren Rücken glitt. Zudem bemerkte er, wie angespannt sie war. An einen Ort zurückzugehen, an dem sie attackiert worden war, konnte nicht einfach sein. Vielleicht sollte er ihr über die erste Hürde helfen. „Ich möchte testen, wie laut ich dich in einem winzigen Apartment zum Schreien bringen kann. Hast du zufälligerweise ein Apartment, das wir für diesen Zweck missbrauchen können, Süße?"

Langsam entspannten sich die Muskeln unter seinen Fingerspitzen. „Zufälligerweise habe ich das." Sie rieb ihre Stirn an seiner Schulter und flüsterte: „Danke, Master."

Nolan sah zu dem Käfig in der Ecke. Der Sub darin sah nicht gerade glücklich aus, aber körperlich ging es ihm gut. Er spazierte an der Session vorbei und ging zur nächsten Station, wo ein Dom seine Sub an der Palisade festband. Tränen rannen über ihre Wangen, obwohl der Rohrstock neben den Füßen des Doms noch nicht in Benutzung gekommen war. Mit Sicherheit war sie eine, die laut schrie.

Nolan hielt an und ließ den Blick über die Bar und den Eingangsbereich schweifen. Noch keine Beth in Sicht. Wo zur Hölle blieb sie?

Ein lesbisches Paar, bei dem die Sub ein Saloon-Mädchen-Outfit trug und die Domina den freizügigen Sheriff gab, passierte ihn. Nette Beine, dachte Nolan bewundernd. Wilder-Western-Nacht im Shadowlands hatte er schon immer gemocht. Schließlich war er Texaner.

Er tippte gegen seinen Stetson-Hut und prüfte den Auspeitschpfosten, den Z nur für heute Abend herausgeholt hatte. Eine Peitsche im Hauptraum zu benutzen, bedeutete auch, dass ein zusätzlicher Bereich abgetrennt werden musste, um zu vermeiden, dass Zuschauer zu Schaden kommen. Gekleidet in der Farbe der Gesetzlosen, in finsterem Schwarz, hatte Sam Deborah an den Pfosten gefesselt. Nolan hielt kurz inne und genoss die Show. Der ältere Sadist war ein wahrer Meister mit seiner Blacksnake-Peitsche. Deborah stand bereits auf ihren Zehenspitzen und befand sich auf direktem Weg in den Ekstasezustand – dem Subspace.

Nolan ließ erneut den Blick durch den Raum schweifen. Keine Beth. Eigentlich hatte er sie abholen wollen, doch sie hatte ihn angerufen und gemeint, dass sie noch etwas mehr Zeit brauchte. Was schlecht war, denn Z hatte ihn kurzfristig gebeten, den Aufseher für den Hauptraum zu geben. Na ja, wenn sie kalte Füße bekommen hatte, würde er zu ihrem Apartment gehen und sie aus ihrem Schneckenhaus ziehen müssen. *Dieses verdammte Apartment.*

Seit einer Woche wohnte sie in ihrer Wohnung und verdammt, er vermisste sie. In den ersten beiden Nächten war er an ihrer Seite geblieben. Danach hatte er sie mit ihren Dämonen allein gelassen. Sicher, er hatte sich jeden Tag mit ihr getroffen, zum Mittag- oder Abendessen. Ab und zu hatte er sie auch auf die winzige Matratze geworfen und sie besinnungslos gefickt. Jedoch musste er sich eingestehen, dass er sie wieder in seinem Haus wollte, in seinem Bett. Er wollte, dass sie barfuß und in seinen T-Shirts, die viel zu groß für sie waren, durch die Zimmer spazierte. Er wollte, dass sie mit ihm darüber diskutierte, wie stark Kaffee sein sollte und er wollte, dass sie sich mit ihrem sinnlichen Körper auf ihn legte, wenn sie die Abendnachrichten zusammen sahen. Ihr Lachen ... ihr Necken ... ihr Feuer. Als sie ausgezogen war, hatte sich sein Haus so deprimierend angefühlt wie ein dunkler, niemals endender Winter.

Er wollte sie zurück.

Wollte sie das auch? Sie sagte ihm nicht, was sie fühlte. Ihm mitzuteilen, wie dankbar sie ihm war, damit hatte sie keine Probleme.

Was sie jedoch für ihn empfand, war verdammt nochmal mehr als bloße Dankbarkeit. Das war ihm klar. War es auch ihr bewusst?

War es möglich, dass sein kleines Häschen nicht wusste, wie sie die Worte aussprechen sollte? Über ihre Gefühle zu sprechen, fiel ihr noch immer schwer. In diesem Fall lag die Aufgabe beim Dom, seine Sub über mentale Hürden zu geleiten.

Das bedeutete ...

Erneut ließ er die Augen wandern. Und er fand sie. Er grinste bei dem Anblick. Ein Anblick, der ihn über alle Maßen erfreute. Was für ein Outfit: schwarze Stiefel mit einem hohen Absatz, Leder-Chaps in derselben Farbe, zusammen mit einem metallblauen Tanga. Die Fransen von ihrem farblich passenden blauen

Bustier strichen über die cremefarbene Haut ihres Bauchs und verdeckten teilweise ihre nur langsam verblassende Narbe. Ihre Haare hatte sie zu zwei Zöpfen geflochten.

Nolan sah auf seine Uhr. Seit zehn Minuten war seine Schicht als Aufseher vorüber. Olivia war notorisch spät. Er erblickte die Domina an der Bar, fing ihren Blick ein und tippte sich auf die Armbanduhr. Sie nickte und näherte sich ihm, um die Taschenlampe von ihm entgegenzunehmen.

„Gab keine nennenswerten Probleme", teilte er ihr mit.

„Und du hast ein Ziel vor Augen." Grinsend gab sie ihm einen Klaps auf die Schulter. „Ich habe deine Sub reinkommen sehen. Sie sieht heiß aus."

Er erwiderte das Grinsen und betrachtete sie mit einem warnenden Ausdruck. „Sie gehört mir, Olivia. Lass die Finger von ihr."

„Oh, ich habe schon vor einigen Monaten einen Versuch gewagt. Sie spielt nicht auf meiner Seite des Ufers. Wirklich eine Schande."

Ben hatte ihr Outfit gemocht, sagte sich Beth auf dem Weg zur Bar. Der Gedanke half nicht. Es fühlte sich trotzdem an, als hätte sie Würmer zum Frühstück gehabt. Dass jeder von ihren Misshandlungen wusste, machte es nicht besser. Sie fühlte sich entblößt – ihre furchtbare Vergangenheit für alle sichtbar.

Trotz allem hatte sie den Club vermisst. Die stimulierende Musik, die Schluchzer und das Knallen einer Peitsche, den Sex und den Schmerz. Den Duft nach Leder und Latex und Parfum. Und die Kostüme ... Sie grinste. Sogar die konservativen Doms, die normalerweise immer in Anzügen auftauchten, trugen einen Cowboy-Hut. Die Mehrheit der weiblichen Subs hatte sich für Saloon-Mädchen-Outfits entschieden, was einige mit grünen Haaren oder Gothic-Makeup kombinierten.

Die anerkennenden Blicke, die ihr zugeworfen wurden, gaben

ihrem Selbstbewusstsein Antrieb, während sie nach Nolan suchte. Eigentlich sollte er mittlerweile mit seiner Schicht fertig sein. Wo war er? Sie schlängelte sich an mehreren Gruppen vorbei und erreichte schließlich die Bar.

Cullen sah sie und ließ den Drink, den er zubereitete, herrenlos zurück. „Kleine Beth!" Mit einem muskulösen Unterarm lehnte er sich auf den Tresen und musterte sie aus warmen Augen. „Du siehst gut aus, Kleine. Ich wünschte wirklich, ich hätte dabei sein können, um Nolan zu unterstützen."

Sie lächelte ihn an, die Freude über seine Worte kaum zu bändigen. Noch ein Freund. „Danke, Sir. Kannst du mir sagen, wo ich Master Nolan finde?"

„Er übergibt seine Aufgaben gerade an die zwanghaft zu spät kommende Olivia." Er legte den Kopf auf die Seite. „Interesse an einem Drink? Dieses Mal will ich hören, auf was du wirklich Lust hast. Ich könnte wetten, dass der Screwdriver weit unten auf deiner Liste steht."

„Irish Whiskey. Bushmills Single Malt, wenn du den hast."

Ein lautes Lachen brach aus ihm heraus. „Winzige Sub bevorzugt ihren Alkohol pur. Deine Bestellung ist auf dem Weg, Kleine."

Nachdem er das Glas vor ihr abgestellt hatte, trank sie langsam davon und genoss das geschmeidige Brennen in ihrem Rachen.

„Hi." Ein Mann in einer schwarzen Latexjeans und einem Langarmshirt glitt auf den Barhocker neben ihr. „Dich habe ich hier noch nicht gesehen. Bist du neu?"

„Nicht direkt."

Eine Hand schloss sich um ihren nackten Oberarm. Sie war drauf und dran, panisch vom Hocker zu springen, bis sie merkte, zu wem die Hand gehörte. Nolan.

„Was für ein entzückendes Westerngirl haben wir denn hier?", sagte er sanft. In seinen dunklen Augen entfachte sich ein Feuer, als er den Blick über sie schweifen ließ und auf ihrem Tanga verharrte. „Das war die Wartezeit wert."

Der Ausdruck in seinen Augen, zusammen mit seiner Stimme, erfüllte jede Zelle ihres Körpers mit Wärme. Mit den Fingerspitzen strich sie über seine Wange. Nach all den Doms in ihrem Leben war doch nur ihr Master dazu in der Lage, dass sie sich so eifrig wie ein Welpe verhielt, stets darauf bedacht, ihn zufriedenzustellen.

Cullen näherte sich und stellte eine Flasche Corona auf den Tresen. Nolan wollte das Bier in die Hand nehmen, runzelte jedoch die Stirn und umfasste stattdessen ihr Glas. Er hob es zu seiner Nase, roch an dem Inhalt. Seine Augenbrauen schossen nach oben. „Okay, du überraschst mich immer wieder, Süße."

„Sie mag das gute Zeug, Kumpel", sagte Cullen grinsend. „Planst du heute Abend, mich erneut mit Deko für meine Bar zu erfreuen?"

Beth erstarrte. *Gott, hoffentlich nicht.*

„Nein", entgegnete Nolan gedehnt. „Ich habe etwas anderes im Sinn. Da ich dich schon hier habe: Würdest du mir ein paar Eiswürfel geben?"

Cullen nickte und ging davon. Wenige Sekunden später glitt ein Glas gefüllt mit Eis über den Tresen.

Nolan sah zu dem Mann, der versucht hatte, eine Unterhaltung mit ihr zu beginnen. „Ich bin Nolan. Bist du neu hier?"

„Kann man so sagen. Ich bin erst seit zwei Wochen Mitglied." Die beiden schüttelten Hände. „Ich heiße William."

Sir lehnte sich gegen die Bar und zog Beth zu sich, bis sie seine harte Erektion an ihrem Po spüren konnte. Ihr Körper erwachte zum Leben, von seiner Nähe, von der Erinnerung, wie er sich in ihr anfühlte. Als sie bei ihm gewohnt hatte, hatten sie ständig Liebe gemacht. Das vermisste sie. Sie presste sich gegen seinen Oberkörper und er wickelte den Arm um sie.

„Wie gefällt es dir bisher?", fragte Nolan den Dom. Gleichzeitig nahm er sich mit seiner freien Hand einen Eiswürfel.

Zwanglos ließ er ihn über ihren Hals und über ihren Ausschnitt gleiten. Ihre Nippel kribbelten, richteten sich auf. Anschließend führte er den Würfel über ihren Bauch, wodurch die Fransen über ihre Haut kitzelten und sie zusätzlich stimulierten.

„Ah, na ja." Die Augen des Doms klebten an dem Eiswürfel, der über Beths überhitzte Haut glitt.

Sie hätte gelacht, wenn sich ihr Mund nicht wie ausgetrocknet anfühlen würde. Sie wollte sich bewegen, erkannte jedoch schnell, dass Nolan sie in der Falle hatte, ihr rechter Arm gegen die Bar gepresst, während er ihre andere Hand in einem festen Griff hielt. Das Eis wanderte tiefer und pausierte knapp über dem Bund ihres Tangas. Ein Tanga, der nur ihr Geschlecht bedeckte. Es dauerte nicht lange, bis sich kühle Tropfen bildeten, die sich einen Weg nach unten bahnten und in Kontakt mit ihrem heißen Fleisch kamen. Sie unterdrückte ein Stöhnen.

„Ah, richtig. Alle sind sehr freundlich", sagte William, seine Stimme heiser.

„Das freut mich."

Das Eis schmolz und sie fragte sich, was der Mann als nächstes tun würde, um sie zu blamieren. Und warum seine Handlungen sie dermaßen anmachten. *Verdammt.*

Anscheinend hatte er ihre Gedanken gelesen, denn er öffnete einhändig den Verschluss ihres Bustiers. Sie versuchte, ihre Hand aus seinem Griff zu befreien. „Nicht bewegen, Sub", ordnete er an. Sofort erstarrte sie.

„Hast du dich schon mit den ledigen Subs bekanntgemacht?", wollte Nolan wissen, während seine Finger damit beschäftigt waren, die Häkchen von Beths Bustiers zu öffnen.

„Ähm. Ja. Nein. Ich schätze nicht." William schüttelte den Kopf, ging einen Schritt auf Abstand und hob mit sichtbarer Mühe den Blick von ihren Brüsten zu Nolans Gesicht.

Als Beths Bustier sich teilte, umfasste Sir ihre Brüste. „Die meisten ledigen Subs findest du dort drüben." Nolan nahm eine Hand, um auf den nahegelegenen Sitzbereich zu verweisen.

Williams Augen weiteten sich bei dem Anblick. „Oh, wirklich? Ich dachte, dass sie alle vergeben sind."

„Nein. Wenn ein Dom eine Sub dort zurücklässt, dann würde er sie festbinden, um Verwirrung auszuschließen."

„Verdammt. Gut zu wissen." William ließ einen abschätzenden Blick über die Subs gleiten. Er schien einer von den Anständigen zu sein. Er hatte diesen ... Sie schnappte nach Luft, als Nolan in ihre Nippel zwickte und ihre Brüste schwollen an, ihre Klitoris pulsierte.

„Du hast wunderschöne Brüste", flüsterte er an ihrem Ohr, seine Daumen mit ihren Nippeln beschäftigt. „Ich habe auch an Schmuck für die Schönheiten gedacht." Er griff in seine Tasche und zog Nippelklemmen heraus, ließ sie vor ihren Augen baumeln. Wieder diese winzigen Klammern, in diesem Fall mit kleinen Glöckchen.

Oh je. Sie erschauerte bei der Erwartung von Schmerz ... bei der Vorfreude auf Lust.

Er drehte sie um und befestigte die erste Klemme. Dabei beobachtete er ihr Gesicht und spielte dann an der Schraube herum, um das Schmuckstück zu festigen. Als der Druck von stimulierend zu schmerzhaft wechselte, stoppte er und löste die Klemme etwas. Dann machte er das Gleiche mit ihrem zweiten Nippel.

„Alles gut?" Er musterte sie aufmerksam.

Sie leckte sich über die Lippen. Der Druck an ihren Nippeln schickte pulsierende Ströme an ihre Klitoris. Sie wurde feuchter und feuchter. Er schnipste gegen ein Glöckchen, ließ es ertönen, und eine Lustwelle schoss durch ihren Leib.

„Oh ja, alles gut", murmelte er mit einem schiefen Grinsen auf den Lippen. Er ließ das andere Glöckchen klingeln, eine Hand an ihrem Oberarm, um jegliche Bewegung ihrerseits zu unterbinden. „Eigentlich wollte ich heute Abend am Bondage-Tisch mit dir spielen, jedoch erinnere ich mich gerade an eine sehr interessante Fesseltechnik, die ich vor einiger Zeit im Kerker beobachten durfte. Auf der Liebes-schaukel."

Sein Daumen rieb über ihre Unterlippe, glitt in ihren Mund. Sie folgte seiner unausgesprochenen Aufforderung und saugte ihn tiefer.

„Eine großartige Technik, um eine Sub zu fesseln, sodass ..." Er lehnte sich vor und flüsterte ihr ins Ohr: „Sodass du weit gespreizt und vollkommen offen bist, für alles, was ich mit dir vorhabe."

Hitze breitete sich in ihr aus und sie biss ihm in den Daumen.

Glucksend nahm er seine Hand weg und wickelte den Arm um sie. Zu William sagte er: „Ich überlege schon lange, mir für meinen Kerker zuhause eine Liebesschaukel zu besorgen. Warum also nicht eine kleine Probefahrt wagen."

„Damit verschwendest du nur deine Zeit", sagte ein Mann in einem angewiderten Ton.

Beth erstarrte. Der Dom, mit dem sie im letzten Monat eine Session gespielt hatte, um Nolan aus dem Weg zu gehen, stand neben William und funkelte sie aus hasserfüllten Augen an. „Sie ist ein hübsches Ding, sicher, doch sie ist total frigide. Kalt wie ein Eisberg. Und so trocken wie die Wüste."

Williams Kinnlade klappte herunter, während Beth sich beschämt wegdrehte, ihr Gesicht an Nolans Brust vergrub. Sie hatte kein Interesse an einer Auseinandersetzung. Schließlich hatte der Dom nicht unrecht; bei ihm hatte sie keine Reaktion gezeigt.

Sie fühlte, wie sich Nolans Arm um ihre Taille anspannte, dann entspannte. „Ach, wirklich?" Nolans Stimme klang, als hätte er zum Frühstück Kieselsteine verspeist. „Interessante Vergleiche. In meinen Armen, das habe ich schnell erkannt, ist sie heißer als eine Wüste und sobald ich das ganze Eis zum Schmelzen gebracht habe, ist sie erregend feucht." Sein Arm um sie festigte sich, hielt sie an Ort und Stelle, als er seine freie Hand am Bund ihres Tangas vorbeischob und mit den Fingern den Beweis ihrer

Erregung fand. Sie bebte, gab ihr Bestes, sich nicht zu bewegen. Er glitt durch ihre Nässe und hob dann die Hand hoch, zeigte, wie feucht und bereit sie für ihn war, bevor er die Finger in seinen Mund schob. „Köstlich. Es gibt nichts ... Vergleichbares."

Das Gesicht des Doms lief rot an. Seine Lippen bildeten eine gerade Linie, zornig und bloßgestellt durch Nolans Demonstration, drehte er sich weg und rannte direkt in Master Z.

Master Zs Augen in Schiefergrau hielten eine eindeutige Schärfe bereit, und obgleich seine Stimme gelassen klang, war sein Zorn greifbar. „Donald. Auf ein Wort, bitte. Sofort."

Dem Dom wich jegliche Farbe aus dem Gesicht.

Genau wie William. Er sah den beiden Männern nach. „Wow. Ich kenne Z nicht besonders gut, aber so habe ich ihn noch nicht gesehen."

Nolan drehte Beth herum, presste ihren Rücken gegen seinen Oberkörper, wickelte die Arme um sie und küsste sie auf die Schulter. „Auf eine Sub wütend zu sein, weil die Session nicht so gelaufen ist, wie du das gerne hättest, oder weil du nicht die erhofften Reaktionen aus der Sub zu locken vermochtest, stellt den Dom in ein schlechtes Licht. Eine Frau zu beleidigen, aus welchem Grund auch immer, zeigt, was für ein Riesenarschloch du bist."

William nickte. „Ich stimme dir vollkommen zu." Er schenkte Beth ein Lächeln und beschloss die Unterhaltung: „Ich werde mir eine Sub suchen. Es hat mich gefreut, euch kennenzulernen."

„Viel Spaß", sagte Nolan. Liebevoll festigte er die Arme um Beth, bis sie zittrig den Atem entließ. „Komm, kleines Häschen, die Liebesschaukel ruft deinen Namen." Er nahm seine Spielzeugtasche, die an der Bar auf ihn gewartet hatte, und führte sie durch die Menschenmenge zum rückwärtigen Teil des Clubs, wo ein Korridor den Weg zum Kerker freigab.

Die meisten Stationen waren in Benutzung. Am hinteren Ende hingen links und rechts Subs von Ketten an den Wänden. Eine Domina saß auf einem Thron, mit einem Fuß auf dem

Rücken eines kompakten Subs. Der Bondage-Tisch war verfügbar. In der Nähe des Ausgangs war ein Sub kopfüber gefesselt und wurde von seinem Dom ausgepeitscht. Direkt in der Mitte balancierte eine Sub auf ihren Zehenspitzen, rittlings auf einem spanischen Pferd sitzend. Von ihren bebenden Beinen konnte sie sagen, dass sie nicht mehr lange durchhalten würde. Dann würde sie mit ihrer Pussy auf dem keilförmigen Brett landen. Beth verzog mitleidig das Gesicht.

Weiter rechts hing eine Lederschaukel mit eingearbeiteten D-Ringen von vier Ketten an einem Balken. Beth hatte dieses Equipment noch nie ausprobiert. Sie beäugte es mit einer Mischung aus Vorfreude und Sorge.

Nolan ließ den Blick über die Mitglieder im Kerker schweifen, bevor er sich ihr zuwandte. „Knie dich neben die Schaukel, Häschen."

Ihr Herz raste los, denn nun war er vollkommen im Dom-Modus angekommen. Ausdruckslos betrachtete er sie, als sie seinem Befehl nachkam, woraufhin sich ihr offenes Bustier teilte. Auf keinen Fall würde sie versuchen, es zu schließen; sie wusste es besser. Sie hob den Kopf, bemerkte des Masters unzufriedenen Ausdruck, woraufhin sie ihre Beine spreizte und dann ihre Hände auf ihren Schenkeln positionierte. Sie seufzte. Vor nicht allzu langer Zeit hatte sie in dieser Position ihren Körper verlassen, um nicht mitzubekommen, was passierte. Mit Sir wollte sie keine Sekunde verpassen. Jede Zelle in ihr war hellwach, ihr Körper in freudiger Erregung.

Er säuberte die Schaukel gründlich, obwohl der vorige Benutzer dies sicher auch getan hatte. Aus seiner Spielzeugtasche zog er lange Seidenbänder und ein Hanfseil. Ihr Magen verkrampfte sich. Er wollte sie fesseln. Seit ihrer Entführung hatte er das nicht mehr getan. Seine Augen fanden die ihre. „Atme, Süße."

Sie atmete tief ein.

„Komm zu mir."

Sie stand auf und lief zu ihm.

„Ziehe den Tanga und deine Chaps aus."

Auf die Lippe beißend gehorchte sie, entledigte sich der wenigen Kleidung, die sie unten herum trug, und legte sie neben seiner Tasche ab.

„Jetzt das Bustier."

Es glitt über ihre Schultern, ihre Arme herunter. Anschließend packte er sie an den Hüften und hob sie auf die Schaukel. Das kalte Leder löste Gänsehaut auf ihrem Leib aus. Die Schaukel wankte und sie klammerte sich an den Ketten fest.

Seine Augen flammten auf, ein Lächeln erhellte sein harsches Gesicht. „Sehr hübsch siehst du aus", flüsterte er. „Wie die nackten Frauen auf den Postern zu Kriegszeiten." Nachdem er seinen Cowboy-Hut auf seine Tasche geworfen hatte, begann er, sie zu schnüren: Zunächst führte er das Seil unter ihren Brüsten entlang, über ihre Schultern, um ihren Rücken und dann zwischen und über ihrem Busen. Er festigte es, bis das Seil gespannt war, aber nicht zu eng ansaß. Sie senkte den Blick. Das Seil formte einen BH ohne Körbchen und presste ihre zu klein geratenen Brüste nach außen.

„Keine Erfahrung mit *Shibari*? Es wird auch Japan-Bondage genannt." Er schnipste gegen die Glöckchen an ihren Nippelklemmen. „Die Technik, die ich gerade verwendet habe, nennt sich *Shinju*."

Die Bewegungen der Schaukel wurden unkontrollierter und sie packte die Ketten fester. Daraufhin schüttelte er den Kopf und sagte: „Hinlegen, Beth."

Warum fühlte sie sich auf dem Rücken verletzlicher als auf dem Bauch? Ja, sie bevorzugte es, auf dem Bauch zu liegen. Sie schätzte Master Nolans Ausdruck ab und sah augenblicklich, dass er ihr keine Wahl lassen würde. Vorsichtig lehnte sie sich zurück. Die Schaukel war überraschend bequem, beinahe wie eine Hängematte. Wieder sah sie zu Sir, doch der Anblick ihrer Brüste lenkte sie ab. Wie kleine Hügel ragten sie zur Decke.

An ihren Hüften zog er ihren Hintern zur Kante der Liebes-schaukel. Anschließend platzierte er ein Seidenband direkt auf ihrem Venushügel, wickelte es um sie und fesselte sie an die Schaukel. Ein Seidenband nach dem anderen folgte, um ihre Fußknöchel etwa nach dreißig Zentimetern an den schweren Ketten zu befestigen.

Als er fertig war, lag sie mit ihren Beinen angewinkelt auf der Schaukel. *Zur Hölle*, er hatte das Ding in einen schwingenden Frauenarztstuhl umgewandelt. Da ihre Beine in einem Winkel von neunzig Grad zu ihrem Hintern positioniert waren, zeigte sie sich so entblößt wie noch nie zuvor.

Von dem Gemurmel um sie herum schienen die Zuschauer die Fesselkunst von Sir weitaus mehr zu bewundern als sie.

Nicht, dass er von seinen Fans Kenntnis nehmen würde. Seine Aufmerksamkeit lag einzig und allein auf ihr. Ihr Gesicht musternd wanderte seine Hand über ihre Schenkelinnenseite und löste einen Lustschauer aus. „Mir sagt diese Position über alle Maßen zu", sagte er, ein Lächeln auf seinen Lippen. Dass er mit ihr zufrieden war, wärmte ihr das Herz. Sein Finger glitt über ihre feuchten Falten und sie sog scharf den Atem ein. „Sieh dir nur an, wie offen du dich mir zeigst."

Er stieß die Schaukel an, ließ sie in Bewegung kommen und lief dann zur Wand. Die Winde knackte und die Schaukel stieg auf, bis sie auf Brusthöhe schwang. Zu hoch für seinen Schwanz.

Ihre Hände packten die Ketten neben ihren Schultern. Ihre Handgelenke hatte er nicht gefesselt, erkannte sie überrascht. Vielleicht würde er es vergessen, wenn sie stillhielt.

Er kam zu ihr, um sie zu küssen. Ein harter, tiefer Kuss, der ihrerseits nach einer Erwiderung verlangte. Bis er sich zurückzog, waren ihre Ängste vollkommen ausgelöscht, die Erregung brannte zu heiß. Lächelnd schnipste er gegen eine Nippelklemme. Die Glöckchen läuteten, die Zähne an den Klemmen bohrten sich tiefer in ihr Fleisch und sandten elektrisierende Empfindungen zu ihrer Klitoris. Ihre Finger festigten sich um die Ketten. Sofort landete sein Blick auf ihren Händen. Sie erstarrte. *Bitte, bitte, bitte nicht die Hände fesseln.*

Er schnappte sich eine Hand, knabberte an ihren Fingern und legte sie wieder um die Kette. „Ich werde deine Arme nicht fesseln, Sub. Ich weiß, dass dich das beruhigt, dass du dich dann sicherer fühlen wirst. Allerdings möchte ich nicht, dass du deine Hände von den Ketten nimmst. Schön festhalten, verstanden?"

Erleichtert lächelte sie ihn an und flüsterte: „Ja, Sir."

„Braves Mädchen." Er spazierte an das untere Ende und fand sich zwischen ihren weit gespreizten Schenkeln ein. Von den Klemmen schmerzten ihre Nippel und nun streichelte er ihre Beine, kam ihrer Pussy immer näher – dem Ort, wo ihre pulsierende Klitoris zu finden war.

KAPITEL FÜNFZEHN

Nolan lächelte bei dem Anblick, der sich ihm bot. Beth lag ausgebreitet und weit gespreizt vor ihm, bebte vor Erwartung und Nervosität. Ihre Augen waren weit aufgerissen, ihre Finger krallten sich verzweifelt an den Ketten der Schaukel fest. Ihre Brüste waren geschwollen und fest verbunden, zwei stolze Hügel mit entzückenden Gipfeln, die von Nippelklemmen umschlossen wurden. Er nahm den gemischten Duft aus Erdbeeren und ihrer Erregung wahr, während die Schaukel sanft schwang. Sein Blick landete auf ihrer Pussy. Ihre geschwollenen Schamlippen führten zu ihrer süßen Klitoris, die sich aus ihrer Vorhaut gewagt hatte und ihn geradezu um Aufmerksamkeit anflehte.

Schon bald würde ihn noch jemand anderes anflehen. Lautstark. Er hatte sie genau auf der richtigen Höhe, um seine Finger und seinen Mund ins Spiel zu bringen. Er lehnte sich vor und glitt mit der Zunge durch ihre Spalte. Laut atmete sie ein und übertönte mit ihrer Reaktion sogar die Musik von Rammstein, die aus den Lautsprechern des Kerkers drang.

Er spielte mit ihr, stieß mit der Zunge in ihre Höhle, um seine

Geschmacksknospen in den vollen Genuss kommen zu lassen. Er umkreiste ihren Eingang, fand dann zu ihrer Klitoris. Mit seinen Fingern spreizte er sie noch weiter, hielt ihre Schamlippen, während er mit der Zungenspitze über ihre vollkommen entblößte Klitoris schnellte, bis sich die Muskeln in ihren Schenkeln anspannten und sie ihr Becken ihm entgegenhob. Natürlich ohne Erfolg.

Er ging auf Abstand, die Schaukel schwang und Beth wand sich hilflos, frustriert.

Nachdem er sich einen Latexhandschuh angezogen hatte, befeuchtete er seine Finger mit Gleitgel und trug es auf ihrem süßen Arschloch auf, verteilte die kalte Flüssigkeit großzügig. Er gluckste amüsiert, als sie quietschte und den Versuch unternahm, vor ihm zu flüchten. Immer sehr befriedigend, den Ausdruck einer Sub zu sehen, wenn sie merkte, wie gründlich er bei den Einschränkungen vorgegangen war. Einen Finger legte er gegen ihr Loch und führte ihn einen Zentimeter ein.

Ihre Augen weiteten sich bei der Empfindung, sie wehrte sich dagegen und erreichte nichts. „Nein!"

„Oh doch." Er drang weiter in sie vor.

Oh Gott! **Er** hatte den Finger in ihrem Arsch! Nass und kalt – ein merkwürdiges Gefühl. Nervenenden, von denen sie nichts wusste, machten sich bemerkbar, als er sich langsam zurückzog und dann wieder zustieß, um tiefer vorzudringen. „Nein ...", stöhnte sie. Dass er sie an dieser Stelle berührte, war zu intim. Sie fühlte sich so verletzlich. Zu verletzlich. Noch nie hatte ein Mann sie dort genommen.

Es kam ihr der Gedanke, ihr Safeword auszusprechen. Doch dann landete sein Mund auf ihrer Klitoris und die Empfindungen lagerten sich um. Sein Finger bewegte sich, gemächlich, testend, neckend, und sie spürte die Begierde in ihr aufflammen. Zunge,

Finger, Zunge, Finger – sie schaffte es nicht, die verschiedenen Empfindungen zu verarbeiten. Es dauerte nicht lange, bis der Druck zu viel wurde.

Unerwartet zog er seinen Finger heraus, presste nun zwei gegen ihr Loch. Ihr Anus schloss sich, verweigerte den Zugang. Er wartete, schnellte mit der Zungenspitze über ihr Nervenbündel, die Berührung zu sanft, um zu einem Orgasmus zu führen. Er hatte vor, sie in den Wahnsinn zu treiben. Sie hob ihr Becken – dass sie sich nicht rühren konnte, trieb sie höher und höher.

Plötzlich ging er brutaler vor, seine Zunge das Folterinstrument, mit dem er ihre Klitoris vereinnahmte. Erneut schnellte er über das Nervenbündel, umkreiste, neckte, bis sie ... bis sie ... Seine zwei Finger stießen so hart in ihr geheimes Loch, dass sie einen schockierten Schrei entließ. Die Nervenbahnen trafen in ihrer Mitte aufeinander, sandten elektrisierende Ströme durch ihren Körper. Sie versuchte, ihre Pussy an seinen Lippen zu reiben, doch keine Chance; ihre Fesseln gaben nicht nach. Sie konnte nur herumliegen, beben und zittern und ... fliegen. Ein mächtiger Orgasmus, der einfach nicht aufhören wollte, schwappte über sie hinweg.

Nur langsam beruhigte sie sich. Während sie von Nachbeben heimgesucht wurde, ging er leicht auf Abstand, um sich dem Handschuh zu entledigen. Er kam zurück, stellte sich seitlich neben die Schaukel und stieß immer wieder dagegen. Sanft schwang sie, erstaunt und erschöpft von dem überwältigenden Höhepunkt. Sie beobachtete ihn, bereits damit zufrieden, ihn in ihrer Nähe zu wissen. Leute liefen durch den Raum, die Augen wahrscheinlich auf sie gerichtet, doch es war ihr egal.

Seine Finger spielten mit der Kette der Nippelklemmen und die Glöckchen klingelten. „Weißt du", begann er in einem nachdenklichen Ton, „ich denke, dass du mittlerweile viel zu schnell kommst." Er beugte sich über sie und saugte einen Nippel in seinen Mund, seine Zunge heiß an ihrer Knospe. Anschließend blies er gegen den angefeuchteten Nippel und grinste, als sie erschauerte. „Von jetzt an darfst du nur kommen, wenn ich dir zuvor die Genehmigung dafür erteilt habe."

„Was?", fragte sie ungläubig. Während der Playparty in seinem Haus war diese Anordnung schlimm genug gewesen. Aber hier im Club? Hier fiel es ihr ohnehin schwer, zu einem Orgasmus zu finden. Na ja, jedenfalls war das der Fall gewesen, bevor sie Sir kennenge –

Er packte ihr Kinn und befahl: „Ohne meine Erlaubnis wirst du nicht kommen. Verstanden?"

„Aber ... was passiert, wenn es doch passiert? Master?"

„Dann hast du wissentlich meinen Befehl missachtet."

Oh Gott. Sie starrte die dicken Balken über sich an. Wie sollte sie einen Orgasmus zurückhalten, wenn er seinen talentierten Mund an ihr benutzte? Oder wenn er sie mit diesem massiven Schwanz ausfüllte? Der Gedanke allein machte sie so heiß, dass sie noch feuchter wurde. Sie sollte versuchen, einen Höhepunkt zu unterdrücken? Die Wände ihres Geschlechts zuckten.

Er zog an einer Nippelklemme, wodurch sie aus ihren Gedanken gerissen wurde. „Es wird Zeit, dass wir die hübschen Schmuckstücke abnehmen. Bereit, Baby?"

Bevor sie *Nein* brüllen konnte, löste er die erste Klemme. Blut rauschte in die Knospe. *Schmerz. Au, aua, au.* Sie sog scharf den Atem ein, ihre rechte Hand –

„Hände an den Ketten lassen, Sub."

Zischend machte sie ihrer erotischen Pein Luft. Die intensive Empfindung kam Lust sehr nah, doch nicht nah genug. Schon entfernte er die andere Klemme. Ihre Hände klammerten sich fester um die Ketten. Er leckte sich über seine Daumen und Zeigefinger und zwickte in ihre Nippel. Lust und Schmerz vereinten sich, die Empfindung berauschend. Sie unterdrückte ein Stöhnen.

„Sehr hübsch." Er küsste sie hart auf die Lippen. „Und du hast deine Hände nicht bewegt. Braves Mädchen."

Er ging zu seiner Ledertasche und kramte darin herum. Sie

konnte ihn nicht sehen, *verdammt*. Endlich kehrte er zurück, fand sich wieder zwischen ihren Beinen ein. Auf irgendetwas verteilte er Gleitgel. Oh, das war nicht gut. Sie streckte den Hals, versuchte, etwas zu sehen. Er fand ihren Blick und hob einen Analplug in ihr Sichtfeld. Ihre Kinnlade klappte herunter.

„Minimal größer als zwei Finger von mir", sagte er. „Da ich nun weiß, wie sehr es dich erregt, plane ich, dich in der Zukunft auf diese Weise zu nehmen."

Auf diese Weise? Mit seinem Schwanz? Master Nolan war riesig! Ihr hinteres Loch pulsierte protestierend. „Du bist zu groß", flüsterte sie.

„Deswegen fangen wir mit dieser Größe an." Er lächelte, rieb mit dem Daumen über ihre geschwollene Klitoris. „Morgen bekommst du die nächstgrößere Version." Ohne auf eine Antwort ihrerseits zu warten, schob er das Ding in sie.

„Ah!" Sie riss an ihren Einschränkungen, die Ketten klirrten.

Seine Hand legte sich auf ihren Venushügel und er presste sie nach unten. „Sag mir: Hat das wehgetan oder hat es sich ... gut angefühlt?" Seine dunklen Augen musterten sie aufmerksam.

„Es fühlt sich ... okay an." Ihr ganzer Körper kribbelte. Sie wollte, sehnte sich verzweifelt danach, sich zu bewegen, doch seine Hand ... diese verdammte Hand hielt sie an Ort und Stelle.

„Beth", warnte er sie.

Sie presste die Lippen aufeinander. Sie wollte keine Dinge in ihrem Arschloch haben. Warum fühlte es sich nur so gut an? *Verdammt, verdammt, verdammt.* „Gut. Es fühlt sich gut an", gab sie schließlich zu.

„So eine ehrliche Sub." Sein zufriedenes Lächeln wärmte sie von innen heraus. So wie es das immer tat. Er ging zur Wand. Mit einem Ruckeln und einem ominösen Laut senkte er die Schaukel, bis sie Hüfthöhe erreichte. Sie erschauerte, denn sie wusste, was jetzt folgen würde. Dann fiel ihr ein, dass bereits etwas in ihr steckte ...

Er kam zu ihr zurück, stellte sich seitlich neben sie und verteilte Küsse auf ihren Brüsten, geschwollen und äußerst empfindlich von den Hanfseilen. Er arbeitete sich zu ihren Nippeln vor. Beim ersten Kontakt mit ihren überempfindlichen Knospen quietschte sie. Er ignorierte dies, schloss seine Lippen um einen Nippel und neckte sie mit seiner Zunge. Es schmerzte, es war erregend. Eine Mischung, die elektrisierende Empfindungen an ihr Geschlecht sandte. Ihr war so warm, so heiß. Sie stand bereits in Flammen, als er sich der anderen Brust zuwandte. Dann machte er wieder kehrt, liebkoste abwechselnd ihre Nippel, bis sie ihren Rücken wölbte und die Ketten klirrten.

Als er aufhörte, brauchte sie eine Minute, um aus dem Lustnebel zu finden. Zu diesem Zeitpunkt verweilte er bereits zwischen ihren Beinen, glitt mit den Fingern durch ihre Spalte und verteilte ihre Nässe auf ihrer Klitoris. Grinsend spritzte er Gleitgel auf ihren Bauch und gluckste amüsiert, als sie bei dem kalten Gefühl die Bauchmuskeln anspannte. Wofür benötigte er das Gleitgel? Das Ding steckte doch schon in ihrem Anus und ihre Pussy konnte nicht feuchter sein.

Er öffnete seine Lederhose, zog ein Kondom hervor und rollte es über seine Länge. Seine dunklen Tiefen sprühten Funken. Und er war so hart, so hart, als er sich gegen ihre Öffnung presste und sich langsam in ihr vergrub, ohne diese einnehmenden Augen von ihrem Gesicht zu nehmen. Unerbittlich stieß er in sie. Mit dem Ding in ihrem Po und jetzt auch Master Nolan in ihrer Pussy fühlte sie sich zum Bersten gedehnt. Sie wimmerte. Schließlich war er bis zum Anschlag in sie vorgedrungen, tiefer als jemals zuvor. Die Wände ihres Geschlechts pulsierten um seine Länge.

Er schob die Liebesschaukel von sich weg und sie erschauerte, konnte allmählich genießen, was er mit ihr anstellte. Zumal sie dieses Mal nicht derart weggetreten war und in jeder Empfindung schwelgen konnte. Die Schaukel bewegte sich und so bewegte sich auch sein Schwanz. Der Analplug tat sein Übriges, wurde bei jedem Stoß in Aufregung versetzt, was ihre Nervenenden in diesem Bereich anfachte und erotische Nachrichten an ihre Pussy schickte.

„Fühlt es sich gut an?", fragte er, seine dunklen Tiefen auf sie gerichtet.

„Oh ja!"

Er gluckste. „Noch nicht gut genug, wenn du Wörter formen kannst." Er packte den unteren Teil der Liebesschaukel und sorgte dafür, dass sie auch weiterhin schwang. Ohne seine Augen von ihr abzuwenden, glitt er mit dem Zeigefinger durch das Gleitgel auf ihrem Bauch und legte diesen Finger direkt auf ihre Klitoris. Stöhnend ließ sie die kühle Empfindung durch ihren Körper jagen. Die Lustwelle ebbte ab, woraufhin er ihr Nervenbündel umkreiste, nun darüber hinwegglitt, erneut umkreiste, bis ihr Bedürfnis nach einem Orgasmus nicht mehr zu halten war. Ihre Hüfte zuckte, ihre Hände ballten sich um die Ketten.

Bei jedem brutalen Reiben über ihre Klitoris kam sie der Erlösung näher, während sein Schwanz eine Empfindung nach der anderen in ihr lostrat, sie höher und höher trieb, bis –

„Nicht kommen, Sub", warnte er sie in einem tiefen Tonfall. „Ich habe dir nicht die Erlaubnis gegeben." Trotz allem ließ er mit seinem Finger nicht nach, folterte ihre geschundene Klitoris.

Sie knirschte mit den Zähnen und versuchte, ihren herannahenden Orgasmus zurückzudrängen. Sie zitterte von der Anstrengung und natürlich dachte er nicht mal im Traum daran, seine Stöße weniger erregend zu gestalten. Nein, härter und härter nahm er sie. Nach einer Weile ließ er von ihrer Klitoris ab, packte die beiden Ketten an seinem Ende mit den Händen und riss sie samt Schaukel zu sich. Dann schob er sie wieder von sich weg, nur um sie erneut auf seinem Schwanz aufzuspießen. Mit jedem Stoß trieb er sie an ihre Grenzen, ihr Leib bebte und sie stöhnte: „Sir!" Ihre Welt reduzierte sich auf seine intensiven Stöße, jeder Millimeter seines Schwanzes eine exquisite Folter.

Plötzlich verlangsamte er seine Bewegungen, hielt die Liebesschaukel auf Abstand von sich. Seine Eichel verweilte an ihrem Eingang, ihre Pussy so verdammt leer, während sie pulsierte und verzweifelt um eine Erlösung erbat. Er drückte die Schaukel zur Seite, sodass die Unterseite seines Schwanzes durch ihre Spalte glitt. Aber es reichte nicht aus, sie brauchte mehr. Warum musste er sie derart quälen?

„Ich habe entschieden, dass es Zeit für ein kleines Gespräch ist."

„Ist das dein Ernst?" Ihre Stimme klang, als würde jemand sie würgen.

„Oh ja." Unnachgiebig betrachtete er sie. Mitleidlos. Sein Schwanz rieb über ihre Klitoris, entfachte die Nervenenden erneut.

Sie wartete auf mehr … Nichts. „W-worüber willst du denn reden?"

Sein Schwanz glitt über ihren Eingang. Sie wollte ihn in sich aufnehmen, doch diese verdammten Fesseln erlaubten ihr keine Bewegungsfreiheit.

„Über unsere Beziehung. Sag mir, wie du darüber denkst."

Er wollte wirklich und wahrhaftig *jetzt* mit ihr reden? Eine Unterhaltung führen? „Abgesehen davon, dass ich dich im Moment am liebsten umbringen würde, meinst du?"

Er grinste und seine weißen Zähne blitzten in seinem bronzefarbenen Gesicht auf. Er bewegte die Schaukel von einer Seite zur anderen, ohne jemals in sie zu stoßen, und übte sich in Geduld.

Ihre Beine bebten. „Äh." Wie sollte sie über dieses Thema nachdenken, wenn er … wenn er … Beziehung. Das Wort allein missfiel ihr. Kyler hatte sie gesagt, dass sie ihn liebte und er hatte sie im Gegenzug benutzt. Sie wollte nie wieder jemanden lieben. Sirs dunkler Blick hielt den ihren gefangen. Sie wollte ihn berühren, ihre Hände auf seine Wangen legen. Ja, sicher, sie mochte ihn. Sie mochte ihn sehr. Aber Liebe? Nein, das war keine Liebe. Es konnte keine Liebe sein. Das durfte sie nicht zulassen.

„Du liebst mich, meine Süße. Das weiß ich." Seine Worte

trafen wie harte Schläge auf ihre Brust, raubten ihr den Atem. „Kannst du die Worte nicht sagen?"

„Ich ..." Ihre Erregung ebbte ab, während sich Verwirrung und Sorge in ihr zeigten. Er wusste, dass sie ihn liebte? Ihre Hände klammerten sich verzweifelt um die Ketten. Ihre Finger taten bereits weh. Ein Schmerz, den sie willkommen hieß. Ja, sie liebte ihn. Wie konnte sie ihn nicht lieben? Ihm das aber zu sagen, ihm anzuvertrauen, könnte ihr schaden. Es würde sie verletzlich machen. „Ich kann nicht", flüsterte sie.

„Na gut." Seine Augen wandten sich niemals von ihren ab. „Dann sage: Ich liebe dich nicht, Sir."

Allein der Gedanke fühlte sich derart falsch an, dass sie nach Luft schnappte. Ihre Augen füllten sich mit Tränen und sie schüttelte hilflos den Kopf.

„Du, mein kleines Häschen, hast ein Talent dafür, in Sackgassen zu geraten, in denen es weder ein Vor noch ein Zurück gibt." Seine Augen funkelten amüsiert. „Mal sehen, ob ich dir etwas auf die Sprünge helfen kann." Er positionierte seine Eichel an ihrer Öffnung und tauchte quälend langsam in sie. Als er schließlich in ihr steckte, lehnte er sich über sie. Seine Hüfte stieß nach vorne, setzte die Schaukel in Bewegung. Sein Schambein rieb gegen ihre Klitoris und der Analplug ruckelte in ihr. Es dauerte nicht lange, bis ihr Geschlecht gierig nach mehr verlangte. Seine Hände legten sich auf ihre umwickelten Brüste und seine Daumen neckten ihre harten Nippel.

Plötzlich stand sie auf der Klippe; sie konnte die Erlösung regelrecht schmecken. So nah, so nah. Sie keuchte und wölbte ihre Brüste in seine Hände.

Er stoppte, stellte jegliche Bewegung ein.

„Oh Gott!", wimmerte sie. „Bitte, Master! Nicht schon wieder!" Alles in ihrer Mitte pochte, direkt an der Grenze zwischen Schmerz und Ekstase.

Er rüttelte die Schaukel etwas und sie stöhnte.

„Ich liebe dich, Beth. Liebst du mich auch?"

Was hatte er gesagt? Ihr Körper erstarrte, die Zeit stand still, ihre Empfindungen gefangen, als ihr Gehirn versuchte, seine Worte zu verarbeiten. Er liebte sie? Er. Liebte. Sie. *Oh Gott.* Ohne zu blinzeln, starrte sie ihn an, während ihr Herz wild pochte und sich ein warmes Wonnegefühl in ihr ausbreitete. „Mich? Du liebst mich?", hauchte sie.

Trotz seines verärgerten Seufzers konnte sie sehen, dass er sie amüsant fand. „Wen ficke ich denn gerade in dieser Schaukel? Natürlich meine ich dich. Nur dich, kleines Häschen. Meine Sub. Ich liebe dich, Beth."

Er hatte die drei Worte schon wieder gesagt! Mit ihrem Namen hatten sie sogar noch eine gewaltigere Wirkung. Er kannte sie so viel besser als jeder andere in ihrem Leben, hatte die Narben auf ihrem Körper, auf ihrer Seele gesehen, kannte ihre Ängste. Er zuckte mit keinem Muskel, wenn sie ihn während ihrer Periode anpflaumte, weil er das letzte Stück Brot gegessen hatte. Sie schüttelte den Kopf, versuchte, die Lüge in seinem Ausdruck zu durchschauen, und sah ... bedingungslose Liebe. In seinen Augen. Noch nie hatte sie dieses Gefühl in den Tiefen eines Mannes wahrgenommen. *Oh Gott, er liebt mich.* Die Gewissheit raubte ihr den Atem und durch ihre Adern blubberte ein Hochgefühl.

Er schmunzelte. „Es gefällt dir, dass ich dich liebe. Das ist doch ein Anfang." Er presste die Lippen aufeinander. „Liebst du mich denn auch?"

Trotz der freudigen Erregung über seine Liebeserklärung weigerte sich ihr Mund, die Worte zu erwidern. Ihr Mund war ausgetrocknet, vollkommen erstarrt lag sie unter ihm. Indessen setzte er sich in Bewegung. Seine Finger glitten durch das Gleitgel auf ihrem Bauch und nach unten zu ihrem Geschlecht. Er kam ihrer Klitoris so nah, so ... nah.

„Vertraust du mir nicht genug, um die Worte auszusprechen?"

„Ich ..." Er liebte sie. Sie liebte ihn. Warum konnte sie es nicht sagen?

Direkt über ihrer Klitoris zeichnete er Kreise. Sonst bewegte sich nichts.

„Ich will deine Antwort hören, Sub."

Oh Gott! Sie versuchte, sich zu bewegen, um seinen Finger näher an die Stelle zu bekommen, wo sie ihn brauchte. Doch sie war noch immer gefesselt. Ihre Muskeln bebten bei dem Versuch, ihm näher zu kommen. Sein Finger ließ nicht nach, kam niemals nah genug. Dann spürte sie, wie sich sein Schaft in ihr in Bewegung setzte. Kaum merklich. Ein Versprechen auf zukünftige Befriedigung. „Sag die drei Worte."

Ihr Verstand war überfordert. Die Empfindungen zusammen mit seinem unerbittlichen Befehl waren zu viel für sie. Ihre Schutzmauer bröckelte. Tränen sammelten sich in ihren Augen, ihr Sichtfeld verschwamm und sie stotterte: „Ich l-liebe dich, Master. Sir. N-Nolan. Das tue ich." Ein Schluchzer löste sich.

„Ich weiß." Seine Augen waren warm, sein Lächeln zeugte von Zufriedenheit. Seine schwieligen Hände wischten ihr sanft die Tränen von den Wangen. „Von nun an wirst du es mir jeden Tag sagen. Damit du nicht aus der Übung kommst."

„Ich liebe dich", wiederholte sie. Jetzt kamen die Worte schon einfacher über ihre Lippen und er grinste.

„Na gut. Dann wollen wir mal." Er richtete sich auf, packte eine Kette und setzte die Schaukel in Bewegung. Die Liebesschaukel. Es schien, als würde sich die Zeit ruckartig weiterdrehen. Genauso ruckartig schwappte die Erregung über sie, ihr Körper vollkommen eingenommen von der Begierde. Als sein Schwanz sich in ihr vergrub, krachte er mit dem Schambein gegen ihre Klitoris, gegen ihr empfindliches Nervenbündel. Sie bebte, kurz vor der Explosion, ihre Beine rissen an den Einschränkungen. Seine Stöße gewannen an Tempo, an Brutalität.

Mit einem Blick nagelte er sie fest und befahl: „Komm, Beth. Jetzt." Seine Finger glitten über ihre Klitoris.

Sie schrie, schrie, schrie, ihr Rücken wölbte sich. Das Hanfseil legte sich fester um ihre Brüste, als er sich immer und immer wieder in ihr verlor und sie direkt in einen weiteren Orgasmus schickte. Bevor sie sich erholen konnte, lehnte er sich vor, packte ihre Brüste mit beiden Händen, stieß ein letztes Mal tief in ihre Pussy und fand seine eigene Erlösung, während die Wände ihres Geschlechts um seine Länge pulsierten.

Noch immer tief in ihr vergraben senkte er sein Gewicht auf sie, sein Körper warm an ihrem. Sie platzierte ihre Hände auf seine Schultern, hielt ihn in den Armen und genoss die sanften Bewegungen der Schaukel.

Nach einer Weile stützte er seine Ellbogen neben ihrem Kopf ab, fand ihren Blick und sah amüsiert auf sie herunter. „Du liebst mich also, ja?"

„D-du ...", stotterte sie. Dennoch konnte sie nicht bestreiten, was diese Worte mit ihr anstellten. Ihr wurde ganz warm ums Herz. „Du hast mich erpresst, damit ich es sage."

Er grinste. „Und ich habe jede Minute dieser Erpressung genossen." Er senkte den Kopf, leckte über einen Nippel und sie wand sich unter ihm. „Willst du mir sagen, dass du mich angelogen hast?" Nicht länger belustigt sah er ihr tief in die Augen.

Sie schluckte lautstark. *Ich kann einen Dom nicht anlügen. Vor allem nicht diesen Dom. Niemals.* „Nein, ich meinte, was ich gesagt habe", flüsterte sie. „Es fällt mir nur so schwer, es zu sagen."

„Ich weiß." Ein schiefes Lächeln zeigte sich auf seinen Lippen. „Ich werde nicht vergessen, wie effektiv diese Foltermethode war."

Gott steh mir bei!

Seine großen Hände umfassten ihr Gesicht. „Du weißt, wie sehr ich dich liebe, Beth. Ziehe wieder bei mir ein. Komm nach Hause." Er hielt ihren Blick gefangen, sein Körper so warm. Seine vernarbten Hände hatten sie ins Leben zurückgeholt, hatten sie vor Kyler beschützt und hatten ihr Freude beschert. Mit den Daumen rieb er über ihre Wangenknochen und wartete geduldig.

Sie wusste, dass es nur eine mögliche Antwort gab. Eine Antwort, die ihr problemlos über die Lippen kam: „Ja, Sir."

Ende

LESEPROBE AUS CULLENS BUCH, DEM 4. BAND IN DER REIHE DIE MASTER DER SHADOWLANDS

Damit beschäftigt, die Bar vorzubereiten, hob Cullen den Kopf, als sich die Tür in den Clubraum öffnete. Pünktlich. Dafür verdiente sie einen Pluspunkt, dachte er leicht verdrießlich.

Genervt erinnerte er sich an den Gefallen, den Antonio bei ihm eingefordert hatte. Sicher, der Journalist hatte Cullen die nötigen Informationen über einen Brandstifter gegeben, wodurch es ihm möglich gewesen war, den Bastard hinter Gitter zu bringen. Jedoch missfiel es ihm, dass sich nun sein Job als Brandermittler mit seinem Privatleben im Shadowlands vermischte.

Genauso missfiel es ihm, dass jemand mit seinem Ausbildungsprogramm herumfuschte. Normalerweise wählten Z und er die Auszubildenden, bei denen es sich um Subs von einer langen Warteliste handelte. Alles langjährige Mitglieder im Club, die tiefer in den Lifestyle eintauchen und somit ihre Chancen mit ungebundenen Doms erhöhen wollten. Anfänger waren nicht gern gesehen.

Z war nicht gerade begeistert von der Idee. Eine wahre Untertreibung. Er war stocksauer gewesen.

Cullen riskierte also seinen Arsch. Diese Freundin von

Antonio sollte besser die beste Auszubildende aller Zeiten sein und sich gut ins Shadowlands einfinden. Oder schnellstmöglich die Fliege machen. *Ich weiß, was ich bevorzugen würde.* Vielleicht sollte er sie genau dazu treiben. Wenn er es richtig anstellte, würde sie bestimmt bald einsehen, dass das Shadowlands nicht der richtige Ort für sie war.

Besagte Frau trat in den Clubraum und hielt inne, damit sich ihre Augen an das gedämpfte Kerzenlicht von den schmiedeeisernen Wandleuchtern gewöhnen konnten. Nach einer Weile setzte sie sich wieder in Bewegung.

Sie war eine hochgewachsene, muskulöse Frau. Von der Statur erinnerte sie ihn an eine Schmerzschlampe, mit der er an einer Playparty teilgenommen hatte. Ein Tag, auf den er nicht gerne zurückblickte. Er lehnte den Arm auf den Tresen und beobachtete sie: Enge Latexhose, die sich erregend an ihre langen Beine schmiegte. Hellbraunes Haar in einem straffen Dutt auf ihrem Kopf, eine Frisur, die geradezu *Fass mich nicht an* schrie. Schlichtes Makeup. Als Schmuck trug sie lediglich ein kleines Kreuz um ihren Hals. Die wadenhohen Stiefel mit den riesigen Absätzen deuteten auf eine Domina hin, genauso wie die Motorradjacke. Arrogante Körpersprache.

Was für eine Art Sub hatte Antonio ihm da geschickt? Vom ersten Eindruck würde er sie am liebsten rauswerfen.

„Hallo." Ihre tiefe, geschmeidige Stimme wies einen spanischen Akzent auf und sagte ihm zu. „Ich bin Andrea Eriksson."

Um sie zu testen, schwieg er und betrachtete lediglich ihr Gesicht. Die meisten Subs würden jetzt ihre Augen auf den Boden senken. Aber nicht diese. Stattdessen presste sie die Lippen fest aufeinander und hob ihr Kinn.

„Du kannst mich Master Cullen oder Sir nennen. Ich bin im Shadowlands für die Auszubildenden verantwortlich." Er wies auf einen Barhocker. „Setz dich."

Sie zögerte. Eine Sub, die es nicht mochte, Befehle zu befolgen? Schließlich nahm sie Platz, stützte sich mit den Ellbogen auf dem Tresen ab. Die nächste aggressive Körperhaltung.

Domina oder Sub? Das herauszufinden, sollte nicht so schwer sein. Er ließ sich auf dem Weg zu ihr Zeit, lief um die Bar herum und ragte über ihrer sitzenden Form auf, sodass sie den Kopf in den Nacken legen musste. Der Funke in ihren Augen verriet ihm, dass sie das Bedürfnis verspürte, aufzustehen, um auf Augenhöhe mit ihm zu sprechen.

Er schob einen Finger unter ihr stolzes Kinn und richtete ihr Gesicht aus, bis sie ihm direkt in die Augen sah.

Ihre Muskeln spannten sich an und sie versuchte, sich von seiner Berührung loszueisen.

„Stillhalten."

Bei seinem Befehl erstarrte sie. Dann sah er es: Ihre Pupillen weiteten sich und in ihre Wangen stieg Hitze.

Ah, sehr nett. Nichts gefiel einem Dom mehr als die instinktive Unterwerfung eines Körpers unter seinen Händen.

„Es steckt also doch eine Sub in dir", murmelte er. Er packte ihren Dutt und hielt sie gefangen, als er mit einem Finger über ihre hohen Wangenknochen strich, über ihre samtweichen Lippen, nach unten über ihren verletzlichen Hals ... und spürte den verräterischen Schauer, der durch ihren Körper jagte.

Hinreißend. Sein Finger folgte dem Reißverschluss ihrer Lederjacke. Und was versteckte sie darunter?

Sie bewegte sich nicht, rührte keinen Muskel. Ihre großen, goldbraunen Augen zeugten von nervöser Unruhe. Auch an ihren Händen konnte er den inneren Aufruhr sehen, denn sie spannte ihre Finger an und er hörte die Papiere in ihrer Hand knistern. Sie gab ihr Bestes. Man brauchte Eier, um in einen fremden Club zu treten und sich einem unbekannten Dom zu stellen.

Er spürte einen Anflug von Mitleid. Ein Teil von ihm wollte sie rausschmeißen, der andere hingegen wollte sie in die Arme nehmen und ihr gut zureden. *Verdammt.* Nichts davon würde er heute bekommen. Mit einem Seufzen ließ er sie los und trat einen Schritt zurück. „Gib mir deine Papiere."

Sie gehorchte und ihre sonnengebräunten Wangen erröteten aufs Neue, als sie bemerkte, wie zerknittert die Dokumente in ihrer Hand waren.

Er glättete das Papier und las zuerst den medizinischen Befund: keine Krankheiten, gesund, nimmt Pille. Das sah schon mal gut aus. Er blätterte zur nächsten Seite. Sie hatte die Standardverfügung des Shadowlands über die Mitgliedschaft und das allgemeine Regelwerk gelesen und unterschrieben. Danach folgten die Regeln für die Auszubildenden. Letztes Jahr hatte eine Anfängerin diese wichtigen Dokumente ungelesen unterzeichnet. Dann hatte sie eine Regel gebrochen und die anschließende Bestrafung hatte ihr Weltbild für alle Zeiten verändert. „Hast du alles ausführlich gelesen?"

Sie nickte.

„In diesem Club antwortet eine Sub mit ‚Ja, Sir' oder ‚Ja. Ma'am'."

„Ja, Sir."

Besser. Er nickte ihr zufrieden zu. Obwohl sie nicht den normalen Eifer einer Sub aufwies, konnte er ihr ansehen, wie die Anspannung langsam aus ihrem Körper wich. Seine Meinung war ihr wichtig, auch wenn sie sich weigerte, dies zu zeigen. Warum wollte sie das nicht?

Er ließ den Blick über sie schweifen. Angespannte Körperhaltung, Kinn hoch, Hände verschränkt. Dennoch hatte er gefühlt, wie sie unter seiner Berührung dahingeschmolzen war. Sie stellte ein faszinierendes Rätsel dar. Sicher, er war genervt von der Planänderung, doch er musste zugeben, dass es die Art von Herausforderung war, die er genoss.

Als er die Liste mit den Grenzen erreichte, drückte sie die Schultern durch und ihre Wangen erröteten vor Verlegenheit. Belustigung machte sich in ihm breit, erhellte seine Stimmung. Er würde sehr viel Spaß daran haben, diese Verlegenheit zum

Einsturz zu bringen. Vielleicht könnte er ihr bei jedem Punkt, an dem sie Interesse zeigte, einen neuen Dom zuweisen: Oralsex, Spanking, Pranger, Dildo ...

Dann trafen sich ihre Blicke und sie schluckte schwer. Die scharfsichtige kleine Sub konnte ihm seine ruchlosen Absichten ansehen.

ÜBER DEN AUTOR

Autoren sagen oft, dass ihre Protagonisten mit ihnen argumentieren.

Dummerweise sind Cherise Sinclairs Helden allesamt Doms. Was bedeutet, dass sie keine Chance hat, jemals ein Argument für sich zu entscheiden.

Als New York Times and USA-Today-Bestsellerautorin ist Cherise dafür bekannt, herzzerreißende Liebesromane mit hinreißenden Doms, amüsanten Dialogen und heißem Sex zu schreiben. BDSM, Leute. BDSM! Wer kann dazu schon ‚Nein‘ sagen?

Mit den Kindern aus dem Haus lebt Cherise mit ihrem geliebten Ehemann und ihren Katzen am pazifischen Nordwesten, wo nichts gemütlicher ist als ein regnerischer Tag, den sie damit verbringt, neue Bücher zu schreiben.

Rezensionen:

Ich hoffe, Dir hat das Buch gefallen! Ich würde mich freuen, wenn Du für Nolan und Beth eine Rezension verfasst.